Ihr persönliches, unverkäufliches
Leseexemplar

Der Titel erscheint im März
im Heyne Verlag.

*Bitte besprechen Sie dieses Buch
nicht vor dem 3. März 2014*

Bitte lassen Sie uns Ihre Meinung
zu diesem Leseexemplar wissen –
mit beiliegender Postkarte oder
per E-Mail an: meinemeinung@heyne.de

Deborah McKinlay

Die unverhofften Zutaten des Glücks

Roman

Aus dem Englischen
von Frauke Brodd

HEYNE

Die Originalausgabe erschien unter dem Titel
»That Part Was True«
bei Grand Central Publishing/Hachette Book Group, Inc., New York

MIX
Papier aus verantwortungsvollen Quellen
FSC® C014889

Verlagsgruppe Random House FSC® N001967
Das für dieses Buch verwendete
FSC®-zertifizierte Papier *EOS*
liefert Salzer Papier, St. Pölten, Austria.

Redaktion: Angelika Lieke
Umschlaggestaltung: Eisele Grafik · Design, München
Artwork: Martina Eisele, unter Verwendung der Bilder von
Peggy Wyatt/The Bridgeman Art Gallery/Getty Images
sowie art@design und Ensieh, beide Shutterstock
Herstellung: Helga Schörnig
Satz: Vornehm Mediengestaltung GmbH, München
Druck und Bindung: Pustet, Regensburg

ISBN 978-3-453-26905-7

www.heyne-verlag.de

Für meinen Vater

Danksagung

*Mein Dank gilt Alexandra Machinist
und Deb Futter*

Sehr geehrter Mr. Cooper,
wahrscheinlich würde eine E-Mail Sie viel schneller erreichen, aber ein handgeschriebener Brief ermuntert mich dazu, meine Worte sorgfältig zu wählen. Denn ich bin mir bewusst, dass ich einem Schriftsteller schreibe.
Ich wollte Ihnen mitteilen, dass mir Ihr Roman Empfänger unbekannt *sehr gut gefallen hat. Die Szene, in der Harry Gordon den Pfirsich isst (»er beugte sich leicht nach vorne und hielt mit dem linken Arm seine grüne Seidenkrawatte zurück, während der Saft auf die Manschette seines Hemdes am anderen Handgelenk tropfte«), brachte einen Hauch von Sommer in einen verregneten englischen Tag. Und sie rief in mir obendrein die Erinnerung an das schon fast dekadente Vergnügen wach, eine sehr reife Frucht zu genießen – eine Seltenheit, leider.*

Herzliche Grüße
Eve Petworth

Sehr geehrte Ms. Petworth,
haben Sie vielen Dank für Ihre freundlichen Worte. Es ist immer wieder spannend, eine Rückmeldung von einem Leser zu erhalten, und noch viel spannender, einen Brief zu bekommen. (Eine Seltenheit, leider.)
Was das Obst angeht, so bin ich ganz und gar Ihrer Meinung. Meistens bekommen wir hier auch nur dieses Zeugs, das nach nichts schmeckt. Irgendwo stand mal, dass die unreifen Dinger sich gut für Marmelade eignen. Ich mache zwar keine Marmelade, aber Ihr Brief war mir Anlass genug, darüber nachzudenken, wie wichtig es ist, sich mit etwas Mühe zu geben. Deshalb werde ich mich vielleicht doch mal an eine Marmelade wagen.

Mit freundlichen Grüßen
Jackson Cooper

Kapitel 1

»Haaallllooo.«

Jack kannte dieses Haaallllooo, und zu jedem anderen Zeitpunkt hätte er sich höllisch darüber geärgert. Doch wenn man bis fünf Uhr nachmittags den Tag damit verbracht hatte, über das noch frische Scheitern der eigenen – zweiten – Ehe nachzugrübeln, war jede Art von Ablenkung willkommen. Das Hallo kam von Lisa Milford. Sie wohnte gegenüber von Jack auf der Sea Lane.

»Jackson, gerade habe ich das von Marnie und dir gehört«, sagte sie.

Sie betrat das Haus einfach durch die Küchentür, wie schon so viele Male zuvor. Lisa redete gern und viel, und in Marnie hatte sie in der Vergangenheit eine gute Zuhörerin gefunden.

»Es tut mir so leid«, sagte sie.

Offensichtlich kam Lisa direkt vom Tennisplatz, denn sie trug ein entsprechendes Outfit. Sie war eine zierliche Brünette mit glänzendem Haar, und in dem Kleid hätte man sie für eine Puppe halten können, gäbe es da nicht die zart versprengten Sommersprossen auf ihren nackten Oberarmen.

Jack, endlich erlöst von seiner eigenen Gesellschaft, lächelte und begrüßte sie herzlich, herzlicher als je zuvor. Bis zu diesem Augenblick war Lisa Milford nur eine Randerscheinung in seinem Leben gewesen, so wie das schwache Brummen eines weit entfernten Motors, das man gut ausblenden konnte.

An diesem Abend jedoch plauderten sie erst eine Weile im Stehen, bis sie sich schließlich auf seinen Küchenstühlen aus Holz niederließen. Lisa hatte sie so vom Tisch weggeschoben, dass sie sich gegenübersaßen – ihre Zehen berührten sich fast, ihre Oberkörper neigten sich entspannt nach vorne. Sie unterhielten sich angeregt wie Freunde oder Eltern vor dem Schultor, und der Austausch ihrer Erfahrungen machte sie zu Verbündeten. Lisas Ehemann hatte sie im letzten Sommer nach einer lang andauernden Affäre verlassen. Jack fand, es wäre wohl das Mindeste, ihr einen Drink anzubieten.

Und dann noch einen.

Und dann schien sich Jacks Gehirn abzuschalten und die Natur ihren Sirenengesang auf andere Zonen seiner Anatomie auszurichten. Auch wenn der Auslöser eine Frau war, die sich liebend gerne selbst reden hörte.

Lisa, die sich einsam fühlte, war bereits seit fast drei Jahren Jackson Coopers magnetischer Anziehungskraft ausgesetzt. Daher schmolz sie – als unmittelbare Reaktion auf den ersten, bedeutungslosen Kontakt seiner Hand mit ihrer Taille – sofort dahin. Während er gerade dabei war, das dritte Glas Wein einzuschenken, drückte sich ihr Körper wie zufällig an seinen und verharrte dort einen Moment lang.

Während sich ihre Bekanntschaft in den folgenden Minuten vertiefte, musste er keinen großen Einsatz zeigen. In dem Raum, den der Immobilienmakler – und seitdem niemand mehr – »das Gartenzimmer« genannt hatte, manövrierte er sie beide geschickt auf ein Tagesbett mit einem Überzug aus blau-weißem Drillich. Marnie hatte von dort aus besonders gerne die Sonnenuntergänge beobachtet. Endlich berührten Lisas perfekt manikürten Hände mit leidenschaftlicher Begeisterung seine Brust.

Jacks Begeisterung hingegen war höchstens instinktgesteuert, aber er hätte die Sache zu Ende gebracht. Doch genau in dem Moment, in dem Lisa sich anschickte, die letzte, hauchdünne Stoffbarriere abzulegen, gab sie ein sittsames, mädchenhaftes Kichern von sich. Und dieses Geräusch ging Jack durch Mark und Bein. Seine Sinne schärften sich wieder. Oder besser gesagt, sie taten genau das Gegenteil: Die Natur, die kurz davor seine Handlungen und Gedanken impulsiv vorangetrieben hatte, ließ ihn im Stich.

Lisa merkte vorerst nichts von dieser neuen Entwicklung. Sie widmete sich ihm voll und ganz und machte entschlossen und zielgerichtet weiter. Aber irgendwann wurde ihre Atmung langsamer, bis sie schließlich ganz abflachte.

»Ja-ack?« Sie schoss hoch und schaute auf ihn herab.

Jack wich ihrem Blick nicht aus. Was er sah, war eine Frau, eine gewöhnliche Frau, viel zu sehr aus Fleisch und Blut. Er ließ von ihr ab, hob sie von seinem Schoß und setzte sich aufrecht hin.

»Tut mir leid, Süße.« Er strich sich eine Haarsträhne aus

der Stirn und stand auf, wobei er sie vorsichtig von sich wegschob.

Lisa richtete sich kerzengerade auf. Sie war nackt und fröstelte leicht. »Keine Sorge, Jack«, sagte sie mit sanfter Stimme, »ich bin nicht lesbisch.«

Jack starrte sie an.

»Was Marnie wahrscheinlich immer schon war«, schob sie schnell hinterher. Sie fand, ihre Worte klangen ziemlich verständnisvoll. »Die Leute werden nicht schwul oder lesbisch, sie *sind* es einfach.«

Jack war sprachlos. Er zog seine Hose wieder richtig an und klaubte ihr Tenniskleid auf.

»Danke«, sagte Lisa, als er es ihr reichte, aber anstatt es wieder anzuziehen, presste sie es zusammengeknüllt mit einer Hand gegen ihre Brust. »Vielleicht sollten wir zu mir gehen«, schlug sie vor. »Wir machen es uns gemütlich – trinken etwas und gehen in den Whirlpool. So was in der Art.« Sie beugte sich zu ihm vor und wollte mit vier Fingern sanft und ermutigend seine Wange berühren.

Jack, der ihre Finger entfernte, indem er ihren Arm am Handgelenk packte, als würde er eine Raupe aus seinem Salat fischen, entzog sich diesem Annäherungsversuch. »Heute Abend passe ich«, sagte er. Und dann lächelte er, um seine Worte abzuschwächen, und war erleichtert, dass Lisa endlich Anstalten machte, sich wieder anzuziehen. Sie sah so schmal und verletzlich aus, als sie sich nach ihrer Unterwäsche bückte.

»Es tut mir wirklich leid, Süße … lass uns nächste Woche gemeinsam etwas unternehmen. Ich rufe dich an.«

»Versprochen?«, fragte sie.

»Versprochen«, wiederholte er.

Sie war immer noch dabei, ihren Tennisdress zurechtzuzupfen, als er bereits die Tür öffnete.

Viel später und wesentlich betrunkener nahm Jack in seinem Arbeitszimmer eine Postkarte aus der Schublade seines wuchtigen Eichenholzschreibtischs. Auf der Vorderseite befand sich ein Meeresbild, jede Menge prächtiges Türkisblau. Sein Blick wanderte jedoch zu einem roten Boot, das nur vage angedeutet in der rechten oberen Ecke hing. Es war ein ansprechendes Motiv, die Abbildung eines Ölgemäldes von einer weiteren Nachbarin, Julie Hepplewhite. Sie hatte eine Galerie mit Atelier auf dem Melon Walk. Die Art von Geschäft, von denen es in den Hamptons, und vor allem in Grove Shore, nur so wimmelte – ausgesprochen pittoresk und ein bisschen sehr bemüht. Allerdings war Julies *Gallery on Melon* besser als viele andere. Wenigstens konnte sie malen.

Aber jetzt, als er eines ihrer Bilder im Licht der gerade eingeschalteten Schreibtischlampe betrachtete, fiel ihm weiter nichts Positives zu Julie ein. Sie war eine Nullachtfünfzehn-Eroberung gewesen, das genaue Gegenteil zu der gescheiterten Fummelei von vorhin: der mühelose Schlussakt nach einem nächtlichen Spaziergang ins traute Heim, als Abschluss einer Party. So normal wie das Binden der Schnürsenkel. Der Vorfall war bei ihnen beiden längst in Vergessenheit geraten.

Wenn Jack die Galerie hinter einer Traube Touristen betrat, an einem unverplanten Samstag, um der Kunst an den Wänden einen unverbindlichen Blick zu gönnen und ein paar Postkarten mitzunehmen, begrüßte ihn Julie an der Kasse immer mit einem freundlichen Lächeln und einem »Hallo, Jack«. Und er antwortete jedes Mal mit einem »Hallo, Julie«. Nullachtfünfzehn eben.

Jack drehte die Postkarte um, nahm einen Stift aus einer umfunktionierten alten Kaffeedose, in der sich wie immer ein Dutzend davon befand, und schrieb:

Liebe Eve Petworth,
arbeiten Sie als Köchin?
Jack Cooper

Irgendwo in der tiefsten Provinz Englands, in einem Haus, das wie eine Werbeanzeige für seine grünen Landschaften wirkte, schob Eve Petworth eine hübsch angeordnete Fotografie in einem Silberrahmen ein paar Zentimeter nach links, um auf einem selten benutzten Klavier Platz zu schaffen für eine bauchige Kristallvase. Geistesabwesend brachte sie die gelben Blumen in der Vase für einen Augenblick näher an ihr Gesicht. Die Geste blieb unbestimmt, denn sie war in Gedanken mit etwas anderem beschäftigt und achtete kaum auf den Duft. Ohnehin war der Duft der Rosen – die Sorte hieß *Golden Celebration*, was sie ohne Zögern jedem hätte sagen können – für Eve genauso vertraut wie der von Bienenwachs, Lorbeerblättern oder Zitronenschalen. Sie drehte sich um und beobachtete Izzy.

Izzy kam hinter ihrer Mutter ins Zimmer und durchquerte zielstrebig den Raum. Dann öffnete sie ein Fenster mit so viel Schwung, als wollte sie von dort aus hinaus ins Freie fliegen.

Fast kleinlaut wartete Eve ab, was Izzy ihr gleich auftragen würde, so als wäre sie selbst für einen Moment das Kind und Izzy die Mutter. Sie musste nicht lange warten.

»Wir trinken einen Campari«, verkündete Izzy. Das Sonnenlicht, das sich jetzt in ihrem Rücken befand, betonte noch das Blond ihrer Haare.

Ihr unbezwingbares Blond, dachte Eve, das im Vergleich zu ihrem eigenen Rostbraun so viel dramatischer wirkte.

»Ja«, antwortete sie. Sie hasste Campari.

Nach dem Aperitif aßen sie Ragout vom Fasan. Eve hatte es morgens aus der Tiefkühltruhe geholt, vom Plastikbehälter befreit und einfach aufgewärmt. Und sie hatte dabei den Sticker auf dem Deckel ignoriert, der besagte: »Soße unbedingt nachwürzen«.

Die Soße brauchte tatsächlich noch etwas Würze, stellte sie fest, nachdem sie den ersten Happen probiert hatte. Sie nahm einen winzigen Löffel Salz aus einem Silbernapf, der vor ihr stand, und verteilte die Prise auf ihrem Teller, aber es brachte keine wesentliche Verbesserung.

Izzy gab keinen Kommentar zur Soße ab, sondern merkte lediglich mit leiser, nahezu unvermeidlicher Kritik an, dass Ragout vom Fasan für ein Mittagessen im Juni etwas zu winterlich sei. Natürlich hatte sie damit vollkommen recht. Aber Eve hatte festgestellt, dass der Wille, für diesen besonderen Anlass auch noch extra zu kochen, sie verlassen hatte. Sie begingen den Todestag von Izzys

Großmutter. Virginia Lowell war an einem klaren, kühlen Nachmittag wie heute gestorben, vor genau zwölf Monaten. Es war Izzys Idee gewesen, an diesem Tag ein Zeichen zu setzen.

Ich komme dich besuchen, Mummy«, hatte sie letzte Woche von London aus geradezu ins Telefon gerufen.

Eve hörte Autogeräusche im Hintergrund und stellte sich ihre Tochter vor, wie sie in irgendeinem todschicken Büro-Outfit von einem wichtigen Termin zum nächsten eilte und dabei wie ein reinrassiges Rennpferd Strecke machte.

»Wir sollten wenigstens schön gemeinsam mittagessen gehen. Wir können doch nicht so tun, als sei dies ein ganz normaler Tag.«

Eve hatte den darin enthaltenen Vorwurf sehr wohl herausgehört und ihrer Tochter wie immer stillschweigend zugestimmt, als Izzy rasch auflegte und Eve am anderen Ende der Leitung zurückließ. Die Verabredung stand.

Jetzt wandte Izzy sich dem Tischende zu. Sie hatte ein kleines Porträt ihrer Großmutter ins Esszimmer mitgebracht. Es stammte aus ihrem alten Kinderzimmer, in dem sie immer noch gerne schlief. Sie hatte es auf Virginias Stuhl platziert, auf dem sie nun wie ein Gespenst gegenwärtig war, um beim Essen über sie zu wachen. Izzy prostete dem ausdrucksstarken Gesicht mit ihrem Weinglas zu und sagte: »Auf dein Wohl, meine Liebe!« Dann verkniff sie sich eine drohende Träne und kehrte augenblicklich zu dem ihr eigenen stoischen Gleichmut zurück.

Eve wusste, dass Izzy durch den Tod ihrer Großmutter

nicht nur untröstlich, sondern regelrecht geschockt gewesen war – in Izzys Leben passierte nur sehr wenig, von dem sie nicht wollte, dass es passierte.

»Aber sie war doch noch *jung*«, hatte sie immer und immer wieder protestiert, als Eve ihr die Nachricht am Telefon überbrachte, obwohl Eves Mutter fast achtzig gewesen war. Nicht dass Virginia ihr Alter jemals öffentlich zugegeben hätte. Und es hätte sie auch niemand so alt geschätzt, denn sie blieb bis ans Ende ihrer Tage eine Schönheit.

Als sie starb, wohnte Virginia bereits seit sieben Jahren bei Eve, ihrem einzigen Kind. Doch Eves Haus hatte das ungleiche Paar trotz seiner sechs Schlafzimmer, vier Badezimmer, einer riesigen Küche und mehreren Salons nie ohne Reibungen beherbergt. Es war eine Frage der Persönlichkeit. Die von Virginia hätte für vier Frauen gereicht. »Ich habe deinen Anteil für mich behalten«, sagte sie mehr als einmal zu Eve, denn Eves Mutter war nicht nur mit Schönheit, Witz und Lebensfreude gesegnet, sondern auch mit einer bösen Zunge.

Eve, deren Ehemann schnellstens aus dem Hühnerstall geflüchtet war – genau, wie es Virginia vorhergesagt hatte –, sorgte daraufhin unermüdlich und pflichtschuldig für ihre Mutter. Dieser Aufgabe opferte sie ihre Freiheit, ihr Selbstvertrauen und ihre Selbstachtung. Doch im Grunde hatte Virginia ihr diese Dinge bereits bei ihrer Geburt geraubt, und das, was davon vielleicht noch vorhanden war, spätestens nach dem Tod von Eves Vater, der einem Herzinfarkt erlag, als Eve fünf Jahre alt war. Auch in dieser Tragödie spielte die zurückgebliebene Ehefrau schnell die Hauptrolle, ungeachtet der Tatsache, dass es um ihre Ehe bereits seit geraumer Zeit schon nicht mehr zum Besten stand.

In Virginias Witwenstand gab es eine Vielzahl von Liebhabern und zeitweise auch einen zweiten Ehemann. Ihre wahre Zuneigung galt jedoch immer nur ihrer Enkelin, in der sie sich selbst wiedererkannte. Gerade heute erst, als Izzy mit den Camparis draußen sitzen wollte und Eve ihr erklären musste, dass die Gartenmöbel am Tag zuvor frisch gestrichen und noch klebrig wären, hatte sie in einem Tonfall erwidert, der Virginia leibhaftig aus dem Grab zurückbrachte: »Das hättest du besser bereits an Ostern erledigt.«

Rückblickend, in der feierlichen Stille des Esszimmers, konnte Eve sich an keine einzige ernsthafte Meinungsverschiedenheit zwischen ihrer Mutter und ihrer Tochter erinnern. Unstimmigkeiten hatte es viele gegeben, Tage, an denen sie sich beide schrill bei ihr über die Unzulänglichkeiten der anderen beklagten. Aber diese hysterischen Anfälle flauten ebenso plötzlich und unberechenbar wieder ab, wie sie ausgebrochen waren. Und Eve wurde erneut ins Abseits gedrängt und ausgeschlossen, wie schon so viele Male zuvor.

Nach einer eher zur Jahreszeit passenden Zitronentarte mit einer Tasse Kaffee und einigen mit Bedacht ausgewählten, unverfänglichen – zumindest, was Eve anging – Erinnerungen an ihre sehr unterschiedlichen Erfahrungen mit Virginia, machte sich Izzy auf den Weg, eine alte Schulfreundin zu besuchen.

Eve begann einigermaßen erleichtert, die Spuren des Mittagessens zu beseitigen. Gwen hatte den Rest des Tages frei, also säuberte Eve die Teller selbst und räumte den Geschirrspüler ein. Das hätte sie allerdings auch gemacht, wenn Gwen da gewesen wäre. Gwen sagte oft, sie wisse gar nicht, wofür Eve sie überhaupt bezahle; in letzter Zeit gebe es so wenig für sie zu tun. In Wahrheit wussten sie beide ganz genau, warum Eve Gwen dafür bezahlte, dass sie dreimal die Woche aus dem Dorf ins Haus kam. Sie bezahlte sie für ihre Gesellschaft, ihre angenehme, an keinerlei Bedingungen geknüpfte Gesellschaft.

Nachdem die Küche wieder adrett und tadellos aussah – sozusagen ein Abbild ihrer selbst, obwohl sie nie auf einen derartigen Gedanken gekommen wäre –, setzte sie sich an den Küchentisch am Fenster mit Blick auf den Pflaumenbaum. Unter einer braunen Ledermappe, in der sie ausgeschnittene Rezepte sammelte, zog sie Jackson Coopers – Jacks – Postkarte hervor und las sie noch einmal.

Dann ging sie in die Bibliothek an ihren Sekretär. Wie oft hatte sie hier schon gesessen: um die Einladungen zu Izzys Taufe vorzubereiten, um ihre Scheidungspapiere zu unterschreiben und um die Einkaufsliste für das Begräbnis ihrer Mutter zusammenzustellen. Sie klappte den Bildschirm des flachen blauen Laptops auf, den Izzy ihr letztes Jahr zu Weihnachten mitgebracht hatte. Auf Jacks Internetseite war eine E-Mail-Adresse angegeben.

Lieber Jack Cooper,
nein, ich koche nicht beruflich.
Eve Petworth

Dann aus Liebe?

Zur Beruhigung, als Stütze und als Trost. Und Sie?

Aus Liebe.

Jack hob das Bier an seine Lippen und zog eine Grimasse. »Hör auf, diesen Quatsch zu kaufen. Und wenn doch, dann schlepp so etwas nicht bei mir zu Hause ein. Bring europäisches Bier mit, denn das schmeckt wenigstens nach Bier. Dieses Zeug hier schmeckt, als hätte jemand reingepisst.«

»Sei heute Abend nachsichtig mit mir, Jack.«

Jack lenkte freundlicherweise ein und sagte: »Okay, den Rest verkneife ich mir.«

»Mir liegt etwas auf der Seele«, fuhr Dex fort und nahm einen tiefen Schluck aus seiner Bierflasche.

»Geht es um Geld oder Liebe?«

Dex lachte. »Glaubst du wirklich, es läuft immer nur darauf hinaus?«

»Ja, in Ermangelung von Tod, Pest und Krieg. Na ja, aber vielleicht bin ich auch nur unglaublich oberflächlich.«

»Genau genommen herrscht in meinem Liebesleben gerade Flaute.« Dex sah auf die Uhr. »Aber das trifft erst seit vierzehn Stunden zu, also lasse ich mich davon noch nicht fertigmachen. Und meine finanzielle Situation ist eigentlich wie immer – was so viel heißt wie unzulänglich.«

»Brauchst du Unterstützung?«

Dexter Cameron hob die Schultern in einer lässigen, eleganten Geste. Eine einstudierte Geste, schließlich war er Schauspieler. »Nein, danke. Man gewöhnt sich ans Abgebranntsein. Es ist, als würde man was Schweres mit sich rumschleppen und sich im Laufe der Zeit die angemessene Haltung aneignen.«

»Wie du meinst. Aber du weißt ja, dass es da ist.«

»Ich weiß, dass es da ist«, wiederholte Dex.

Jack prostete ihm zu. Und da er das Gefühl hatte, er müsse das Gleichgewicht zwischen ihnen wiederherstellen, fragte er: »Wie geht es Brooke?«

»Sie ist siebzehn, sie sieht noch besser aus als ihre Mutter, und sie bildet sich gerade über verschiedene Unis eine Meinung, was ein Privileg derjenigen ist, die bei der Wahl ihres Studienortes freie Bahn haben.«

»Siebzehn?«

»Siebzehn.«

Brooke, der quirlige Abkömmling aus einer von Dex' unbedeutenden Affären, war noch ein Kleinkind gewesen, als er und Jack sich das erste Mal begegnet waren. Ihre Mutter war kurz nach dem zweiten Geburtstag der gemeinsamen Tochter nach New Mexico gezogen, aber Dex hatte den Kontakt zu ihnen gehalten und sie regelmäßig besucht.

»Rufst du sie immer noch jeden Dienstag an?«

»Jeden Dienstag.«

»Du bist ein guter Vater.«

Jetzt war Dex an der Reihe, das Glas zu erheben, was er auch tat, und damit hätte das Gespräch eigentlich beendet sein können. Die beiden Männer waren schon seit langer Zeit miteinander befreundet und gingen vollkommen ungezwungen miteinander um. Ihre Freundschaft kam ohne überflüssige Fragen und, wenn überhaupt, dann nur kurz aufflackerndes Imponiergehabe aus. Sie hätten einfach wie sonst auch immer beisammensitzen können, ins Leere blicken und über nichts Besonderes reden. Die Flut stieg, und das gleichmäßige Rauschen der Wellen an der Küste unterhalb des Hauses bahnte sich seinen Weg zu ihnen. Aber dann sagte Dex: »*Du* bist es, der mir auf der Seele liegt.«

Jack wurde von der Wendung des Gesprächs überrumpelt. Da er aus diesem Satz gewisse Fragen heraushörte, auf die er keinesfalls eingehen wollte, stand er wortlos auf und ging in die Küche, wo er sein Bier in den Ausguss kippte und sich ein neues aus dem Kühlschrank nahm. Bei seiner Rückkehr ins Zimmer – Dex hatte gerade seine nackten Füße auf einem niedrigen Couchtisch in der Nähe der Flügeltüren abgelegt – hielt er die Flasche hoch und sagte: »Für deine Weiterbildung – TSCHECHISCH. Schlag es irgendwann mal nach.«

Aber Dex' Gesichtsausdruck machte klar, dass er sich nicht so leicht vom Thema abbringen lassen würde.

»Mir. Geht. Es. Gut«, sagte Jack, aber sein Tonfall und die Art, wie er sich Dex gegenüber auf einem schwedischen Stuhl mit hoher Lehne niederließ, verloren durch die darunter verborgene Unaufrichtigkeit an Überzeugungskraft.

»Was hat es eigentlich mit Marnie auf sich?«

Die Brise war gerade stark genug, dass sich der leichte weiße Baumwollvorhang bauschte. Jack hatte seinen Blick darauf gerichtet und sagte: »Ich habe keine Ahnung, und es ist mir auch egal.«

»Nein, das ist es nicht.«

»Doch, Dex, genau das ist es.« Er stellte sein Bier auf dem Tisch ab, der Dex' Füßen Halt bot, und stand wieder auf, nur um einen Augenblick später mit einer Holzschüssel voller Nüsse wiederzukommen. Er platzierte sie neben der Bierflasche und schob Dex' Füße mit einer deutlichen Geste, die keinen Widerspruch duldete, vom Tisch.

»Also wohnt sie jetzt bei dieser anderen Tante, oder was?«, fragte Dex.

»Sie wohnt jetzt bei dieser anderen Tante, die übrigens Carla heißt und eine Bibliothekarin aus Wisconsin ist. Und jetzt Themawechsel.«

Dex beugte sich vor und schnappte sich eine Handvoll Nüsse, ließ Jack aber keine Minute lang aus den Augen. In ihren gemeinsamen fünfzehn Jahren hatte er seinen Freund noch nie in diesem Zustand erlebt, in dem er sich jetzt befand: am Tiefpunkt. Dex war normalerweise derjenige, der tief sank, sich betrank, durchdrehte. Er warf sich ein paar Nüsse in den Mund. »Boah, die sind gut«, sagte er. »Was hast du mit denen angestellt?« Er öffnete seine Hand, starrte den Inhalt bewundernd an und verschlang dann den Rest.

»Ich schwenke sie in geschmolzener Butter und Honig und Salz ... als ob dich das interessieren würde. Iss sie einfach.«

Dex schaute lächelnd hinaus auf den Horizont, und Jack folgte seinem Blick.

»Schreibst du?«, fragte Dex schließlich, obwohl er es besser wusste.

»Themawechsel«, entgegnete Jack zum zweiten Mal.

Später erhitzte Jack Öl und Butter in einer gusseisernen Bratpfanne und wartete, bis das Fett zu qualmen begann. Dann warf er zwei Steaks in die Pfanne und wendete sie. Er hatte das Fleisch leicht fariniert, und das Mehl verdickte sich langsam. Er nahm die Steaks vom Herd und riss das Küchenfenster weit auf, bevor er sie mit einem generös bemessenen Schuss Rotwein aus einem großen Glas begoss, das er auf dem Tresen abgestellt hatte. Dann stellte er die Pfanne wieder auf den Herd und reduzierte die Flamme. Während er darauf wartete, dass die Flüssigkeit einkochte, hob er das Glas noch einmal und leerte es in einem Zug. Danach starrte er einen Moment lang auf den altbekannten smaragdgrünen Rasen und die niedrigen Hortensien und das Meer, aber er sah es nicht wirklich. Was er sah, war sein fünfzigster Geburtstag, der so unerbittlich wie ein Güterzug auf ihn zuraste.

Eve hatte die Postkarte drei Jahre zuvor auf einer grauenvollen dreitägigen Reise mit ihrer Mutter nach Cornwall entdeckt. Sie waren in einem angenehmen Hotel mit hervorragender Küche untergekommen, doch nichts war nach Virginias Geschmack. Und mit Ausnahme der halben Stunde, die sie jeden Abend flirtend mit dem peinlich berührten jungen Kellner verbrachte, der ihnen ihre Sechs-Uhr-Cocktails servierte, war sie eine miserable Reisebegleitung. Eve, die eines Nachmittags an der malerischen Küste entlangschlenderte, während Virginia ein Mittagschläfchen hielt, hatte die Postkarte und eine kleine, aufwendig verpackte Schachtel Buttertoffees gekauft. Sicherlich nicht, weil sie gerade Verwendung dafür hatte, sondern weil sie sich in dem Laden ihrer Einsamkeit so überdeutlich bewusst geworden war. Die Toffees hatte sie Gwen geschenkt und die Karte in ihrem Sekretär verstaut, als Vorrat für irgendeine Gelegenheit, die sich aber nie ergeben hatte.

Jetzt erstaunte sie die Ähnlichkeit des Bildes auf ihrer Karte und des Bildes auf der Karte, die Jackson Cooper ihr geschickt hatte, ein Motiv, das ihr mittlerweile sehr vertraut war. Sie drehte beide Karten um und verglich die Namen der Künstler, aber offenbar gab es da keine Verbindung. Dann widmetet sie sich dem makellosen Weiß im Inneren der Karte und schrieb:

Lieber Jack,
was das unreife Obst betrifft, haben Sie nicht ganz unrecht. Früchte für Konfitüre sollten reif, aber nicht zu reif sein. Wenn doch, geliert das Ganze nicht so gut. Im Winter, wenn es keine Pfirsiche gibt, bringt selbst gemachte Konfitüre etwas Sonnenlicht ins Haus.
Eve

Sie schob die Karte in den Umschlag, schrieb die Adresse darauf und ließ sie auf ihrem Sekretär liegen. Sie würde Gwen bitten, morgen Briefmarken mitzubringen.

Aus dem oberen Stockwerk drangen Stimmen zu ihr durch. Izzy und ihr Freund Ollie waren gestern spätabends angereist. Eve hatte bereits im Bett gelegen, aber gehört, wie die beiden eintrafen: das Schlagen der Autotüren und Izzys Befehle an Ollie bezüglich der Koffer. Izzy hatte ihre Anweisungen mit einer Schroffheit vorgetragen, die keine Zugeständnisse an die bereits fortgeschrittene Stunde machte. Eve hatte den beiden eine kalte Platte mit Hühnchen und Salat hingestellt, falls sie noch zu Abend essen wollten.

Im Moment ließ Izzy es sich gerade in ihrer Lieblingswanne auf vier Löwenfüßen in dem riesigen Badezimmer gut gehen, das etwas abseits vom Flur lag, und redete. In Izzys Stimme schwang immer eine natürliche Autorität mit, dachte Eve, sogar wenn sie nackt ein Mandelöl-Bad nahm. Mit ihren fast achtundzwanzig Jahren arbeitete sie als Gutachterin für ein großes Auktionshaus. Der Verlauf ihrer Karriere war das, was man »kometenhaft« nannte. Eve vermutete, dass ihre Stimme ihr dabei gute Dienste geleistet hatte.

»Alles an ihr ist einfach unwiderstehlich«, sagte Eve zu sich selbst. Dann stand sie auf, ging zurück in die Eingangshalle, durchquerte die Küche und betrat den Garten durch die Hintertür. Sie wollte etwas Minze für das Lamm holen, das sie später zum Mittagessen braten würde.

Aber was macht sie denn den ganzen Tag?« Izzy hob einen Fuß aus der Badewanne und stellte ihn auf eine flauschige weiße Badematte. Dann schüttelte sie den zweiten Fuß hinter sich aus, wie ein geschmeidiges Tier, das einen Zaun überspringt, und griff nach einem Handtuch.

»Sie arbeitet doch ehrenamtlich in diesem Laden, oder?«

»Alle Jubeljahre mal. Ich glaube nicht, dass das Rote Kreuz tatsächlich auf sie angewiesen ist.«

»Hat sie Freunde? Spielt sie Bridge oder so was?«

»Nein, früher hat sie solche Sachen gemacht, aber jetzt bestimmt nicht mehr. Sie wurschtelt wirklich nur noch im Garten herum.«

»Sie ist doch noch gar nicht so alt«, sagte Ollie und reckte sein Kinn nach oben, um sich am Hals zu rasieren. »Und sie sieht gut aus. Vielleicht hat sie einen Kerl.«

Wäre Izzy wirklich darauf eingegangen, anstatt einfach nur vorschnell zu reagieren, wie es nun mal ihre Art war, dann hätte sie in dem Fleck, den Ollie mit seiner Handfläche im Spiegel freigewischt hatte, gesehen, dass er grinste, als er nach unten blickte, um seinen Rasierer abzuwaschen. Aber das tat Izzy nicht.

»Sei nicht albern, Ollie«, schalt sie ihn, während sie das Handtuch vor ihrer Brust verknotete und den Kopf vornüberbeugte, um ihre Haare in ein zweites zu wickeln. »Also echt, was für eine Vorstellung!«

Eve salzte und hackte die Minze und ließ sie in Zucker und Wasser ziehen. Dann schob sie einen Krug mit Gänseblümchen in die Mitte des Küchentischs und verteilte Platzsets aus Kork für ein zwangloses Frühstück.

Durch das Fenster konnte sie am äußersten Ende des Gartens, wo der Wald ans Grundstück heranreichte, einen Weißen Fingerhut in voller Blüte sehen. Eve liebte diese Pflanze, wie sie sich elegant rekelte und keck zwischen ihren verbreiteteren violetten Verwandten hervorstach. Sie stand einfach nur da, betrachtete die Blüten und spürte, wie sich einen Augenblick lang zwischen ihnen ein sanftes, stilles Band schmiedete – bis Izzy und Ollie sich zu ihr gesellten. Wie immer trugen die beiden Kleidung, die sorgfältig für einen Besuch auf dem Land ausgewählt worden war: teure Jeans und leger sitzende Pullover.

Eve erfasste den Grund für diesen spontanen Besuch sofort. Izzy trug einen Verlobungsring. Als Izzy den Blick ihrer Mutter bemerkte, hob sie schnell die Hand.

»Trara«, sagte sie triumphierend, obwohl hinter der spielerischen Handbewegung mit den wackelnden Fingern bereits eine tief im Inneren verborgene Unsicherheit durchschien. Und dann, ganz plötzlich überwältigt von der Sehnsucht nach Aufrichtigkeit, ließ sie den Arm sinken. »Ich wünschte, Gin-gin wäre da. Eine Hochzeit ohne sie fühlt sich einfach nicht richtig an«, platzte es aus ihr heraus.

Ihr Protest übertönte Eves Glückwünsche. Eve, die nicht wusste, wie sie auf den Ausbruch reagieren sollte, schickte erst mal Ollie los, eine Flasche Champagner zu holen, und beschäftigte sich selbst mit dem Pressen einiger Orangen.

Izzy erholte sich schnell, und als sie sich wieder auf sicherem Terrain zwischen Kompensation und echten Gefühlen befand, fuhr sie fort: »Und du musst erst gar nicht fragen. Ich bin es nicht.«

Eve wusch sich den Orangensaft von den Händen und stellte die ausgepressten Hälften zur Seite, um daraus Orangeat zu machen. In Wirklichkeit war es ihr gar nicht in den Sinn gekommen, dass Izzy schwanger sein könnte. Izzy wusste genauestens über die Umstände von Eves eigener Hochzeit Bescheid, dank Virginias detaillierter Berichterstattung. Eve war immer der Ansicht gewesen, dass Izzy damals noch viel zu jung dafür gewesen war. Aber wenigstens würde dieses Wissen sie abschrecken, allein aus diesem Grund zu heiraten. Gerade wurde ihr allerdings schlagartig klar, dass Izzy so etwas sowieso niemals tun würde. Es herrschten andere Zeiten, und Izzy war ein anderer Mensch. Anders als Eve.

»*Ich* werde auf gar keinen Fall wie ein Nilpferd den Gang entlangwatscheln«, verkündete Izzy, die damit Eves Gedanken bestätigte.

Eve sagte nichts dazu, und da das Thema für sie abgeschlossen war, schickte sie sich an, den beiden noch einmal zu gratulieren. Ollie hatte den Champagner geöffnet. »Herzlichen Glückwunsch«, wiederholte sie. »Auf viele glückliche gemeinsame Jahre.« Sie prostete den beiden jungen Menschen zu. Wahrscheinlich zu jung, dachte sie insgeheim, und dennoch älter als ich damals.

Er wird herumstreunen, bevor die Hochzeitsreise zu Ende ist«, hatte Virginia prophezeit. Durch die Tür ihrer Kabine in der verschnörkelten Damentoilette des Restaurants, in dem ihre Verlobung gefeiert wurde, hörte Eve die goldene Schließe von Virginias Puderdose zuschnappen. Simon Petworth, ihr überaus charmanter zukünftiger Ehemann, hatte eine Gruppe von Freunden und Familienmitgliedern dorthin eingeladen.

»Ach, mal sehen«, erwiderte Dodo, Virginias einzige enge Freundin. »Sie ist sehr hübsch. Und stille Wasser sind manchmal tief, da weiß man nie so genau, was passiert.«

Eve hielt die Luft an, aus Angst, entdeckt zu werden, wodurch diese ohnehin schon grässliche Szene noch grässlicher geworden wäre. Sie konnte sich die beiden lebhaft vorstellen, wie sie, mit ihren eigenen Spiegelbildern beschäftigt, an ihren Frisuren herumzupften und Lippenstift auftrugen.

»Glaub mir, ich weiß, was ich sage«, fuhr Virginias Stimme fort. »Er kann's nicht lassen, und sie ist so aufregend wie Kohlsuppe.«

Eve, neunzehn Jahre alt und im dritten Monat schwanger, dachte damals, sie würde ohnmächtig werden, was aber nicht passierte. Das Einzige, was passierte, war, dass sie sich zum Klang des Gelächters ihrer Mutter mit dem baldigen Verlust der Zuneigung ihres Ehemanns abfand. Wie ein Vogel, dessen Herz bereits versagt, bevor die Katze ihn tatsächlich tötet.

Kapitel 2

Jack, durch das Mondlicht und den Alkohol und das lange Philosophieren mit Dex in gelöster Stimmung, sagte: »Sie fährt einen Ford.«

Marnies Weggang war wieder zum Thema geworden, und diesmal hatte er sich nicht dagegen gewehrt. »Ich fand das Auto irgendwie gewöhnlich. Das Auto der Liebhaberin deiner Frau sollte schon was Ausländisches sein. Irgendwas mit Flair, findest du nicht?«

»Ein Porsche«, schlug Dex vor.

»Ganz genau. Aber das da war ein Kombi mit einem ›Ich liebe Bücher‹-Aufkleber am Heck. Mit Herzchen.«

Darüber dachten sie beide einen Moment lang nach.

»Da wusste ich endgültig, dass es mir wirklich egal ist«, sagte Jack. »Als mir klar wurde, dass das, was ich an der ganzen Situation am schlimmsten fand, der Herzchen-Aufkleber war.«

Am nächsten Tag gaben sie sich auf der hinteren Terrasse in der späten Morgensonne wortlos und gezielt dem medizinisch begründeten Trinken von Bloody Marys sowie dem Verzehr von Speck und Pfannkuchen hin, als eine zarte weibliche Stimme von der einen Hausseite zu ihnen herüberschwebte.

»Hallo?«

Jack verkrampfte sich, obwohl er die Stimme nicht erkannte. Seit zwei Wochen fuhr er nun schon seinen Wagen lieber in die Garage, statt ihn wie sonst immer mit dem Schlüssel im Zündschloss auf der Straße stehen zu lassen. Er wollte Lisa unbedingt aus dem Weg gehen, was ihm bis jetzt erfolgreich gelungen war. Sie hatte zwar öfter eine Nachricht auf seinem Anrufbeantworter hinterlassen und vor zwei Tagen sogar vor der Küchentür gestanden. Da diese verschlossen war, kam sie noch an die Vordertür und bückte sich, um durch einen heruntergelassenen Rollladen zu spähen.

Jack war durch das Rascheln im Gebüsch gewarnt worden. Er ließ sich sofort fallen, krabbelte hinter ein dreisitziges Sofa und drückte sich an den Boden. Während er mucksmäuschenstill auf dem Rücken lag, sich jeder Faser seines Körpers bewusst, gepeinigt vom Luftanhalten und den stacheligen Teppichborsten, wurde ihm klar, dass dieses Verhalten eines erwachsenen Mannes absolut unwürdig war.

»Adrienne!« Dex klang plötzlich alarmiert. »Die habe ich total vergessen.«

»Ist die Flaute in deinem Liebesleben schon vorbei?«

»Nicht meine, Kumpel. Deine.«

»Hallo?«, erklang die Stimme noch einmal, jetzt lauter, klar, aber nicht aufdringlich. Ein Windspiel am Meer.

Sie war groß, ihr Haar hatte die Farbe eines Sandstrands, und sie trug eine weiße Leinenhose und ein zartblaues Hemd, vielleicht ein Männerhemd, aber dafür saß es eigentlich zu perfekt. Als sie ihre Sonnenbrille abnahm und Jack bei der Vorstellung durch Dex anlächelte, fiel ihm auf, dass ihre Augenfarbe und die Schattierung des Hemdes perfekt harmonierten. Sie war ein vollkommenes Geschöpf der Natur. Und das genaue Gegenteil von Lisa. Diesen Vergleich zog Jack nicht nur im Geiste – Lisa war Adrienne aufs Grundstück und bis zur Terrasse gefolgt.

»Ich bin Lisa«, stellte sie sich strahlend selbst vor, auch wenn sie dabei nervös wirkte wie jemand, der vertrauensvoll eine Brücke betreten hatte und plötzlich feststellen musste, dass sie weniger stabil war als erwartet. Sie beobachtete Jacks Haus seit Tagen, obwohl ihr allein der Gedanke, ihm tatsächlich zu begegnen, Bauchkribbeln verursachte. Seit dem abrupt beendeten Augenblick in seinen Armen hatte sich eine lang genährte, amüsante Schwärmerei in qualvolles Hoffen verwandelt. Dann hatte sie die blonde Frau ums Haus herumgehen sehen und spontan angesprochen, und jetzt war sie hier. Und er war hier: überlebensgroß, ins Sonnenlicht getaucht und einfach viel zu attraktiv.

»Hi«, sagte sie.

»Hey«, erwiderte er in einem Tonfall, der ihr nicht entgegenkam.

»Ich heiße Adrienne«, sagte die blonde Frau.

Und dann stellte Jack Lisa Dex vor und fragte alle, was sie gerne trinken würden.

»Ich habe eine Freundin, die Model ist«, sagte Lisa.

Rick, Jacks philippinischer Haushälter, räumte die Reste der Pfannkuchen weg, und als er sich seitlich über sie beugte, rückte Lisa ihren Stuhl automatisch ein bisschen näher an Jacks heran. In diesem Moment war gar nichts offensichtlich, außer jeder Menge Zwischentöne. Dex sah erst Jack und dann Lisa an und kehrte dann wieder zu Jack zurück, aber es war Ricks Blick, dem Jack auszuweichen versuchte. Rick konnte eine ausdruckslose Miene aufsetzen, die Bände sprach, und Jack wollte nichts davon hören.

Lisas Bemerkung hing einen Moment in der Luft, bevor Adrienne kapierte, was damit gemeint war, und schnell sagte: »O nein, ich bin kein Model. Ich bin Fotografin.« Dex hatte erzählt, er und Adrienne hätten sich bei einem Fotoshooting kennengelernt.

»Sie hat die Standaufnahmen für den Kurzfilm gemacht, bei dem ich im März mitgespielt habe«, fügte er jetzt hinzu.

»Der, für den du nach Kanada gereist bist?«, fragte Jack.

»Genau. Sie ist wahnsinnig gut.«

Jack und Lisa sahen jetzt beide Adrienne an, die aber kaum auf das Kompliment reagierte.

»Jedes Foto hatte eine ganz eigene … Qualität«, fuhr Dex fort. »Wunderschön. Niemals eindimensional.«

Jack ertappte sich dabei, wie er beobachtete, ob es zwischen Adrienne und Dex Anzeichen für eine Verbindung gab, die über die gegenseitige berufliche Bewunderung hinausging. Ihm fiel nichts auf. Genauso wenig, wie ihm auffiel, dass Lisa vorsichtig an einem Stückchen Sellerie nagte und ihn dabei nicht aus den Augen ließ.

»Ich habe nur versucht, den wahren Sinn des Stückes einzufangen«, entgegnete Adrienne zurückhaltend. »Und die Schauspieler – alle, die dabei waren – haben mich tief beeindruckt. Diese Intensität, die ihr in den Film eingebracht habt. Es war unglaublich.«

Sie schweiften ab in typisches Gerede über Filmemachen, und Jack fiel zum wiederholten Mal auf, dass Dex eine Verwandlung durchlief. Er nahm die Schauspielerei wirklich ernst und wirkte ganz anders, wenn er darüber sprach – fokussiert.

Lisa nutzte die Gesprächspaarung sofort aus und wandte sich Jack zu. Der Ausschnitt von ihr, den dieser Blickwinkel entstehen ließ – weit aufgerissene Augen und ein tiefes Dekolleté –, wirkte teils kindlich und teils mütterlich auf ihn. Jack bereitete diese Mischung ziemliches Unbehagen.

»Wie geht es dir?«, fragte sie.

Durch die Intensität ihres Blicks hatte Jack augenblicklich das Gefühl, an einer schweren, möglicherweise tödlichen Krankheit zu leiden. »Los, kommt, wir gehen alle zu Mama's, ein paar Krebse essen«, lieferte er ihr als Antwort, und seine Stimme war viel zu laut. Und damit sein Ton zur Situation passte, musste er aufstehen und wie ein Idiot in die Hände klatschen.

»Seit wann baggerst du denn diese Lisa-Tussi an?«, fragte ihn Dex später auf der Herrentoilette im Mama's.

»Ich baggere diese Lisa-Tussi nicht an«, entgegnete Jack, während er sich die Hände mit Seife wusch.

Dex hob abwartend eine Augenbraue.

»Das Ganze ist ein Missverständnis«, sagte Jack. Er zog ein Papierhandtuch aus der Halterung, trocknete seine Hände und warf das Papier in den Plastikmülleimer.

»Solche Missverständnisse hatte ich auch schon«, sagte Dex. »Ziiieeemlich chaotisch.«

Sie gingen zurück ins Restaurant, aber Jack hielt plötzlich neben einer Topfpalme an. Von hier aus konnte er die beiden Frauen draußen auf der Terrasse unter der gestreiften Markise sitzen sehen. »Ich werde es niemals schaffen, sie loszuwerden«, sagte er trübsinnig.

Dex blieb ebenfalls stehen und blickte in die gleiche Richtung wie Jack. Lisa redete angeregt auf Adrienne ein, die mit einem Stück Brot spielte, das sie nicht aß.

»Da hast du ein bisschen zu nahe an deinen eigenen Garten gekackt, stimmt's, Kumpel?«

Jack seufzte. »Ich werde das Haus verkaufen müssen.«

»O nein!« Dex lachte laut los. »Wenn man sie konsequent ignoriert, kapieren sie's irgendwann. Dein Auto musst du allerdings eine Zeit lang auf Brandsätze untersuchen.«

Jack fuhr sich mit der Hand durchs Gesicht.

»Tja, wenn du Geduld gehabt hättest, statt auf das nächstbeste Teil aufzuspringen, das gut riecht, du geiler alter Ziegenbock, dann wäre dir aufgefallen, dass ich die perfekte Frau herbeizaubern kann, die dir aus deiner ›Werden Frauen durch mich lesbisch?‹-Krise hilft. Und genau diese Frau ist zufällig Adrienne. Willst du mir da nicht zustimmen?«

»Ich bin mir nicht ganz sicher, wem oder was ich da zustimmen soll«, sagte Jack. »Hier ist zu viel Kacke am Dampfen.«

»Adrienne«, Dex drehte sich mit erhobenem Zeigefinger zu Jack um, »hat Klasse. Vermassle die Sache nicht.«

Jack war einen Moment lang fasziniert und auch ein bisschen verwirrt durch den Rollentausch zwischen ihm und Dex. Normalerweise war es Jacks Aufgabe, Dex zu sagen, er solle die Sachen nicht vermasseln. So war es bisher immer gewesen. Und dennoch stand er jetzt hier, der ehemals solide Teil ihres Duos, versteckte sich hinter Sofas und pflegte seinen Kater, während Dex offenbar mit sich im Reinen war. Obendrein hatte er sogar noch recht: Adrienne hatte Klasse.

»Ich war auf der Kingston School of Design«, erzählte sie ein paar Minuten später, als er sie beim Kaffee, den sie abgelehnt und dafür einer weiteren Flasche Wasser den Vorzug gegeben hatte, nach ihrer Ausbildung fragte.

»Eine gute Uni«, sagte Jack.

»Eine gute Studentin, da wette ich was«, schob Dex hinterher.

Lisa bot Adrienne den Teller mit Makronen an, der zum Kaffee gereicht worden war: »Möchtest du eine?« Sie wackelte dümmlich mit dem Teller vor Adriennes Nase herum und verfluchte sich im selben Moment dafür. Verunsichert durch Adriennes polierte Coolness und die Ungewissheit, was genau zwischen ihr und Jack ablief – wobei sie sich vor der *Gewissheit* mindestens ebenso sehr fürchtete –, war sie während des Essens immer kapriziöser geworden. Sie war sich dessen vollkommen bewusst, und sie konnte trotzdem nicht damit aufhören.

»Nein, danke«, sagte Adrienne und erwiderte Lisas Lächeln mit einem, das freundlich, aber irgendwie auch nichtssagend war. Von dem Essen hatte sie nichts angerührt.

Während er seine Krebse aß, dachte Jack wie immer über Mamas Kochkünste nach. Seit zwanzig Jahren servierte sie Krebse ohne erkennbares Nachlassen von Begeisterung. Man konnte immer noch ihr Herzblut schmecken. Sie und Hatty, die das kleine Café auf der South Street betrieb, gehörten zu den wenigen Menschen in Grove Shore, die etwas von dieser so wichtigen Zutat im Essen verstanden. Zu viele andere servierten einfach nur makellose, hübsch auf den Punkt zubereitete Gerichte. Aber Mamas Künste waren an Adrienne verschwendet.

»Ich bin Vegetarierin«, hatte sie bei der Bestellung erklärt. Und unnötigerweise hinzugefügt: »Ich esse keine Tiere.«

»*Ich* hatte ziemlich lange eine Essstörung«, gab Lisa laut zum Besten. »Aber dann habe ich diesen tollen Therapeuten gefunden. Hat mich in *null Komma nichts* geheilt.« Der Spruch war witzig gemeint, aber der falsch gewählte Zeitpunkt und das Geräusch ihres begleitenden Fingerschnippens ruinierten den Effekt. In dem betretenen Schweigen, das auf ihre Bemerkung folgte, hing das Schnippen noch lange in der Luft.

Dex rettete sie und lachte. Und Lisa, die ihm dafür ein schwaches dankbares Lächeln schenkte, hob ihr Glas und wandelte weiter in Richtung Vollrausch.

Irgendwann mal, nach dem Gespräch über die Kingston School und nach Dex' zweiter, langatmiger Hollywood-Anekdote, über die Lisa unbehaglich grinste, während

Adrienne teilnahmslos mit der Wasserkaraffe spielte, fiel Jack auf, dass er schlechte Laune bekam. Er hatte seit Marnies Weggang nur sehr wenig gearbeitet und zu viel getrunken – was ihm in dieser Kombination noch nie gut bekommen war. Aber es sollte noch sieben Stunden dauern, bis der absolute Tiefpunkt erreicht war.

Nach dem Kaffee gingen sie den Strand entlang nach Hause. Adrienne ließ ihre Riemchensandalen aus Naturleder an ihren langen Fingern baumeln.

Lisa, deren Geschwätzigkeit endlich durch den Alkohol, durch Jacks freundlich-distanziertes Verhalten und durch die spöttische innere Stimme, die sich über ihr achtunddreißigjähriges Single-Dasein lustig machte, im Keim erstickt wurde, verstummte und blieb hinter ihnen zurück. Jack spürte das immer stärker werdende Pochen in seiner linken Schläfe und das Aufziehen eines Nachmittagskaters, der Selbstmitleid und Hoffnungslosigkeit mit sich brachte. Trotzdem bemerkte er Lisas Trödeln und die Traurigkeit, die sich in ihrer abwärts verlaufenden Kinnlinie manifestierte. Also holte er sie zurück in die Gruppe und ließ seinen Arm auf ihrer Schulter liegen, liebevoll, träge, und gerade lange genug, um ihr Feuer wieder zu entfachen.

Bis sie die Holztreppe erreicht hatten, die vom Strand hoch in Jacks Garten führte, wurde Jack von der Sehnsucht, sie ganz allein hinaufzugehen, beinahe überwältigt. Aber Lisa, angespornt durch neu erwachten Optimismus, drängelte sich rasch vor, und als sie die steilen Stufen erklomm, befand sich ihr keckes Hinterteil – eine Aprikose in Capri-Hosen aus Stretch – unmittelbar in Höhe seiner Nase. Und dann trat auch noch Dex zur Seite und ließ Adrienne den Vortritt. Jack fügte sich dem weiteren Verlauf des Abends und hatte bereits jetzt jegliches Interesse daran verloren.

Im Haus machte Adrienne verbale Anstalten zu gehen, aber Dex hielt sie davon ab und brachte noch einen Stuhl für sie auf die Terrasse, auf der Jack und er vor ihrer Ankunft gesessen hatten. Mittlerweile war es nach fünf Uhr nachmittags, und Jack, der Geborgenheit und Trost suchte, zog sich in den Raum zurück, wo er sicher sein konnte, genau diese beiden Dinge immer zu finden: in seine Küche.

»Brauchen Sie etwas, Chef?«, fragte Rick.

»Nein, Rick. Alles bestens. Warum nimmst du dir nicht den Rest des Tages frei?«

Rick sah seinen Boss argwöhnisch an, was er aber öfter tat, sodass Jack diesen Blick einfach ignorierte.

»Pack den Schinken ein, falls du meinst, dass Christa damit etwas anfangen kann.«

Sie wussten beide, dass Christa etwas damit anfangen konnte. Ricks Frau ernährte ihre eigene Familie und noch ein halbes Dutzend anderer Leute, soweit Jack das einschätzen konnte – Cousins, Freunde, einen anhaltenden Strom von Verwandten, die in Amerika Arbeit suchten.

»Danke, Chef«, sagte Rick. Er zog das weiße Jackett aus, das er immer bei Jack trug, und hängte es auf einen Bügel innen an die Tür eines riesigen begehbaren Kleiderschranks. Dann nahm er den Schinken aus dem Kühlschrank und packte ihn ein.

»Bitte vergessen Sie nicht, dass die Mädchen morgen früh zum Putzen kommen«, erinnerte er Jack noch.

»Nein«, sagte Jack. Genau solche Dinge vergaß er immer auf der Stelle.

Jack wollte nüchtern werden. Und er fand, dass es Lisa und Dex auch nicht schaden würde. Er konnte ihr Lachen von draußen hören, und er wusste, dass Dex noch eine weitere Flasche Wein aufgemacht hatte. Adrienne war die Einzige, die noch im Vollbesitz ihrer Fähigkeiten war. Sie war die Sorte Mensch, dachte Jack, die man sich nur schwer in einem anderen Zustand vorstellen konnte.

Er nahm zwei Baguettes aus einem Korb, legte sie aufs Schneidebrett und stellte den Ofen an. Er hatte noch etwas Provolone übrig, damit würde er Crostini zubereiten, die den Alkohol aufsaugen, und danach Ratatouille. Adrienne könnte so mitessen, falls sie bis dahin blieb.

»Mein Vater besitzt all dein Bücher«, sagte sie auf einmal vom Türrahmen aus, wo sie so lautlos wie ein Schatten aufgetaucht war.

Jack hatte angefangen, das Brot aufzuschneiden. Innerlich seufzte er. Nach außen hin lächelte er.

»Sie gefallen ihm sehr«, fuhr Adrienne fort.

»Bitte richte ihm meinen Dank aus«, erwiderte Jack und wartete auf die Bitte nach einem signierten Exemplar.

»Wirst du weiter die gleichen Sachen schreiben?«

Es war eine eher harmlose Frage – die falsche Frage, aber eben die Art von Frage, die man ihm andauernd stellte. Jack hatte schon schlimmere zu hören bekommen, und von weniger angenehmen Menschen als Adrienne. Aber heute war kein guter Tag. Er hatte schon seit Wochen keinen guten Tag mehr gehabt.

»Nein«, sagte er wohlüberlegt. »Ab jetzt schreibe ich total hochtrabendes, literarisches Zeug, bei dem all die Kritiker in New York, die mich hassen, für ihre Besprechungen erst mal ein Lexikon konsultieren müssen.« Sein Gesichtsausdruck war unverändert geblieben, aber die Härte in seiner Stimme war nicht zu überhören.

Adrienne stand plötzlich kerzengerade da. »Ich wollte ja nur …«, sagte sie langsam und suchte noch nach den richtigen Worten.

Jack legte das Messer ab und unterbrach sie. »Ich weiß, was du sagen wolltest: Warum ich nicht, da ich ja jetzt Millionär bin, endlich mal richtigen Scheiß schreibe?«

»Nein …«, sagte sie und dachte immer noch nach.

»Ja«, unterbrach er sie wieder. »Ja, du *wolltest sagen*, warum ich nicht endlich etwas schreibe, das beweist, dass ich *wirklich* schreiben kann. Etwas, das klipp und klar zeigt, dass ich nicht einfach nur ein drittklassiger Schmierfink bin, der das Glück hat, den Geschmack von gelangweilten Ehemännern auf Urlaub und ungebildeten Schwachköpfen zu treffen, die Proust nicht mal buchstabieren können.«

Adrienne sah ihn unbeeindruckt an. »Mein Vater fällt in keine der beiden Kategorien«, sagte sie.

Diese vernünftige Antwort trug nichts zu Jacks Beruhigung bei. »Jetzt hör mir mal zu«, blaffte er sie mittlerweile unverhohlen wütend an und gestattete sich diesen Sprung kopfüber in unverarbeitete Aggressionen, die sich in diesem Moment so absolut gerechtfertigt anfühlten.

»Ich brauche keine Komplimente aus zweiter Hand – *›meinem Vater gefallen deine Bücher. Meiner Oma gefallen deine Bücher.‹* Das höre ich ständig von so Leuten wie dir, die ein bisschen Abstand zwischen das Zeug, das ich schreibe, und das Zeug, das sie auf ihrem Nachttisch liegen haben, bringen müssen, damit sie sich daran erinnern, dass sie an der Uni mal vier Zeilen Eliot aufsagen konnten.« Er nahm das Messer wieder in die Hand und schnitt das restliche Brot auf. Das verzerrte, metallische Schrappen der Messerklinge auf dem Schneidebrett spiegelte sich in seinen Gesichtszügen wider.

Adrienne stand still da und beobachtete ihn.

Lisa, die irgendwann hinter ihr aufgetaucht war, beobachtete die Szene ebenfalls mucksmäuschenstill, aber nur für einen Augenblick. Dann schlängelte sie sich rasch an Adrienne vorbei, durchquerte die Küche und schlang von hinten zwei beschützende Arme um Jacks Taille. Sie hatte genug von der Unterhaltung mitbekommen, um das Thema zu erahnen, wenn auch nicht im Detail. »Jack ist ein toller Schriftsteller«, sagte sie.

Jack schmiss das Messer so heftig auf die Platte, dass es noch wackelte, als er sich blitzschnell zu Lisa umdrehte und ihre Hände grob wegstieß. »Lisa, würdest du bitte damit *aufhören!*«, brüllte er.

Lisa war zwar betrunken, aber so sehr dann doch nicht. Sie drehte sich um und ging schnurstracks aus der Küche, ohne noch mal zurückzublicken.

Adrienne beobachtete Jack noch einen Augenblick lang und ging dann ebenfalls wortlos in den Garten, um ihre Sachen einzusammeln und sich von Dex zu verabschieden. Nachdem sie weg war und Dex in die Küche kam, um nach Jack zu sehen, hob Jack lediglich das Messer, aber nicht den Blick. Dex verstand und beherzigte die Warnung.

Ein Bote stand vor der Tür, und Gwen öffnete.

»Könnten Sie mir vielleicht sagen, wo ich die Marsh Farm finde?«, fragte er, als sie für das Päckchen unterschrieb, das er ihr ausgehändigt hatte.

Das konnte Gwen, und sie tat es auch. Und dann, als der Lieferwagen auf dem Kies gewendet und die Auffahrt so still wie immer zurückgelassen hatte, ging sie in die Bibliothek und überreichte Eve das Päckchen.

Beim Anblick der Sendung fragte sich Eve – und hoffte es ein bisschen –, ob Jack Cooper der Absender war. Natürlich nicht.

Nachdem Gwen verschwunden war, um sich wieder der Bügelwäsche zu widmen, schimpfte sie ein bisschen mit sich, während sie das Päckchen öffnete und einen schwarzen Ringordner mit der Aufschrift »Hochzeit« und eine Nachricht von Izzy hervorholte.

»Ich habe die Punkte auf der Liste, die dich betreffen, mit Leuchtstift markiert«, hatte Izzy geschrieben. »Hauptsächlich Telefonanrufe, E-Mails, Anfragen nach Buchungskonditionen und Verfügbarkeiten, nur solche Dinge.« Was ihr Ton implizierte, war: nur einfache Dinge, Dinge, die Eve bewältigen konnte, im Gegensatz zu anderen Dingen, wichtigeren Dingen, bei denen ihr das nicht gelang.

Eve blätterte den Ordner durch und studierte die angestrichenen Punkte. Diese Dinge waren allesamt zu bewältigen, aber zum ersten Mal, seit Izzy und Ollie ihr von ihrer bevorstehenden Hochzeit erzählt hatten, nahm das ganze Ausmaß Form an. Die Feier. Eve spürte, wie tief in ihrem Bauch ein Alarm zu schrillen begann. Eine Feier, eine große Hochzeitsfeier, wenn man Izzy kannte. Viele Leute und Partys – all diese Dinge, die Eve in den letzten Jahren gemieden hatte, und wenn sie ehrlich war, schon viele, viele Jahre davor. Diese Art von Dingen, die Virginia getan hatte. Und in denen sie, das konnte sogar Eve zugeben, durchaus gut gewesen war. So viel besser, als sie selbst es je sein würde.

Stress ist etwas für Arbeitslose und Opfer von Unterdrückung und Rassismus. Und für Schlappschwänze«, schwadronierte Jack. »Gesunde, weiße Amerikaner aus der Mittelschicht haben kein Anrecht darauf.«

Jim lachte und sah Jack quer über seinen Schreibtisch hinweg an. Seit zwanzig Jahren behandelte er ihn wegen kleinerer Unpässlichkeiten.

»Na ja, aber irgendwas geht da vor sich. Dein Blutdruck ist höher als je zuvor, und der Ausschlag könnte von einem Virus kommen, oder aber es ist eine Kontaktdermatitis, vielleicht eine Allergie. All das wird gerne durch Stress ausgelöst.«

Jack hatte sein Hemd bereits wieder zugeknöpft. Der Ausschlag, eine Eruption scharlachroter Tupfen auf seiner Brust, hatte bereits erheblich nachgelassen, bevor er ihn Jim überhaupt offenbart hatte, so ganz nebenbei, während eines Routine-Check-ups. Erwähnt hätte er ihn in jedem Fall, denn er war es gewohnt, dass sein Körper kerngesund, muskelbepackt, wohlproportioniert und zuverlässig war, ein Körper, der seinen Besitzer selten im Stich ließ oder für eine Überraschung sorgte, selbst wenn es sich um etwas so Banales handelte.

Jim hatte ihm ein Rezept über eine schwach cortisonhaltige Salbe ausgestellt und gab es ihm. »Fahr vielleicht mal in den Urlaub. Geh angeln«, riet er seinem Freund.

Jack lachte. Angeln war Jims Rezept gegen alles. Und oftmals half es tatsächlich.

Auf dem Heimweg von seinem Arztbesuch fühlte Jack sich schon besser. Über die Anspannung gestern Nachmittag hatte er kein Wort verloren. Und gestern Abend hatte er schließlich doch noch Crostini gemacht, und Dex und er hatten sie einträchtig schweigend gegessen. Danach gab es noch das Ratatouille mit einem Glas Rioja. Dabei hörten sie Duke Ellington und gingen früh zu Bett.

Dex hatte lange geschlafen. Und der Schlaf hatte ihm gutgetan, fand Jack, als er Dex am Vormittag auf dem Weg aus seinem Arbeitszimmer in der Küche angetroffen hatte. Dex war acht Jahre jünger als Jack. Einmal richtig ausschlafen konnte bei ihm Wunder wirken. Jack vermutete, dass er selbst den Punkt erreicht hatte, an dem dafür mindestens drei Nächte nötig waren.

Kurz vor seiner Abfahrt, als Dex schon die Tasche in den Kofferraum seines Autos geworfen hatte, hatte er zu Jack gesagt: »Wünsch mir Hals- und Beinbruch.«

»Hals- und Beinbruch«, antwortete Jack ohne viel Enthusiasmus.

Dex war eingestiegen und rief ihm noch etwas durchs

offene Fenster zu: »Hab einen Callback für was Gutes bekommen!« Er drehte den Zündschlüssel und legte den Gang ein.

Jack hatte sein Mienenspiel ganz genau beobachtet und wieder diese zielstrebige Entschlossenheit darin erkannt. »Hals- und Beinbruch«, wiederholte er noch einmal, und diesmal meinte er es aufrichtig. Er schlug aufs Autodach und fühlte sich im Nachhall des Echos wie ein Idiot.

Aber jetzt, auf dem Heimweg, zerstreuten sich seine unguten Gefühle. Vielleicht hatte Jim ja doch recht, und es lag am Stress. Ach, was soll's, so etwas passiert mittelalten Männern eben mal. Er musste seine innere Ruhe wiederfinden. Sich an die Arbeit machen. Seinen eigenen Rhythmus finden. Es war ja nicht so, als würde er Marnie wirklich vermissen.

Jack rückte seinen Hut als Schutz gegen die zunehmende Sommerhitze zurecht, einen verbeulten Panama, an dem er wahnsinnig hing, und dachte über seine siebenjährige Ehe mit Marnie nach. Er konnte kaum glauben, dass sie tatsächlich sieben Jahre gehalten hatte. Von Anfang an war er nur halbherzig bei der Sache gewesen, und sie wahrscheinlich auch, wie ihm in Anbetracht des Endes jetzt klar wurde. Obwohl er immer noch nicht fassen konnte, wie naiv er gewesen war, was die Geschichte mit Carla anging. Es wäre ihm nie in den Sinn gekommen, dass Marnie Sex mit einer Frau hatte – oder wie auch immer die das nannten –, einer Bibliothekarin aus Wisconsin im Urlaub. Noch weniger hätte er sich vorstellen können, dass sie ihn wegen dieser Frau verlassen würde. Marnies harmlose Vorlieben waren ihm immer so seicht vorgekommen: Töpfern, Kräuter züchten, Kinderbücher – niedlich, aber seicht.

In den letzten Monaten mit Marnie – oder vielleicht sogar Jahren, wenn er es genau betrachtete –, war er immer tiefer in einen unschönen, aber beinahe süchtig machenden Zustand vermeintlicher Überlegenheit geraten.

Wie immer in solchen Momenten, wenn er nach den besseren Charakterzügen seiner selbst suchte, dachte er an seinen Vater, der ihn irgendwann mal dabei beobachtet hatte, wie er lässig zum Start eines Hundertmeterlaufs geschlendert war, vierzehn Jahre alt und allzu überzeugt von sich. Dann war sein Vater Zeuge geworden, wie er von einem bis dahin unauffälligen, mageren Zwölfjährigen deutlich geschlagen wurde. Danach hatte er Jack, der schmollend dasaß, noch gerügt.

»Mein Sohn«, hatte sein Vater ihm gesagt, »Talent findet man überall. An der Oberfläche kann man es aber oft nicht erkennen, und nichts blendet einen so sehr wie die eigene Großspurigkeit.«

Jack hätte ihm fast widersprochen, aber der Gesichtsausdruck seines Vaters brachte ihn zum Schweigen.

»Also, wenn du dich das nächste Mal überlegen fühlst, Jack, dann leg dich ganz still hin, bis der Anfall vorbei ist.«

Jack behauptete gerne, er hätte das nie vergessen, und auch nicht den milden, weisen Gesichtsausdruck seines Vaters, als er diesen Rat aussprach. Und doch war genau das passiert, dachte er.

Eine Zeit lang hatte ihm so eine nette, anspruchslose

Ehefrau doch gut in den Kram gepasst. Er war Jackson Cooper, der erfolgreiche Autor, hervorragende Koch und Rundum-Supertyp. Stimmte das etwa nicht? Das behaupteten doch alle ständig.

Jack schüttelte über sich selbst den Kopf, schickte ein kurzes Gebet als Entschuldigung an seinen Vater und gelobte, es von nun an besser zu machen. Dann betrat er, mit einem Gefühl der Erleichterung, die neuen französischen Markthallen.

Er hatte erwartet, dass es in den Hallen auf eine synthetische Art idyllisch zugehen würde, aber man musste den Machern zugestehen, dass es tatsächlich nach Käse roch und weiter hinten sogar nach Brot. Er ging an den Ständen mit den Waren vorbei, die eher zum Präsentieren als zum Verzehren gedacht schienen – merkwürdig geformte Flaschen mit noblem Essig, Gläser mit aufgeblähten Früchten, die aussahen wie eingelegte Körperteile, und unpassend eingefärbte Pasta. Schließlich fand er auch eine Flasche Sojasoße und ein Glas Dijon-Senf und trug sie zur Theke, um bei einem jungen Mann mit einem pfiffigen Haarschnitt zu bezahlen.

»Wie geht es Ihnen, Mr. Cooper?«, fragte der junge Mann, als er Jack seine Einkäufe in einer schicken braunen Papiertasche überreichte.

Jack, der immer noch in seiner Gedankenflut umherirrte, sagte: »Danke, gut, danke.« Er musste dabei sehr unsicher gewirkt haben, denn der junge Mann lachte.

»Ich bin Josh«, sagte er. »Josh Hapwell. Ich habe drei Jahre lang im Sommer Ihren Rasen gemäht.«

Jack sah sich den jungen Mann genauer an, während er

sein Wechselgeld verstaute. »Sie sind dieser kleine Bursche von damals?«

»Jupp. Jetzt bin ich hier der Geschäftsführer.«

Jack lächelte. »Ehrlich?« Er erinnerte sich an Josh, der immer seinem Vater im Garten geholfen hatte, ein dünner Junge und schüchtern für sein Alter. Der Vater war irgendwann weitergezogen, und danach hatte Jack auch nicht mehr viel von Josh gesehen.

»Ja, Sir«, sagte Josh. »Wenn ich Ihnen also irgendwie behilflich sein kann, lassen Sie es mich wissen.«

»Es gibt da tatsächlich etwas, Josh.«

Josh sah ihn erwartungsvoll über den Tresen hinweg an.

»Nennen Sie mich nie wieder ›Sir‹.«

Wieder zu Hause nahm Jack ein kaltes Bier aus dem Kühlschrank, eins von den zweien, die Rick im Sommer nachmittags für ihn dort deponierte, und bereitete sich ein bisschen Thunfisch und hart gekochte Eier zu. Er aß auf der Terrasse, las ein paar Seiten, und anschließend schrieb er an Eve:

Waschen Sie Blaubeeren niemals vor dem Verstauen. Sie verderben sonst zu schnell. Und kaufen Sie sie blau. So blau wie das Blau, das Sie hinter einer dunklen Sommernacht sehen – Tintenblau.

Dann legte er den Stift beiseite und dachte über sie nach, ja, er versuchte, sie sich vorzustellen.

Blond, dachte er, blond und fünfundfünfzig. Schlank und unscheinbar. Die Frauen, die seine Bücher lasen, waren blond und fünfundfünfzig, schlank und unscheinbar. Sie sammelten die Romane ein, nachdem ihre Ehemänner sie ausrangiert hatten, und ertappten sich dabei, dass sie ihnen ganz gut gefielen. Obwohl, dachte er, Eves Lob war anders beschaffen gewesen. Kein Widerwille. In ihren ersten Briefen stand kein »Nicht schlecht«. Und dann ihre Art, über Essen zu schreiben. Es lag etwas darin verborgen, das ihn berührte.

Er unterschrieb mit »Jack« und fühlte sich zum ersten Mal seit Wochen … besänftigt, ausgeglichen. Er musste sich bei Lisa entschuldigen, und zwar angemessen. Die ganze Angelegenheit machte ihm zu schaffen. Aber er würde den richtigen Augenblick sorgfältig wählen, damit sie es nicht wieder als Einladung auffasste. Ehrlich wollte er zu ihr sein – korrekt und geradlinig. Er holte sich sein zweites Bier und nahm es mit in sein Arbeitszimmer. Dort würde er lesen, was er heute Morgen geschrieben hatte, und seinen Agenten anrufen. Ein paar E-Mails beantworten. Er würde sich wieder in den Griff kriegen.

Hallo?« Jack blickte auf die Uhr auf seinem Nachttisch, als er das Licht anmachte – drei Uhr morgens. »Marnie?«, fragte er.

»Jack, ich …«

»Marnie, es ist drei Uhr morgens.«

»Es tut mir so leid, Jack, ich habe nicht daran gedacht. Ich kann überhaupt nicht klar denken.« Sie weinte. Dieser Klang, abgeprallt an Satelliten, durch Kabel geflossen, über Staatsgrenzen hinweg, hallte wie ein Vorwurf in seinen Ohren nach. Er schwang die Beine aus dem Bett und seufzte. »Liebes, was ist los?«

Es gab an ihrem Ende der Leitung eine kurze Pause, einen einzigen Moment, um sich zu sammeln. Dann: »Wir waren immer Freunde, Jack.«

»Waren wir das?«, fragte er, doch es klang zu matt. Zu ernst.

Mit einer Unmittelbarkeit, auf die kein Mann der Welt sich irgendwie vorbereiten kann, schon gar nicht um drei Uhr morgens, legte Marnie mit einem Rundumschlag den Schalter von Tränen zu Bissigkeit um. »Tja, ich für meinen Teil habe versucht, dein Freund zu sein. Du warst es, der mich ausgeschlossen hat, nicht umgekehrt.«

Jack seufzte noch einmal. »Marnie, ich bin mir nicht sicher, was genau du jetzt gerade von mir willst.«

Wieder gab es eine Pause. Marnie schien die Antwort selbst nicht zu kennen. Zwischen ihnen blieben die Satelliten und Kabel empfangsbereit, unter Strom und abwartend.

»Marnie, hör zu, ich glaube, du solltest mal mit jemandem reden, einem Therapeuten oder so. Ich kann dir keinen Rat geben, wirklich nicht.«

»Das musst gerade du sagen.«

Verdammt, er war ihr auf den Leim gegangen. Nichts könnte sie jetzt noch stoppen.

»Du bist derjenige, der einen Therapeuten braucht, Jack. Ich bin im Augenblick vielleicht ein bisschen instabil, aber wenigstens bin ich an meine Gefühle herangekommen. Ich weiß, dass ich ein paar Probleme habe, ich kann das zugeben. Du bist derjenige, der alles für sich behält, der nicht weiß, was er will, und nicht darüber sprechen kann. Vielleicht, wenn du es geschafft hättest, darüber zu reden – mit *mir* darüber zu reden –, befänden wir uns jetzt nicht in diesem Chaos. Hast du darüber schon mal nachgedacht? Ist dir jemals durch den Kopf gegangen, dass das Ganze auch irgendwie deine Schuld ist? Hast du auch nur den Hauch einer Verantwortung für das Scheitern unserer Ehe übernommen, Jack? Ich bin nämlich nicht bereit, die ganze Schuld auf mich zu nehmen. Ich bin zwar diejenige, die gegangen ist, ja, aber du hast mich dazu getrieben, Jack. Ich hatte keine Wahl.« Ihre Stimme brach, und sie begann zu schluchzen.

Jack wartete einen Augenblick, dann sagte er: »Liebes, alles ist gut. Du bist einfach müde. Du musst jetzt schlafen. Ich rufe dich in ein paar Tagen an. Versuch einfach, ein bisschen zu schlafen … okay?«

»Ich bin *wirklich* sehr müde«, sagte sie irgendwann. Das Weinen war weniger geworden, aber sie machte keine eindeutigen Anstalten, demnächst aufzulegen, und Jack hatte nicht das Gefühl, er könnte den ersten Schritt tun, ohne dass sie wieder von vorne anfing.

Drei Uhr morgens, dachte er, und ich sitze in Unterhose auf meiner Bettkante und höre einer Frau beim Weinen zu.

Kapitel 3

Die Salz-Zone, und darüber, größer, »Jackson Cooper«. Eigentlich stand da nur »Coop«, weil das »er« durch einen goldenen Sticker verdeckt wurde, der auf den Bestsellerstatus hinwies. Auf der Umschlagillustration – ganz in düsterem Dunkelblau und altbackenem Indigo gehalten – befand sich ein Mann mit einer Waffe, der über einem hübschen Mädchen stand. Das hübsche Mädchen war tot.

Eve fand den Umschlag kalkuliert maskulin, unverständlicherweise, und fragte sich, wie diese Dinge wohl zustande kamen – Umschläge, Buchtitel und so weiter. Dinge, über die sie vorher noch nie groß nachgedacht hatte. Und ganz bestimmt hatte sie nicht darüber nachgedacht, als sie Jacks ersten Roman – nicht sein erster, aber der erste, den sie gelesen hatte – vom Roten Kreuz mit nach Hause nahm.

Eve hatte seit ihrer Kindheit viele, ja geradezu Unmengen von Büchern verschlungen. An diesem bestimmten Tag, einem der wenigen, den sie in den vergangenen sechs Monaten im Laden verbracht hatte, war sie erschöpft gewesen. Es war Freitag, und das Wochenende rückte unweigerlich, ohne Freunde, näher. Sie hatte keine Lust gehabt, es wieder einmal in Gesellschaft einer Frau aus einem Roman zu verbringen, die unglücklich verliebt war oder unwichtige Kämpfe mit dem Leben ausfocht. Sie wollte eine energiegeladene Begleitung, eine Geschichte, die ihr weder zu denken gab noch sie zu Tränen rührte. Sie hatte schon zwei Taschenbücher aus dem Regal mit der Aufschrift »Bücher« eingesteckt, aber beide Exemplare waren ziemlich zerlesen und gaben diesen schwachen, modrig-feuchten Geruch von sich. Ihr war jetzt schon klar, dass sie sich für keines der beiden begeistern würde.

Dann betrat eine auf attraktive Art zerzauste Frau den Laden und rief: »Wir haben ausgemistet!« Als wäre das irgendwie ein lustiger Kommentar. Sie ließ einen Stapel Bücher und einen überbordenden Plastiksack voller Krimskrams auf den Boden fallen und rauschte wieder hinaus. Ihr Auto parkte direkt vor der Tür, in zweiter Reihe.

Eve beobachtete sie und bedachte die Spende mit einem schmalen Lächeln. Sie kam hinter ihrem Tresen hervor und dachte, während sie die Sachen begutachtete, dass dies eine Frau mit Ehemann war – einem Ehemann und einer lauten Familie und wahrscheinlich noch einem Hund. Sie konnte sich die Frau vorstellen, wie sie über die viele Arbeit und jedes einzelne Familienmitglied jammerte, genüsslich und gut gelaunt, wie eben Leute jammerten, die eigentlich nichts zu jammern hatten.

Jacks Buch hatte sie oben vom Stapel der Dinge genommen, die diese Frau nicht mehr wollte, und an ihre Brust gedrückt, mit beiden Händen, während das Auto wegfuhr. Als könnte sie dadurch etwas einfangen von dieser unbeschwerten Geschäftigkeit. Dann ließ sie es in ihre Tasche fallen und legte pflichtbewusst ein Pfund dafür in die Kasse.

Empfänger unbekannt hatte sie fast in einem Rutsch durchgelesen – und sich den Luxus erlaubt, zwei Kapitel in der Badewanne zu verschlingen. Ein kleiner Akt der Rebellion, für den sie von Virginia, ungeachtet ihrer eigenen Zügellosigkeiten, gescholten worden wäre. Nach dem Bad setzte sie sich mit zwei Kissen im Rücken ins Bett, während Jacks Held Harry Gordon – ein Detektiv mit trockenem Humor, exquisitem Geschmack und einer gewissen Beobachtungsgabe – auf dreihundert Seiten gegen eine verbitterte Schwiegermutter, eine selbstmordgefährdete Ehefrau, die üblichen Gesetzeshüter und sein Gewissen kämpfte.

Zuerst hatte sie sehr schnell gelesen, als würde sie sich an einem dahinrasenden Fahrzeug festklammern, mitgerissen vom Tempo der Handlung. Doch dann war sie absichtlich langsamer geworden, um das Geschriebene zu genießen – den Humor in den abgehackten Sätzen, die plastischen Beschreibungen von Speisen und Landschaften. Sie hatte die Hitze förmlich gespürt, wenn von Hitze die Rede war, und die Angst, wenn es um Angst ging. Und auch die Einsamkeit, die der Geschichte zugrunde lag und nun aus den Seiten emporstieg. Dem Buch gelang das, was guten Geschichten immer gelingt: Man vergisst über dem Lesen seine eigene Geschichte.

Eve stellte jetzt ihr Glas ab und nahm *Die Salz-Zone* von dem Beistelltisch am Sofa. Auf der Rückseite befand sich das Foto eines Mannes, vielleicht Ende dreißig – ein bärbeißig gut aussehender Mann in einem blauen Hemd mit geöffnetem Kragen und Khakihose. Er hatte locker fallendes braunes Haar und ein entspanntes Lächeln und Augen in der Farbe eines Frühlingshimmels – in den Winkeln saßen einige Fältchen. Er war gebräunt. Damals schon hatte er sich in seiner Haut so wohlgefühlt wie ein alter Labrador, zehn Jahre, bevor sie überhaupt das erste Mal von ihm gehört hatte. Jack. Ihr Jack.

»Schieb es einfach weg, Mummy, wenn es dir im Weg ist. Es gehört Ollie.«

Eve legte das Buch schnell aus der Hand. »Jackson Cooper«, sagte sie und verweilte ein bisschen bei dem Namen, als wäre es ein Wort aus einer fremden Sprache, das sie unbedingt richtig aussprechen wollte.

»Jackson Cooper?«, wiederholte Ollie fragend, als er ins Zimmer kam und sich mit einem Drink zu ihnen setzte. »Die Romane um Harry Gordon. Die sind mittlerweile verfilmt.«

»Verfilmt?«

»Richtige Jungsfilme, mit lauter harten Männern und aufgescheuchten Frauen«, erklärte Izzy ihrer Mutter.

»Der letzte hat dir gefallen«, protestierte Ollie.

»Hat er nicht.« Izzy wechselte ständig ihre Sitzposition auf dem Sofa und grummelte vor sich hin, als ob die Kissen es darauf angelegt hätten, sie zu ärgern.

Ollie zerzauste ihr Haar, strich es aber gleich wieder glatt, so als achtete er sorgsam darauf, ihren schönen Panzer nur behutsam und für einen kurzen Augenblick zu durchbrechen.

»Hat er doch.«

Beide mussten lachen. Eine einzelne verirrte Strähne hing noch über Izzys Wange. Eve freute sich, dass Izzy sie nicht gleich zur Seite schob. Ihr wurde warm ums Herz angesichts einer so zärtlichen, leichten Geste zwischen den beiden. Sie blieben über Nacht, damit Izzy mit Eve ihre Hochzeitspläne besprechen konnte, eine Aussicht, von der Eve nicht begeistert war.

Ollie, Besuchsanhängsel und Pufferzone zwischen den beiden Frauen, rutschte tiefer in seinen Sessel. Sein schlaksiges, ein bisschen schlampiges Benehmen wirkte dennoch charmant und einnehmend. »Diese Käsestangen schmecken fantastisch, Mrs. P. Sie sollten echt einen Preis dafür gewinnen.«

Eve lächelte. Wenigstens brachte der Besuch ihr Leute ins Haus, die sie bekochen konnte, wodurch sie etwas zu tun bekam. Noch mehr häusliche Aktivität ihrerseits würde das Haus nicht verkraften, denn es war bereits wunderschön dekoriert. Im Wintergarten standen frisch gestrichene Lloyd-Loom-Möbel bereit, die Wäscheschränke waren penibel aufgeräumt und die Regale in der Speisekammer gefüllt mit Gläsern voll eingelegter Früchte. Auf den seidenen Lampenschirmen lag kein einziges Staubkorn, die Zeitschriften neben der Ottomane waren fein säuberlich gestapelt, und das Tafelsilber befand sich poliert, verpackt und beschriftet in der Vitrine aus Rosenholz. Der Glanz des antiken Esstischs aus dem 18. Jahrhundert, an dem, wenn man ihn auszog, bequem zwölf Personen Platz nehmen konnten, stand pausenlos unter Beobachtung. Eves Zuhause war das perfekte Heim einer Familie – nur wohnte keine Familie darin.

Sie bot Ollie eine Platte mit appetitlich angerichteten Häppchen an, und er nahm die Miniaturausgabe einer Tomatenquiche vorsichtig zwischen zwei Finger und hielt sie gegen das Licht.

»Das reinste Schmuckstück«, sagte er. Dann warf er sie in die Luft und fing sie mit dem Mund auf.

Ein netter, gut aussehender Junge, dachte Eve, mit seinen braunen Locken, die dringend mal in Form gebracht werden müssten. Virginia, die Ollie vor ihrem Tod zweimal begegnet war, hatte ihn als »kontrollierbar« eingestuft. Es war positiv gemeint, aber Eve hatte die darin enthaltene Kritik sehr wohl herausgehört. Nicht so sehr an ihrer eigenen Wahl vor so vielen Jahren, sondern an ihren Fähigkeiten, wenn es um die Kontrolle von Männern ging. War Simon kontrollierbar gewesen? Oder goldig? Sie konnte sich nicht erinnern. Seine romantische Ader hatte sie völlig unvorbereitet getroffen, sodass sie nicht besonders viel Augenmerk auf seine Persönlichkeit gelegt hatte. Und dann war er, viel zu schnell, wieder aus ihrem Leben verschwunden. Sie versuchte, nicht an diese Zeit zu denken.

»Wie nennst du eigentlich deine eigene Mutter, Ollie?«, fragte sie. Die Aussicht, den Rest ihres Lebens mit »Mrs. P.« angesprochen zu werden, war nur mäßig reizvoll.

Ollie lachte. »Ich nenne sie Ma, aber das macht sie wütend. Ihr wäre es lieber, wir würden sie Adele nennen und so tun, als wären wir ihre Nichte und ihr Neffe. Die Leute schätzen sie normalerweise auf neununddreißig, außer wenn Cassie und ich in der Nähe sind.« Cassandra war Ollies zwei Jahre jüngere Schwester, eine Künstlerin.

»Cassie macht da natürlich mit, nur ich bin der Spielverderber, sozusagen das schwarze Schaf.«

Eve, selbst oft Außenseiterin, hatte ein feines Gespür für Zwischentöne entwickelt und bemerkte sofort die Unsicherheit, die sich hinter seinen Worten verbarg. »Sie muss sehr stolz auf dich sein«, sagte sie und war sich, noch während sie die Lippen bewegte, darüber im Klaren, wie sehr dieser Satz nach einer hohlen Phrase klang.

Ihre eigene Mutter war nie stolz auf sie gewesen.

»Oh, da bin ich mir nicht so sicher. Sie findet meine Arbeit stumpfsinnig. Ein Job bei einer internationalen Bank ist nicht so ihr Ding. Aber Cassie hat ihre Erwartungen voll und ganz erfüllt.«

Eve wollte ihn beschwichtigen, ihm etwas Freundliches und Aufmunterndes sagen, aber gleichzeitig auf keinen Fall noch einmal unehrlich sein. Sie hatte sich solche Sprüche selbst oft genug anhören müssen, von wohlmeinenden Leuten, Eltern ihrer Klassenkameraden, sogar von ihrem Ehemann. Die meisten Menschen akzeptierten den Gedanken, dass gerade eine Mutter ihr Kind nicht lieben könnte, nur sehr widerwillig. Doch Eve wusste, dass es so etwas gab. Voller Sympathie, ja mehr noch, voller Mitgefühl für Ollie, war sie schockiert darüber, dass sie plötzlich nicht an die Gefühle ihrer Mutter ihr gegenüber denken musste – die sie zwar akzeptiert, aber vielleicht nie wirklich verarbeitet hatte –, sondern vielmehr an ihre eigene Beziehung zu Izzy.

Liebte sie Izzy, ihre einzige Tochter? Sie erinnerte sich an die Geburt und daran, wie unvorbereitet sie auf dieses Ereignis gewesen war. An die furchtbare Angst, als man ihr das winzige schreiende Neugeborene in den Arm gelegt hatte. An die Schwierigkeiten beim Stillen und die freudlosen, durchwachten Nächte. Seitdem hatte sie viel über postnatale Depressionen gelesen, und sie war sich sicher, dass sie damals darunter gelitten hatte. Doch in ihrer Gegenwart hatte niemand dergleichen erwähnt.

Und dann dachte Eve daran, wie Gwen von den Besuchen bei ihren Töchtern erzählt hatte, nachdem deren Babys, Gwens Enkel, auf die Welt gekommen waren. Wie aufgeregt sie dabei klang! Dass sie Staub wischte oder Wäsche sortierte, während die frischgebackene Mutter nebenan ein bisschen Schlaf nachholte. Dass sie einen Eintopf mitbrachte oder einen Kuchen im Kühlschrank deponierte. Eve wusste, dass sie keine solche Mutter war. Aber war es denn überhaupt das, was Izzy sich wünschte?

Ollie unterbrach ihren Gedankenfluss. »Ich gehe davon aus, dass Sie sie vor der Hochzeit kennenlernen werden. Sie fliegt ab und zu zum Shoppen über den Ozean.« Er lachte leise.

Eve fragte sich, was Adele wohl von Izzy halten würde, wenn die beiden tatsächlich aufeinandertrafen. Es klang so, als wäre sie möglicherweise mit Ollies Wahl nicht einverstanden. Izzy hatte die starke Persönlichkeit ihrer Großmutter geerbt, aber sie war im Grunde sehr konservativ in ihren Ansichten. Wie ich, dachte Eve, und die Vorstellung gefiel ihr merkwürdigerweise. Sie lächelte Ollie freundlich an, und ihr fiel zum ersten Mal auf, dass Izzy wahrscheinlich ein robustes Flaggschiff in der unsteten See seines Lebens war. Sie wünschte sich von Herzen, die Ehe der beiden möge funktionieren. Und dann wünschte sie sich, dass niemand, sollte dies nicht der Fall sein, mit zu tiefen Wunden zurückbleiben würde.

»Aber Mummy, natürlich musst du mitkommen«, rief Izzy, während sie sich am nächsten Morgen eine Tasse Tee einschenkte. Sie lehnte sich gegen den gusseisernen Küchenherd, den Eve das ganze Jahr über beheizte. Mit der heißen Tasse in der Hand drehte sie sich zu Eve um und beobachtete sie genau, als sie ansetzte, den ersten Schluck zu genießen. Ihr Gesichtsausdruck duldete keinen Widerspruch.

»Aber es sind von hier aus mindestens hundert Meilen«, rechtfertigte Eve ihr Zögern.

»Sechsundachtzig, um genau zu sein. Wir fahren in einer halben Stunde los und sind rechtzeitig zum Abendessen wieder zurück. Morgen machen Ollie und ich uns früh auf den Weg nach London. Wenn du möchtest, kannst du uns Frühstück für die Fahrt mitgeben. Pack ein paar von diesen Dingern ein.« Eve hatte Zimtschnecken gebacken, und Izzy deutete auf eine, die sie gerade in der Hand hielt.

»Izzy, du und Ollie seid durchaus in der Lage, dein Hochzeitskleid und seinen Anzug ohne mich auszusuchen.«

»Stimmt, Mummy. Aber Mütter machen so etwas eben vor der Hochzeit, oder etwa nicht?« Ihr Unmut flackerte nur kurz auf, dann hatte sie die Flamme im Keim erstickt. »Gin-gin wäre liebend gerne mitgekommen«, fügte sie hinzu. Doch ihre ausgefeilten Sticheleien hatten bei Eve noch nie dieselbe Wirkung erzielt, wie es bei ihrer Großmutter stets der Fall gewesen war.

Eve wischte Zimtpulver und Teigreste von der Arbeitsplatte in ihre Handfläche und antwortete lediglich: »Ja, vermutlich wäre sie das.« Aber sie wusste bereits, dass sie mit ihrem ohnehin schwachen Einwand gescheitert war.

Der Tag versprach warm zu werden. Eve wählte schlichte weiße Baumwollunterwäsche mit einem Rand aus Spitze und ein hellblaues ärmelloses Kleid mit einem rechteckigen Ausschnitt. Ihre Arme waren schlank und gebräunt von der wenigen, leichten Gartenarbeit, die sie noch selbst mit großer Freude erledigte – Unkraut jäten, Blumen gießen und welke Blüten abzwicken. Den Rest überließ sie Mr. Feltnam, der schon seit Jahren für sie arbeitete und keinerlei Instruktionen mehr brauchte – worüber Eve sehr froh war. Menschen anzuleiten war noch nie eine ihrer Stärken gewesen.

Das Kleid hatte sie erst zu einigen wenigen Gelegenheiten getragen. Als sie nach hinten griff, um den Reißverschluss hochzuziehen, betrachtete sie sich kritisch in dem Wandspiegel, der über die gesamte Höhe ihres kleinen, lang gezogenen Ankleidezimmers ging. Dann fuhr sie sich mit einer Silberbürste durch das Haar, das Erbstück einer Großmutter väterlicherseits, der sie nie begegnet war, die aber auf den beiden von ihr existierenden Fotografien eine faszinierende Ähnlichkeit mit Eve an den Tag legte: schmale, mandelförmige Augen, hohe Wangenknochen und ein eleganter, langer Hals.

Das Kleid stand ihr gut, das sah selbst sie. Sie war sich nur nicht sicher, ob es ihr die nötige Autorität verlieh – diese Sorte Autorität, die der Brautmutter gut zu Gesicht stand. Sie zog den Reißverschluss wieder auf, ließ das Kleid einfach ihre Beine hinab auf den Boden gleiten und hängte es danach sorgfältig auf einen gepolsterten Bügel. Von einem anderen nahm sie einen weißen Rock, den sie mit einem zitronengelben Twinset und einer zweireihigen Perlenkette kombinierte. Eigentlich mochte sie Perlen nicht sonderlich, aber die Kette verlieh ihrem Auftreten halbwegs das, was sie sich so sehr wünschte: Kompetenz.

Die Dame in dem eleganten Hosenanzug, deren Job es war, sie bei ihrer Führung durch Hadley Hall auf Details hinzuweisen wie die richtigen Stellen für den Empfang, für Fotos und die vielen anderen Dinge, mit denen Izzy ebenso vertraut zu sein schien wie ihre Beraterin, machte ihre Sache sehr gut, war Izzy aber in keinerlei Hinsicht gewachsen.

Irgendwann zwinkerte Ollie Eve theatralisch zu und sagte: »Gott sei Dank sind wir nicht dafür verantwortlich, Mrs. P. Wenn es nach uns ginge, fände das Ganze in einem Zelt im Grünen statt, und abends gäbe es Fisch.«

Eve lächelte – er war wirklich reizend – und antwortete: »Ich persönlich esse abends sehr gerne Fisch.« Sie fühlte sich erleichtert. Die Fahrt war ohne große Vorkommnisse verlaufen und hatte ihr sogar ein bisschen Spaß gemacht. Die beiden ließen die ganze Zeit Musik laufen, und sie hatten einmal angehalten, für einen grässlichen Kaffee und mehrere Päckchen Pfefferminzbonbons.

»Ollie, hörst du überhaupt zu?«, fragte Izzy spitz.

»Aber natürlich, Süße, natürlich, ich höre jedes Wort.«

Auf der Rückfahrt hielten sie in einem Dorf in der Nähe von Hadley Hall. Izzy wollte ein paar Bed-&-Breakfast-Angebote inspizieren, für Freunde, die nach dem Empfang noch dableiben würden. Eve war beeindruckt, wie viele Gedanken sie sich bereits jetzt über diese Details machte. Die Hochzeit fand erst in sechs Monaten statt, eine Hochzeit im Winter.

»Im Schnee«, hatte Izzy ihr vor ein paar Wochen am Telefon mitgeteilt.

»Ich weiß nicht, ob du auf Schnee zählen kannst«, gab Eve zaghaft zu bedenken. Izzy, schon unter normalen Umständen einschüchternd genug, trat noch wesentlich entschiedener auf, wenn es um ihre Hochzeitspläne ging.

»Im Juli kann man ja auch nicht auf Sonne zählen«, erwiderte sie bissig. Es hatte bereits seit zwei Wochen in Dorset geregnet, und während sie telefonierten, schüttete es gerade wie aus Eimern, sodass Eve ihr recht gab und in einem Anfall von Übermut »Schnee bestellen« auf eine Seite des Hochzeitsordners schrieb.

Jetzt legte Izzy gerade ihren eigenen vollgestopften Ringordner auf die Holzbank vor dem Dorf-Pub. Es war ein herrlicher Tag, der Himmel weichgezeichnet durch ein paar Schäfchenwolken – ein typisch englischer Tag. Und der Pub mit seinem kleinen, hübschen Garten passte perfekt in dieses Postkartenidyll. Ollie ging hinein, um Getränke zu bestellen. Izzy machte sich erst noch unter der Überschrift *B & B* ein paar Notizen in ihrem Ordner und setzte sich dann gemütlich hin. »Meinst du, ich sollte Daddy das alles mal zeigen, bevor ich die Buchung festmache?«, sagte sie aus heiterem Himmel.

Eve war zu geschockt, um ihr zu antworten.

Izzy, normalerweise eher unsensibel, schien diesmal doch etwas von Eves Erschrecken mitbekommen zu haben, denn als sie fortfuhr, klang sie ein wenig, als wolle sie sich rechtfertigen. »Na ja, schließlich bezahlt er alles.«

»Tut er das?«, fragte Eve mit schwacher Stimme. Um Zeit zu gewinnen, bückte sie sich und schob ihre Handtasche unnötigerweise unter ihren Stuhl.

»Natürlich.«

»Hast du mit ihm gesprochen?«

Izzy wartete einen Moment, bevor sie zugab: »Ich habe ihn angerufen, um ihm von der Verlobung zu erzählen.«

Eve konzentrierte sich auf eine fette Biene, die an der Tischkante entlangkrabbelte.

»Ich dachte, er würde es vielleicht wissen wollen«, fuhr Izzy fort. Eve meinte so etwas wie Trotz herauszuhören, und sie war sich nicht sicher, gegen wen diese Haltung gerichtet war.

»Und wie hat er reagiert?«, fragte sie leise.

»Oh, er war begeistert, hocherfreut.«

»Das ist schön.« Eve spürte, wie sich ihre Atmung beschleunigte.

»Ja, und er hat gesagt, er würde uns finanziell unter die Arme greifen. Deshalb dachte ich, vielleicht wäre es gut, er würde Hadley Hall sehen. Du weißt schon … vor dem großen Tag.«

Zum ersten Mal seit Ankündigung der Hochzeit begriff Eve, dass Simon möglicherweise bei der Feier anwesend sein würde. Mit seiner Frau. Nicht der, wegen der er sie verlassen hatte, danach hatte es noch viele andere gegeben. Aber er würde plötzlich vor ihr stehen – Simon, der Brautvater, der Gastgeber. Der Neuzugang in Izzys Leben und in ihren Augen ein Star. Und sie, Eve, würde das sein, was sie immer gewesen war – eine Statistin. Sie war am Boden zerstört. Die Vergangenheit, die immer im Hintergrund lauerte, schlug wieder einmal zu und brach über ihr zusammen.

»Mrs. P., ich habe Ihnen ein Glas Apfelmost mitgebracht«, sagte Ollie, der gut gelaunt mit drei Gläsern, die er mit beiden Händen festhielt, an den Tisch kam.

Eve nickte kaum wahrnehmbar und brachte kein Wort hervor. Das gerade noch spürbare Gefühl von Zufriedenheit war mit einem Schlag verflogen. Sie versuchte, sich zusammenzureißen, aber vor ihrem geistigen Auge sah sie ständig Simon beim Empfang der Gäste vor sich, eine überaus elegante Erscheinung im Cutaway. Glanzvolle Auftritte lagen ihm. Sie war so eine Idiotin, dass sie nicht von Anfang an daran gedacht hatte. Sie war einfach eine verdammte Närrin.

Als sie hastig aufstand, um in die Damentoilette zu flüchten, stieß sie ihr Glas um, und der Apfelmost verteilte sich über ihrem weißen Rock.

»Mummy, nein!« Izzy war selbst so angespannt, dass ihre Stimme gepresst klang und sie einen spitzen Schrei ausstieß.

Eine große Gruppe attraktiver, gut gekleideter Menschen kam genau in diesem Augenblick in den Garten, und als das Glas klirrte und Izzy aufschrie, spürte Eve förmlich alle Blicke auf sich, während sie vergeblich an ihrem Rocksaum herumrieb. Blut schoss ihr ins Gesicht, und ihre Schläfen pochten. Sie beugte sich nach vorne, um sich den Blicken der anderen zu entziehen. Und plötzlich wurde ihr bewusst, dass sie nicht mehr klar sehen konnte. In ihrem Kopf herrschte ein lärmendes Chaos von miteinander wettstreitenden, sie quälenden Stimmen, während sie wie verrückt auf den dünnen Stoff an ihrem Knie schlug, bis sie nicht mehr in der Lage war durchzuatmen. Es ging einfach nicht mehr. Sie wusste, sie würde gleich in Ohnmacht fallen, hier auf der Wiese, in diesem so plötzlich überfüllten Garten, vor aller Augen. Und in diesem Moment stieß sie einen tief unglücklichen Ton aus, schrill und kläglich zugleich, wie das weit entfernte Kreischen einer Möwe.

»Mummy? *Mummy* …?«

»Mrs. P.?«

Eve hörte die Stimmen, konnte aber niemandem mehr antworten.

»Ich bin Arzt«, sagte eine Männerstimme. »Sie ist Ihre Mutter, oder? Wie heißt sie?« Der Mann war in den mittleren Jahren und trug ein typisches Golfshirt. Izzy ließ sich von ihm wegschieben. Dann widmete er sich Eve, die auf dem Boden zusammengebrochen war, ihr rechtes Bein so ungelenk nach hinten verdreht, wie man es von den Tatortkreidezeichnungen aus altmodischen Fernseh-Krimiserien kannte.

»Ihr Name ist Eve. Mummy …?«

Eve atmete mittlerweile vollkommen unkontrolliert, sie schnappte einfach nur noch nach Luft, in tiefen, anstrengenden Zügen.

»Eve? Ich heiße Matt und bin Arzt. Können Sie mich hören?«

Eve konnte, und sie wandte ihm ihr Gesicht zu, mit vor Schreck weit aufgerissenen Augen.

Vielleicht war sie auch gar nicht blond. Vielleicht war sie dunkelhaarig und rundlich. Für ihn war sie jedenfalls der personifizierte Trost. Ihr schlichter Name, die Rezepte, die sie für ihn aufschrieb. Sie konnte gut schreiben – einfach und direkt, und dennoch klang es bisweilen fast lyrisch. Seine Kochfreundin. Manchmal schien es so, als sei sie seine beste Freundin. *Hammel schmeckt gut mit Pflaumen,* hatte sie geschrieben.

Ich wüsste gerne mehr über Pflaumen, hatte er geantwortet. Daraufhin erzählte Eve ihm von dem Baum in ihrem Garten, den sie von ihrem Küchenfenster aus sehen konnte und der ihr die Jahreszeiten vorgab. Verschwendung, meinte sie, war ihr zuwider, und vielleicht hatte ihre Liebe zum Kochen dort ihren Anfang genommen. Sie ertrug es nicht, dabei zuzusehen, wie die Früchte, diese wunderschönen, dicken, reifen Früchte mit ihrem angenehmen Duft, auf dem Boden verrotteten. Sie wollte, dass etwas entstand aus ihnen, und ihr gefiel der Anblick der Einweckgläser in ihrem Vorratsschrank. Nein, der Anblick bereitete ihr sogar richtig viel Freude, wie sie da fein säuberlich aufgereiht standen, ein Glas neben dem anderen. Und natürlich mochte sie den Geschmack. Je näher der Koch an der Ernte war, desto besser schmeckte das Ergebnis. Der intensive Geschmack der Früchte ging so furchtbar schnell verloren.

Ich weiß genau, was Sie damit meinen, mit den Auswirkungen der Nähe auf den Geschmack, schrieb er ihr zurück. *Mit Fisch verhält es sich genauso. Früher bin ich immer an Silvester nach Nantucket gefahren, kurz vor dem letzten Tauchgang, bevor das Wasser zu kalt wurde für die Taucher. Ich fuhr dorthin, nur um Jakobsmuscheln zu essen, die letzten, die so frisch und gleichzeitig unberührt schmeckten.*

Mitternacht war schon längst vorbei. Er hatte abends allein in einem kleinen italienischen Restaurant im nächsten Ort gegessen – Vongole – und einen Fernet Branca mit dem Besitzer getrunken. Um zehn war er zurückgefahren und hatte Lust verspürt, ein wenig zu arbeiten. Ein gutes Gefühl, also hatte er ihm nachgegeben. Aber dann arbeitete er nicht. Er schaltete den Computer ein, klappte den Bildschirm des Laptops auf und legte, nachdem er eine Weile reglos dagesessen hatte, eine Hand auf die ihm so vertraute Tastatur. Diesmal tippte er nicht auf die schnelle, kräftige, abgehackte Art und Weise eines neunundvierzig Jahre alten, gut gebauten, erfolgreichen männlichen Schriftstellers. Nicht in seiner üblichen Manier also. Eher wie ein Kind, das einen Krebs hochheben will. Als ob unmittelbare Gefahr lauerte. Er tippte ein paar Worte und hörte wieder auf, saß für einen Moment vollkommen reglos da und kämpfte gegen die Leere auf dem Bildschirm an. Dann schüttelte er kräftig seine Hände aus und entschied, dass es einfach zu spät und er zu müde war. Und dann las er noch einmal Eves Brief über Pflaumen. Sein

Lieblingsbrief bis jetzt, besonders weil er länger war als die anderen.

Eigenartig, wie schnell die Post von Eve, die doch erst seit Kurzem in sein Leben geflattert kam, ihren festen Platz darin ergattert hatte. Bei der Lektüre ihrer Briefe war er ganz er selbst. Sein besseres Selbst. Ihm fiel auf, dass ihrem elfenbeinfarbenen Briefpapier mit eingeprägtem Briefkopf der Duft nach frischen Kräutern anhaftete.

Er wollte ihre Freundschaft festigen. Vertiefen. So kam es, dass er um ein Uhr nachts einen Bogen Papier nahm und schrieb:

Im Kochen bin ich besser als in vielen anderen Dingen. Beim Schreiben komme ich zwar ins Ziel, aber in keiner besonderen Disziplin. Und im Umgang mit Menschen neige ich dazu, bereits über die erste Hürde zu stolpern. Wenn ich Menschen sage, dann meine ich damit eigentlich Frauen. Mir wird gerade erst bewusst, wie konsequent ich sie enttäusche. Vielleicht hilft mir diese Erkenntnis dabei, den von mir angerichteten Schaden an Ihrem Geschlecht in Zukunft wiedergutzumachen.

Er unterschrieb, nahm den Brief und sein leeres Glas mit in die Küche und ging ins Bett.

Also, die gute Nachricht zuerst: Ihr Herz ist gesund.« Die Ärztin strahlte Eve an. Ihr Teint hatte die Farbe von Karamellbonbons, und um den Hals trug sie eine zarte Goldkette. Gegen das einheitliche Blau der städtischen Krankenhausbekleidung und die dunkle Holzvertäfelung des Arztzimmers war sie eine geradezu leuchtende Erscheinung.

»Vielen Dank«, sagte Eve und bemühte sich redlich, das Lächeln zu erwidern. Insgeheim dachte sie aber, wäre es nur ihr Herz, könnte man wenigstens etwas dagegen unternehmen.

»Trotzdem sollten Sie bald einen Termin bei Ihrem Hausarzt wahrnehmen. Sicherlich möchte er dann noch weitere Untersuchungen in die Wege leiten, um herauszufinden, was die Ursache ist für Ihre Symptome.«

Was die Ursache ist? Eve wiederholte den Halbsatz im Geiste. Was die Ursache ist?

»Ja«, sagte sie laut.

»Heute haben wir ja nur ein EKG gemacht«, fuhr die Ärztin fort. »Daher wissen wir lediglich, dass im Moment keine unmittelbare Gefahr für einen Herzinfarkt besteht. Gegenwärtig haben Sie ja auch keine anderweitigen Symptome, die auf eine Herzerkrankung hindeuten. Die Lungen sehen ebenfalls gut aus. Fühlen Sie sich im Augenblick irgendwie unwohl?«

Eve wollte ihr ein Ja entgegenschreien. Ja, ich fühle mich fürchterlich unwohl! »Nein«, sagte sie.

Die Ärztin sah sie mitfühlend an. »Angst kann manchmal solche Symptome hervorrufen. Aber da kann Ihnen Ihr Hausarzt sicherlich weiterhelfen. Man kann viel dagegen tun.«

»Ja, sicher, danke.« Eve erhob sich, griff nach ihrer Tasche, die ihr auf einmal furchtbar schwer erschien, und wappnete sich, Izzy und Ollie gegenüberzutreten, die vor dem Arztzimmer auf sie warteten. Die Ärztin, die Eves Aufbruchssignale richtig deutete, stand ebenfalls auf und begleitete sie zur Tür.

»Mir geht es gut, ich habe wohl nur zu wenig geschlafen«, verkündete Eve im Flur vor Izzy und Ollie, die von den harten Plastikstühlen im Wartebereich aufgesprungen waren. Ollies Stuhl war dabei laut mit einem Bein über den Boden geratscht und hatte eine Schramme auf dem Linoleum hinterlassen. »Und ich war möglicherweise dehydriert.«

»Dem Himmel sei Dank!«, rief Izzy und fügte gleich im Anschluss hinzu: »Der Verkehr auf der Heimfahrt wird einfach grässlich sein.«

Jack wünschte, er hätte Eve nicht solches Zeug geschrieben. Bei Tageslicht betrachtet, kamen ihm seine Worte ziemlich überheblich vor. Aber seine Reue kam zu spät, denn Rick hatte den Brief am Morgen auf dem Küchentisch liegen sehen und zur Post gebracht. Rick war besessen davon, alles immer möglichst schnell zu erledigen.

Verdammt, dachte Jack, als ihm klar wurde, dass nichts mehr rückgängig zu machen war. Wenn es um eine Frau ging, schaffte er es doch tatsächlich, das Ganze zu vermasseln, bevor er sie überhaupt getroffen hatte. Die Aussicht, es sich mit Eve zu verderben, deprimierte ihn zutiefst, und er kam mit reiner Vernunft nicht dagegen an. Sie hatte etwas an sich, das ihn dazu brachte, ihr unbedingt gefallen zu wollen. So hatte er sich schon seit Langem nicht mehr gefühlt – in den letzten fünfzehn Jahren hatten alle Frauen stets versucht, *ihm* zu gefallen. Was allerdings nicht sehr vielen gelungen war.

Er beschloss, zu Hatty's zu gehen, um sich aufzuheitern, und war gerade dabei, das Haus zu verlassen, als er an der Vordertür Schritte hörte. Sofort erstarrte er und spürte den Impuls, sich zu verstecken, weil er Lisa vermutete. Doch dann schämte er sich vor sich selbst und entschied sich, Manns genug zu sein, um die Geschichte mit ihr endlich zu bereinigen. Er atmete tief durch und ging zur Tür.

»Tut mir leid, wenn ich störe. Bist du am Arbeiten? Du schreibst gerade, oder?«

»Nein«, erwiderte Jack verdattert.

»Ich wollte mich entschuldigen«, sagte Adrienne.

»Entschuldigen?«

»Ja, wegen neulich. Als ich dich über deine Arbeit ausgequetscht habe. Eigentlich weiß ich es besser. Mir ist klar, dass man einem Künstler nie Fragen zu seiner Arbeit stellen soll. Das war aufdringlich von mir.«

Jack war zu überrascht von ihren Worten und blieb eine Antwort schuldig. Er brauchte eine Weile, um sich auf die neue Situation einzustellen.

»Deshalb«, fuhr sie mit Entschiedenheit fort, »wollte ich mich unbedingt bei dir entschuldigen.«

Jack blickte kurz zur Seite und konzentrierte sich auf einen gusseisernen Schirmständer neben der Tür, in dem sich eine kleine Sammlung von Gehstöcken sowie ein japanischer Sonnenschirm aus Papier befanden. Er hatte das Ding noch nie leiden können.

»Ich kann mich dunkel daran erinnern«, sagte er und sah sie dabei endlich direkt an, »dass ich das Arschloch war.«

Sie kommentierte seine Worte nicht, sondern hielt einfach nur, mit einem leichten Lächeln, seinem Blick stand. Sie war noch attraktiver, als er sie in Erinnerung hatte.

»Bist du mit Freunden hier in der Gegend unterwegs?«, fragt er und spähte über ihre Schulter, in der Erwartung, in der Nähe ein paar junge Frauen zu entdecken, die auf die Art und Weise warteten, wie das junge Frauen heutzutage taten: die eine Hüfte auffordernd zur Seite gekippt, die dunkle Sonnenbrille hoch in die Haare geschoben. Aber es war weit und breit niemand zu sehen.

»Nein, ich bin extra hergefahren, um dich zu sehen.« Sie drehte sich ein bisschen zur Seite und deutete auf einen schwarzen Jeep am Straßenrand.

Jack wusste nicht, was er als Nächstes sagen sollte, also schlug er vor, sie könne ihn ja bei einem Spaziergang in den Ort auf einen Kaffee begleiten. Sie war einverstanden.

Auf dem Weg unterhielten sie sich über Dex, ein Thema, zu dem sie beide etwas beitragen konnten.

»Ich freue mich sehr für ihn«, sagte Adrienne. »Er hat großes Talent.« Der Callback im Anschluss an das Casting war so gelaufen, wie Dex es sich erhofft hatte.

»Er war dem Erfolg schon mal ganz nahe, vor zehn Jahren, aber dann war es ebenso schnell wieder vorbei damit, aus welchen Gründen auch immer«, erzählte Jack und dachte an den Dex von früher. Ihm gegenüber hatte Dex sich immer gleich verhalten, aber in Gegenwart anderer Leute strahlte er eine ganz andere Energie aus, vor allem als sich die ersten größeren Rollen einstellten und mit ihnen die wachsende Aufmerksamkeit. Diese Energie war damals fast greifbar gewesen, und als er letzte Woche mit ihm telefoniert und die neuesten Nachrichten gehört hatte, inklusive der Hintergrundgeräusche einer Bar oder einer Party, da hatte Jack sie wieder wahrgenommen. Er beneidete Dex darum.

»Er hat nie aufgehört zu arbeiten«, sagte er. »Er ist einfach immer dabeigeblieben.« Und er, Jack, fing gerade erst an zu begreifen, wie richtig er mit dieser Einschätzung lag.

Nachdem das Thema abgehandelt war, gingen sie ein paar Minuten schweigend nebeneinanderher. Der Asphalt unter ihren Füßen gab seine Wärme ab, die Sonne schien auf ihre Köpfe. Ihr Weg führte sie vorbei an einem halben Dutzend ausladender Schindelhäuser, zwei historischen, beflaggten Gebäuden aus rotem Backstein und einem Park. Immer weiter liefen sie unter den Markisen entlang der Kolonialstilfassaden von schicken Geschäften im Zentrum, in deren Schaufenstern es Holzboote, gestreifte Sweatshirts und raffinierte Badeanzüge in Hülle und Fülle gab.

»Ich liebe das Meer«, sagte Adrienne irgendwann, um ein neues Gespräch anzubahnen.

»Ich auch. Aber dieser winzige Teil davon direkt vor uns gefiel mir besser, als alles noch etwas weniger herausgeputzt war.«

Sie lachte, und Jack spürte, wie sein Ego sich geschmeichelt fühlte. Die Sucht, die Aufmerksamkeit einer Frau zu erregen – einer wunderschönen Frau. Alte Gewohnheiten legte man nicht so schnell ab.

»Heutzutage ist alles hier draußen irgendwie perfekt«, sagte er, »so perfekt, dass es sich schon unnatürlich anfühlt.«

Die beiden blieben stehen, als eine sehr stark gebräunte, agile ältere Dame ihnen den Weg versperrte. Sie beugte sich vor, und ihre Hand, verziert mit mehreren Ringen, wurde von einem Plastiksäckchen schützend umhüllt. Neben ihr stand hechelnd und brav abwartend ein Bichon Frisé, dessen Zunge die Farbe von Erdbeerbonbons hatte – genau wie der Lippenstift seiner Besitzerin.

»Kein Abfall auf den Straßen«, sagte Adrienne im Vorbeigehen.

»Nein«, sagte Jack, »ihren Müll behalten die Leute schön zu Hause.«

Hatty kochte Kaffee so, wie Jack es liebte, ohne irgendwelche Zusätze, die er nicht identifizieren konnte. Es gefiel ihm, dass er bei ihr einen Kaffee bestellen konnte und wusste, er würde in einem dicken Porzellanbecher serviert werden, nach Kaffee riechen und wie Kaffee aussehen. Als Hatty ihn entdeckte, goss sie ihm gleich einen Becher von ihrem handgebrühten Kaffee ein, den sie nur für sich in der Küche zubereitete, und reichte ihn ihm mit einem breiten Lächeln. »Und was darf ich Ihnen anbieten, junge Dame?«, fragte sie.

»Oh, ich nehme auch einen Kaffee«, sagte Adrienne.

Jack freute sich darüber und sah ihr dabei zu, wie sie den Becher hob und daran nippte.

»Warst du schon als Kind eine dieser Leseratten, die unbedingt Schriftsteller werden wollten?«, fragte sie ihn, doch sofort schob sich ein leichter Schatten über ihr Gesicht – aus Sorge, dass sie schon wieder heikles Terrain betreten haben könnte.

Jack schämte sich dafür, dieses Gefühl in ihr wachzurufen. Jede Art von Anmaßung lag ihm fern, und obwohl es natürlich kleine Rituale gab, die er befolgte, um sein Arbeitsleben zu beschützen, war er weiß Gott nicht der Schriftsteller, der sich selbst als Künstler bezeichnen würde. Wenn überhaupt bestand sein Dünkel darin, dass er immer versuchte so zu tun, als wäre er genau das Gegenteil. Er wollte mit aller Gewalt den Eindruck erwecken, er wäre ein ganz normaler Arbeiter. Handwerker oder vielleicht Lehrer, wie sein Vater.

»Eigentlich wollte ich Journalist werden«, verriet er ihr. »Ich dachte, ich würde eines Tages den großen Scoop landen, eine exklusive Meldung über ein Riesengeschäft oder eine Regierung, eine Geschichte, die die Welt verändert.«

»Und, hat es geklappt?«

»Ich habe vor allem über Sport geschrieben. Und über Kleinkriminelle. Die Hunde-Ausstellungen nicht zu vergessen.«

»Und dann hast du angefangen, Romane zu schreiben?«

»Mehr schlecht als recht. Die Hunde-Ausstellungen hatten mir meine Überheblichkeit immer noch nicht ganz ausgetrieben, also verließ ich die Zeitung. Zu Hause saß ich dann stundenlang brütend da und kaute auf meinem Stift herum und ahmte auf grauenvolle Art und Weise auf Hunderten von Seiten den Stil von Joyce nach. Und dann, als mir mein Geschreibsel keinerlei Aufmerksamkeit in der internationalen Literaturszene einbrachte, verlegte ich mich auf das grauenvolle Nachahmen Hemingways.«

Sie lachte.

»Meine arme Ehefrau musste alle Rechnungen bezahlen und obendrein noch meine fürchterlichen Klischees und meine Selbstgefälligkeit ertragen. Irgendwann kam sie zur Besinnung und verließ mich für einen Kinderarzt, einen richtig netten Kerl. Die beiden sind glücklich und froh, haben drei Kinder und einen Swimmingpool. Wenigstens ihretwegen muss ich mich nicht allzu schlecht fühlen.«

»Also war Marnie deine zweite Frau?«

Jack widmete sich wieder seinem Kaffee und schwieg.

»Dex hat mir davon erzählt«, rechtfertigte sich Adrienne.

»Marnie ist meine zweite Frau – zwei Treffer ins Schwarze. Offensichtlich habe ich nicht das Zeug zum Ehemann.«

»Keine Kinder?«

»Nein, was wahrscheinlich auch besser ist. Ich schätze mal, als Vater wäre ich auch nicht gerade der Hit, und da wird es dann schnell kritisch.«

Kaum hatte er den Satz zu Ende gesprochen, bereute er seine Offenheit. Der Tenor war viel zu ernst für eine nette Unterhaltung mit einer jungen Frau, die er so gut wie überhaupt nicht kannte. Er machte sich auf eine kitschige Antwort gefasst, wie sie die meisten Frauen von sich geben würden. Eine Antwort, die mehr Flirt als alles andere sein würde, ein »Oh, ich weiß nicht …« Aber er täuschte sich.

»Ja«, sagte sie ganz ernst, »ja, mit Kindern wird es schnell kritisch.«

Später gingen sie zu seinem Haus zurück, und er verabschiedete sich draußen von ihr. Sie standen noch eine Weile ein bisschen steif neben ihrem Auto herum. Als sie schließlich die Fahrertür geöffnet hatte, stellte sie sich noch kurz auf die Zehenspitzen, um ihm einen Abschiedskuss auf die Wange zu geben. Einen schwerelosen, selbstverständlichen Kuss. Dann stieg sie ein. »Bis bald, Jack«, rief sie ihm im Anfahren aus dem Fenster heraus zu. »Ich bin froh, dass ich hergekommen bin.«

»Ich auch«, sagte er.

Kapitel 4

Jack stand immer noch am Straßenrand, als Lisa mit offenem Verdeck in ihrem Cabrio an ihm vorbeifuhr und rasant in ihre Einfahrt einbog. Jack konnte sich nur schwer des Eindrucks erwehren, dass ihr Fahrmanöver und der lässige Auftritt – die Art, wie sie betont locker aus dem Wagen stieg und die Autotür schwungvoll zuschlug – für seine Augen bestimmt waren. Doch nach Adriennes Besuch verspürte er plötzlich echte Zielstrebigkeit und den Wunsch, sich anständig zu verhalten. Deshalb überquerte er die Straße, lief Lisas Einfahrt hinauf und rief ihr hinterher.

»Lisa!«

Sie drehte sich sofort auf ihren wackeligen Absätzen um, wodurch ihre gespielte Lockerheit ins Wanken geriet.

»Jack?« In der Hand hielt sie eine Einkaufstüte von einer Boutique in der Stadt. Jack erkannte den Namen darauf wieder – er hatte dort öfter Geschenke für Marnie gekauft. Auf ihrem Gesicht hatte sich beim Anblick der Tüte jedes Mal ein Strahlen ausgebreitet. Jetzt hob Lisa die Einkaufstüte wie einen Schutzschild vor ihren Oberkörper.

»Lisa, ich wollte mich bei dir entschuldigen. Ich hätte niemals so mit dir reden dürfen«, sagte Jack, als er sie vor der Tür eingeholt hatte.

»Nein, das hättest du wirklich nicht.«

Sie legte den Kopf in den Nacken, um missbilligend zu ihm aufzublicken, und er fand, dass sie dabei aussah, als wollte sie die Situation ausnützen und ihm eine längere Entschuldigung aus der Nase ziehen, die mit jedem Wort fadenscheiniger werden würde. Innerlich seufzend bereitete er sich darauf vor. Aber Lisa war sich der Tatsache, dass Jackson Cooper ein attraktiver, wohlhabender, alleinstehender Mann war – den sie außerdem noch sehr mochte –, sehr wohl bewusst. Und auch, dass er somit einer seltenen Sorte angehörte, die sie permanent im Visier hatte. Also lächelte sie, ließ ihren Schutzschild aus Einkäufen fallen, präsentierte ihr Dekolleté und sagte in versöhnlichem Ton: »Wir hatten alle zu viel getrunken.«

In diesem Augenblick sah sie hübscher aus, wahrhaftiger, dachte Jack, als je zuvor.

»Ich danke dir, Lisa«, antwortete er, doch zwischen den Zeilen schwebte ein Lass-uns-Freunde-Sein.

Lisa ärgerte sich über sich selbst, weil sie es zwar hörte, aber ignorierte. »Willst du mit reinkommen? Heute wird es heiß, und ich wollte den Nachmittag am Pool verbringen«, schlug sie vor. Ein letzter, vorsichtig ausgelegter Köder.

Jack besaß keinen Pool. Die Vorbesitzer seines Hauses, ein betagtes Pärchen, das beim Verkauf ihres Anwesens bereits von zwei Pflegern betreut wurde, konnten einem Schwimmbad nichts abgewinnen. Ihr hohes Alter, er sechsundneunzig und sie dreiundneunzig Jahre alt, führten sie allein darauf zurück, dass sie seit dem Hauskauf im Jahr 1956 von März bis Oktober jeden Morgen zum Strand getrottet waren, um im Meer zu schwimmen. Jack stellte sich gerade ihre runzligen schmalen Körper in schwarzen Badeklamotten vor, beide mit einer Bademütze auf dem Kopf und einem Handtuch um die Hüften, wie sie sich ihren Weg durch den Sand bahnten. Verdammt, dachte er, ich will noch nicht alt sein.

»Gute Idee, gerne«, hörte er sein Gehirn die Worte formulieren. Aber seine Stimme ließ ihn nicht im Stich. »Danke, nein«, sagte er so freundlich wie nur irgend möglich.

Lisa erkannte eine Niederlage, sobald Männer sich hinter Freundlichkeit verschanzten. Also besann sie sich auf ihre Einkäufe, ließ ihre Hoffnungen sausen und fand sich mit einem weiteren einsamen Abend ab, angereichert mit inhaltsleeren Telefongesprächen und wahllosem Durchblättern irgendwelcher Zeitschriften.

Liebe Eve,

ich befürchte, ich habe eine Grenze in unserer Freundschaft überschritten. Seit ich mein Privatleben erwähnt habe, habe ich nichts mehr von Ihnen gehört, und ich frage mich, ob Sie sich wohler damit fühlen, wenn wir in unseren Gesprächen (denn das sind unsere Briefe für mich) bei dem Thema bleiben, das uns zusammengebracht hat – beim Essen. Dann wiederum denke ich, ein Opfer meines eigenen Narzissmus zu sein und dass das Ausbleiben einer

Reaktion auf meinen letzten Brief rein gar nichts mit mir zu tun hat.
Nach sorgfältigem Abwägen beider Möglichkeiten gehe ich jetzt ein Risiko ein – würden Sie sich mit mir treffen? Mein Vorschlag wäre ein neutraler Ort – Paris. Wir könnten dort gemeinsam ein paar Tage verbringen und essen. Vielleicht im Oktober, wenn die vielen Touristen abgereist sind. Um Details, Tickets und alles Weitere bräuchten Sie sich nicht zu kümmern. Wenn Sie mir vertrauen, organisiere ich alles. (Selbstverständlich suchen Sie sich Ihr Hotel selbst aus.) Wir könnten uns irgendwo treffen, wo das Licht wunderschön gedämpft ist und es sagenhaft gut riecht. Ich bin dann der Mann mit dem Panama-Hut.
Jack

Eve stellte den Wagen in dem Parkhaus ab, das direkt an das neue Einkaufszentrum angrenzte. Die Shoppingmall war bereits acht Jahre alt, aber für die meisten Leute in Sudbury galt sie immer noch als »neu«, und das würde wahrscheinlich auch so bleiben, bis tatsächlich irgendwann ein neues Zentrum gebaut würde. Eve wäre lieber mit dem Bus gefahren. Nicht weil sie gerne mit dem Bus fuhr – beileibe nicht, sie hasste öffentliche Transportmittel –, sondern weil es sich irgendwie nicht schickte, in einem Wohltätigkeitsladen zu arbeiten und dort im Bentley vorzufahren.

Ihre Mutter hatte den Wagen vor einigen Jahren gekauft, und Eve hatte ihn geerbt und behalten. Ihren eigenen wendigen Mitsubishi verkaufte sie auf Izzys Drängen hin.

Izzy war noch nicht in der Lage, sich von irgendetwas zu trennen, das ihre Großmutter auch nur einmal berührt hatte.

Eve musste zweimal durch das gesamte Parkhaus kurven, bis sie einen Stellplatz fand, in den sie sich einzuparken traute. Dann überquerte sie die Brücke und ging die High Street entlang zu dem Rot-Kreuz-Laden.

»Hallo, Fremde«, wurde sie von Geraldine begrüßt. Es stimmte, dass Eves Anwesenheit in den letzten zwölf Monaten eher sporadisch gewesen war. Eve hatte deswegen schon lange ein schlechtes Gewissen.

»Es tut mir so leid, dass ich bisher keine große Hilfe war, Geraldine«, sagte sie.

»Aber das ist doch nicht schlimm«, beruhigte Geraldine sie gut gelaunt. Sie trug eine außergewöhnlich bunte Mischung von Kleidungsstücken, die sie offensichtlich selbst genäht hatte, und das Haar hing ihr in einem nachlässig geflochtenen langen Zopf den Rücken hinunter. Ihr Lächeln war offen und einnehmend. Geraldine war der glücklichste Mensch, dem Eve je begegnet war.

»Jetzt bist du ja da«, sagte sie. »Soll ich uns einen Tee kochen?« Sie deutete auf einen kleinen Haufen mit Babybekleidung neben ihr auf dem Fußboden. »Muss alles nach Größen sortiert werden. Eine Frau hat sie heute Morgen vorbeigebracht. Sind alle wie neu, guck mal.« Sie zog einen Strampelanzug aus dem Haufen und hielt ihn in die Höhe.

Eve stimmte ihr zu, dass der Anzug wie neu aussah. »Ich mache uns den Tee«, sagte sie, »du hast ja alle Hände voll zu tun. Ich habe ein paar Ingwerplätzchen mitgebracht.«

»Toll.«

Eve wurde es bei der aufrichtigen Begeisterung in Geraldines Stimme ganz warm ums Herz. Ihre Entscheidung herzukommen war genau richtig gewesen.

»Sogar der Tee schmeckt besser, wenn du ihn machst«, sagte Geraldine, als Eve mit zwei Tassen aus dem muffigen Kabuff im hinteren Teil des Ladens zurückkam.

»Ich habe ein bisschen losen Tee mitgebracht und nicht die Beutel genommen«, gab Eve zu.

»Aber es ist nicht nur das. Du besitzt so ein Fingerspitzengefühl. Ich hatte das nie – dieses gewisse Etwas, wenn's ums Essen geht. Wenn etwas keine Schere oder einen Dosenöffner braucht, kann ich es nicht kochen.« Sie lachte.

Eve musste mitlachen. Dann stellte sie ihre Tasse ab und half Geraldine mit dem Sortieren der Babysachen. Sie waren gerade fertig, als eine junge Frau mit einem etwa zweijährigen Mädchen in den Laden kam. Aus ihrem Kinderwagen heraus sah das Mädchen Eve mit großen Augen über den Rand ihres Trinkbechers hinweg an.

»Alle zu klein für dich, mein Äffchen«, sagte die Mutter, nachdem sie die Stapel von Eve und Geraldine durchgesehen hatte. »Aber schon sehr niedlich.« Sie grinste die beiden Frauen an. »Ich habe schon zwei in der Schule«, fuhr sie fort. »Und jetzt bin ich damit durch.«

Eve lächelte die junge Frau an. Sie hatte zarte Krähenfüße in den Augenwinkeln, und einzelne Haarsträhnen hatten sich aus einer Plastikspange am Hinterkopf befreit. Ihre Jeans und die marineblaue Regenjacke schienen auch schon bessere Tage gesehen zu haben. Sie jonglierte den

Kinderwagen, an dessen Griff schwere Einkaufstüten hingen, durch die Regale mit Kleidung, Büchern und Krimskrams. Schließlich kehrte sie mit einem Kinder-T-Shirt und zwei Büchern zum Tresen zurück. Eins der Bücher war ein Kinderbuch in Form einer Uhr, das andere ein dickes Taschenbuch. Eins von Jack.

»Mein Freund mag die Dinger«, sagte die junge Frau.

Das kleine Mädchen war inzwischen eingeschlafen. Der leere Trinkbecher lag in ihrem Schoß, und ihr Kopf ruhte an dem Metallgestell der Karre. Als die Mutter sich vorbeugte, um den Becher in einer der sperrigen Einkaufstaschen zu verstauen, fragte sie: »Taugen die etwas?«

»Ja«, sagte Eve, »sie sind sehr gut.«

Draußen hatte es angefangen zu nieseln, und die Frau riss das Verdeck der Karre grob nach vorne. Dann setzte sie sich ihre Kapuze auf und verzog ärgerlich das Gesicht. Im dunklen Schatten, den die Kapuze warf, sah ihr Teint blass aus, wie ein zu oft gewaschenes Bettlaken.

Jackson Cooper, dachte Eve, lebt nur fünf Stunden Flugzeit entfernt von hier in einem vollkommen anderen Universum.

Eve blieb den ganzen Tag im Laden und übernahm das Abschließen für Geraldine, die dienstags im Chor sang und froh war, einmal früher gehen zu können.

»Dann habe ich Zeit, vorher noch etwas zu essen«, scherzte sie.

Eve war froh, ihr mangelndes Engagement der letzten Zeit ein wenig wettmachen zu können, aber gleichzeitig wollte sie sich auch etwas beweisen. Sie wollte sich beweisen, dass sie es schaffen konnte. Dass sie das Haus verlassen und eine Situation wie diese meistern konnte. Das war der wahre Grund ihres Kommens.

In der letzten halben Stunde blieb es ruhig im Laden. Obwohl sie den Tag und Geraldines Gesellschaft genossen hatte, fühlte sich Eve auf der Fahrt nach Hause trotzdem vollkommen erschöpft und ausgelaugt. Der Gedanke an die Hochzeit und die dazugehörigen Verpflichtungen fing an, sie nachts wachzuhalten. Der Ausflug nach Hadley Hall war so ein eklatanter Reinfall gewesen, und sie wusste, das Schlimmste stand ihr noch bevor. Sie passte sich dem gleichmäßigen, ruhigen Tempo der hintereinander aufgereihten Autos im Abendverkehr an, aber in ihrer Brust baute sich ein winziges, nervöses, ungleichmäßiges Pochen auf, wie das unstete Flattern feuchter Wäsche im Wind.

Gwen erwartete sie, als sie durch die Küchentür ins Haus kam.

»Ich komme doch selbst ungern in ein leeres Haus zurück«, wehrte sie Eves Proteste ab, dass sie so spät noch da war. Es war bereits nach sechs. »Ich habe eine Hühnerpastete gemacht. Sie ist zwar nicht so gut wie Ihre, aber sie ist warm. Setzen Sie sich hin. Ich koche einen Tee.«

Eve fühlte sich, als wäre sie ewig fort gewesen, obwohl es sich doch nur um einen einzigen Tag gehandelt hatte. Sie schaffte es gerade noch, Gwen zu widersprechen. »Nein, Gwen, in der Vorratskammer steht noch eine Flasche Chablis. Würden Sie ein Glas mit mir trinken?«

Gwen schien von diesem Vorschlag überrascht zu sein, und Eve war sich sehr wohl darüber im Klaren, dass dies ein Bruch mit den sonst üblichen Gepflogenheiten war, aber das spielte auf einmal keine Rolle mehr für sie.

»Gwen, bitte, nur ein kleines Glas. Ich weiß, dass Sie bald nach Hause müssen.«

Gwen hörte vielleicht die Dringlichkeit in Eves Stimme, denn sie nickte zustimmend und wollte losgehen, um den Wein zu holen.

»Nein, bitte, lassen Sie mich das machen«, insistierte Eve. »Gehen Sie schon mal in den Wintergarten. Abends ist es dort besonders schön.«

Gwen wartete trotzdem, bis Eve die Flasche geholt und geöffnet hatte, und stellte zwei Gläser auf einem kleinen lackierten Tablett bereit.

»Ach du lieber Himmel«, sagte Eve bei seinem Anblick. »Lassen Sie mich das besser nicht tragen. Mir fällt es garantiert aus der Hand.« Und dann fing sie an zu weinen.

Eve hatte bislang nur selten in ihrem Leben geweint, und die vergossenen Tränen waren ihr eher entwischt und wie ein stiller Fluss geflossen, statt laut aus ihr herauszubrechen. Einmal, kurz nachdem Simon sie verlassen hatte, war sie rastlos in Izzys Kinderzimmer auf und ab gegangen und hatte sich schließlich auf einen gepolsterten Stillsessel neben die Wiege gesetzt. Von dort aus beobachtete sie ihr schlafendes Kind und weinte und weinte, still, stumm, reglos. Sogar als die Nanny hereinkam, erschrocken beim Anblick der weißen Gestalt im Nachthemd zusammenzuckte und sagte: »Kann ich Ihnen helfen, Mrs. Petworth?«, sogar in diesem Augenblick bewahrte

Eve die Fassung und antwortete: »Nein danke, Kate, ich wollte nur kurz nach dem Rechten sehen.« Kate schaltete eine Lampe mit gedämpftem Licht an und ging weiter ihren Pflichten nach, ohne auch nur den Hauch des tiefen Leids wahrzunehmen, das sich immer noch im Zimmer befand.

Aber diesmal weinte Eve hemmungslos, als wollte jemand ihr die Seele aus dem Leib reißen. Und Gwen, zurückhaltend, liebevoll und mütterlich, wie sie nun einmal war, legte eine beruhigende Hand auf Eves Arm und ließ sie weinen.

Schließlich, als Eve sich etwas beruhigt hatte, führte Gwen sie wortlos in den Wintergarten, half ihr beim Hinsetzen in einen Korbstuhl und reichte ihr ein Glas. Dann nahm sie ihr gegenüber Platz. Für eine Weile nippten sie beide schweigend an ihrem Wein, bis Gwen schließlich das Wort ergriff. »Also, das war aber überfällig.«

Eve sah sie fragend an. Sie wirkte erschöpft, als sie ihr Glas abstellte. Ihre Hand fiel schwer auf die Tischplatte aus Glas.

»Ungefähr seit zwanzig Jahren, würde ich sagen«, fuhr Gwen fort.

Eve spürte, wie ihr etwas auf den Lippen lag, kein forscher Spruch, eher eine Art Dementi, aber kein sehr scharfes. Eine Äußerung, die das Verhältnis zwischen Angestellter und Arbeitgeber wiederherstellen würde. Sie begann sich aufzurichten, aber dann ließ es bleiben, verkroch sich wieder in ihrem Stuhl und schloss die Augen. Eine neue, einsame Träne kullerte über ihre Wange. Als sie schließlich etwas sagen wollte, klang ihre Stimme immer noch ganz brüchig. »Gwen, ich bin eine einzige Katastrophe. Mein Leben ist eine einzige Katastrophe.«

»Aha«, sagte Gwen.

Schlagartig wurde Eve sich ihres luftigen, hellen Wintergartens und des daran angrenzenden gepflegten Gartens bewusst. Schnell fuhr sie beschämt fort: »O ja, natürlich … natürlich weiß ich, wie schrecklich privilegiert ich bin.«

Gwen unterbrach sie, indem sie abwehrend eine Hand hob. »Sie sind einsam«, sagte sie bestimmt. »Jahrelang haben Sie sich von Ihrer Mutter, dieser dummen Kuh, herumkommandieren lassen. Es tut mir leid, aber wir reden ja gerade ganz offen miteinander, und diese Frau war eine dumme Kuh, so wie sie Sie behandelt hat. Und jetzt, nachdem Sie sie endlich los sind, lassen Sie sich von Ihrer Tochter drangsalieren. Sie brauchen dringend eigene richtige Freunde. Nicht noch mehr Blumen oder Kochbücher, sondern Freunde aus Fleisch und Blut, die Sie mögen und Ihre Freundschaft zu schätzen wissen. Sie sind einer der klügsten und liebenswürdigsten Menschen, denen ich je begegnet bin, und ausgerechnet Sie sitzen hier Abend für Abend alleine herum und vergeuden Ihr Leben.«

Mit der aufziehenden Dämmerung wurde das Licht langsam milchig. Gwen ließ nicht locker. »Und außerdem sind Sie eine wahnsinnig gut aussehende Frau mit einer fantastischen Figur. Sie könnten leicht einen tollen Mann finden.«

Eve fing wieder an, leise vor sich hin zu weinen, aber sie schaffte es trotzdem zu sprechen. »Die Sache ist die, Gwen, ich kann nicht … selbst wenn ich Freunde hätte …

ich kann doch nirgendwo hingehen. Ich habe diese … Attacken.«

Gwen nickte wissend. »Wie damals bei den Lavendelsträuchern.«

Am Tag vor der Beerdigung ihrer Mutter hatte Eve beschlossen, Lavendel-Scones zu backen. Izzy würde jeden Moment eintreffen, und sie brauchte etwas zu tun. Etwas, das sie ohne Nachdenken bewältigen konnte. Es ging ihr nicht gut, was nicht unbedingt am Tod ihrer Mutter lag – Eve war alles andere als eine Heuchlerin –, aber dieser Verlust ließ so viele andere Verluste und die damit verbundenen Gefühle wieder in ihr aufleben. In den Stunden nach Virginias Tod hatte ein unbeschreiblich großer Schmerz von Eve Besitz ergriffen.

Und dann musste sie sich um die Beerdigung kümmern und das Essen für den Leichenschmaus vorbereiten. Virginias Leben als Partygirl und Serienehefrau war nicht dafür geeignet gewesen, tiefe Freundschaften auf ewig gedeihen zu lassen, aber als Trauergäste erwartete man immerhin Virginias Arzt, eine Nachbarin von Eve und einen alten Freund Virginias – dessen Name Eve nichts sagte, der aber die Todesanzeige im *Telegraph* gesehen hatte – sowie Dodo, eine alte Freundin der Verstorbenen aus champagnerseligen Zeiten.

Dodo wollte im Hotel The George unterkommen, obwohl Eve sie einigermaßen herzlich eingeladen hatte, bei ihr zu nächtigen. »Nein«, lautete die deutliche Antwort, »ich brauche meinen Freiraum.« Zum ersten Mal hatte Dodo etwas gesagt, das Eve nachempfinden konnte.

Aber dann, als sie sich in ihrer weißen Schürze über

Kleid und Strickjacke vorbeugte, um die ersten Lavendelzweige abzuschneiden, schoss ihr dieser Gedanke durch den Kopf. Wenn dieser Freund aus alten Tagen – Ted? Ned? – die Todesanzeige gesehen hatte, dann könnten weitere Freunde von Virginia sie auch entdeckt haben. Vielleicht kämen also am morgigen Tag lauter Leute aus London zu ihr nach Hause; Menschen, die sie noch nie in ihrem Leben gesehen hatte.

Vor ihrem geistigen Auge stellte Eve sich eine Ansammlung schlagfertiger, altersloser Frauen vor, unbelehrbar gebräunt und mit gut versichertem Schmuck beladen, die mit ihren selbstgefälligen Ehemännern anreisten. Ehemänner, die ihr mit der Sorte Fragen auf den Zahn fühlen würden, mit der selbstgefällige Ehemänner sich genötigt sahen, anderen Leuten auf den Zahn zu fühlen: »Und, Eve, was treiben Sie hier so den lieben langen Tag?« oder »Sie versorgen den Garten ganz alleine, oder?« Es spielte absolut keine Rolle, dass man ihre Antworten sofort wieder vergaß, sie musste sich trotzdem welche einfallen lassen. Und dann würden die Frauen anfangen, sie mit ihrer Mutter zu vergleichen. »Man käme wirklich nicht darauf, dass sie Virginias Tochter ist, nicht wahr?« Allein die Vorstellung war entsetzlich.

Ganz plötzlich hatte sie das Gefühl, in Ohnmacht zu fallen. Schnell richtete sie sich gerade auf und senkte anschließend den Kopf, als wollte sie die Szene mit einem Schütteln aus ihrem Hirn verbannen. Aber die Benommenheit blieb, und mit ihr kam ein Gefühl, als würde sich ihre Kehle zusammenziehen. Sie setzte sich auf den Kies, der noch feucht vom Morgentau war, legte die Schere in den Schoß und hoffte, wieder zu Kräften zu kommen. Doch es wurde nicht besser. Ihr Herz hatte zu rasen begonnen, als würde es jeden Moment zerbersten. Der frühe Morgenhimmel, der bleiern über ihr lag, schien sich herabzusenken und sie zu umhüllen.

In diesem Augenblick dachte Eve, sie würde sterben. Dachte, dass ihr noch nicht mal ein Leben ohne ihre Mutter vergönnt wäre. Kein Leben, in dem sie sich an ihrem Haus erfreuen und im Bett lesen könnte, wenn sie dazu Lust hätte. In dem sie ihr Haar offen tragen würde, ohne einen bissigen Kommentar auf sich zu ziehen. Gwen, die damals zu ihr geeilt war, befürchtete auch das Schlimmste, als sie die zitternde und aschfahle Gestalt auf dem Boden sitzen sah. Später dann, beim Arzt in Sudbury, hatte man Eves Symptome auf eine allgemeine Erschöpfung zurückgeführt. Diese Diagnose wurde in der folgenden Woche im örtlichen Krankenhaus bestätigt, nachdem ausgiebige Untersuchungen gezeigt hatten, dass sie vollkommen gesund war.

»Es passiert immer wieder, stimmt's?«, sagte Gwen jetzt.

»Ja.«

»Ich habe mir das schon beinahe gedacht.«

»Diese Woche erst, mit Izzy und Ollie. Es war entsetzlich. Ich kann so nicht weitermachen, Gwen, es geht einfach nicht.«

»Nein«, sagte Gwen, »nein, das geht nicht.«

In Wahrheit machte Izzy die Aussicht auf ein Aufeinandertreffen mit ihrem Vater genauso nervös wie ihre Mutter. Sie war ihm in siebzehn Jahren genau zweimal begegnet, und selbst wenn sie davor beträchtlich mehr Zeit mit ihm verbracht haben sollte, so konnte sie sich nicht mehr daran erinnern. Während sie aufgeregt in der Lobby eines sehr vornehmen Hotels in der Innenstadt von London, das er als Treffpunkt zum Lunch vorgeschlagen hatte, auf ihn wartete, befürchtete sie plötzlich, sie würde ihn womöglich gar nicht erkennen.

»Izzy«, sagte eine Stimme hinter ihrem Rücken.

Sie drehte sich um, und da stand er. Derselbe Mann. Unglaublich gut aussehend und wunderbar gekleidet. Die Haare etwas grauer, aber derselbe Mann.

»Entschuldige bitte, wenn ich dich habe warten lassen«, sagte er mit einem Blick auf die Uhr.

»Nein, ich war früh dran«, sagte sie.

Er lächelte.

»Ich dachte, wir trinken noch etwas, bevor wir an unseren Tisch gehen … wenn dir das recht ist.« Auf einmal wirkte auch er sehr unsicher, wodurch sie sich ein bisschen entspannen konnte.

»Natürlich, ja. Warum nicht?«

»Hier geht's lang.« Er trat einen Schritt zurück, um sie vorbeizulassen. Dann gingen sie durch einen Flur mit Rundbögen und betraten einen Raum mit sehr, sehr hohen Decken, in dem wunderhübsch bezogene Chaiselongues und goldverzierte Stühle um kleine Beistelltischchen gruppiert waren. Als sie sich setzten, hatte er seine Fassung – und seinen Charme – wiedergefunden. »Möchtest du einen Champagner-Cocktail?«, fragte er.

»Ja, gerne.«

»Also«, er setzte sich bequem hin und rückte sein

Jackett zurecht, »erzähl mir von diesem Burschen. Hat er dich überhaupt verdient?«

Zuerst hatte Izzy den Impuls, auf die Frage wie ein kleines Mädchen zu reagieren. Sie wollte ihn mit Ollie beeindrucken. Doch dann fing sie sich wieder. Für wen hielt sich dieser Mann, ihre Entscheidungen infrage zu stellen? Er hatte sie als Kind verlassen und seitdem kaum einen Versuch unternommen, den Kontakt zu ihr zu halten. Karten an Weihnachten und zum Geburtstag, dazu maßlos übertriebene, unpersönliche Geschenke, das war alles. Nein, sie würde nicht darauf reinfallen.

»Wir sind sehr glücklich«, erwiderte sie. Ihre Getränke wurden gebracht, und sie griff nach ihrem Glas und nippte schmallippig daran.

»Gut.« Simon beobachtete sie ganz genau. Sie sah sehr gut aus, fand er, auch wenn ihr der Liebreiz ihrer Mutter fehlte. Eve hatte immer so weichgezeichnet ausgesehen, wie ein Aquarell. Izzy bestand nur aus Ecken und Kanten. Wie ihre Großmutter.

»Mein Beileid zum Verlust deiner Großmutter, Izzy«, sagte er ohne Überleitung.

Izzy konnte auch mit dieser Bemerkung nichts anfangen. »Danke«, entgegnete sie und stellte ihr Glas ab.

»Und deine Mutter?«, fuhr Simon fort. »Wie geht es ihr?«

Izzy fing seinen Blick ein; in seiner Stimme schwang ernsthaftes Interesse mit.

»Es geht ihr … gut«, sagte sie und verspürte plötzlich ein ganz neues Gefühl Eve gegenüber: Loyalität. Sie wollte diesem Mann einfach nicht zu viel von ihrer Mutter enthüllen.

Die Stimme ihres Vaters unterbrach ihre Gedanken.

»Ich bin so froh, dass du angerufen hast, Izzy.« Er beugte sich ein wenig zu ihr vor, als würde er gleich ihre Hand ergreifen.

Doch Izzy war immer noch auf der Hut. »Na ja«, erwiderte sie scharfzüngig, »dass du dich meldest, war ja eher unwahrscheinlich.«

Simon Petworth wirkte einen Moment, als hätte ihn diese Bemerkung getroffen. Aber er bekam seine Gefühle schnell wieder in den Griff.

»Ja … da hast du wohl recht. Ich hätte dich nicht angerufen. Aber das bedeutet nicht, dass ich nichts von dir wissen wollte und mich nicht gefreut habe, als du dich gemeldet hast. Das klingt jetzt bestimmt abgedroschen, ich weiß, aber ich habe in den letzten Jahren viel an dich gedacht.«

Izzy war erschrocken darüber, wie sehr sie wünschte, er würde tatsächlich die Wahrheit sagen. Dennoch versuchte sie, ihre Schwäche zu verbergen, indem sie ihre Borsten zeigte.

»Du hast recht, das klingt wirklich sehr abgedroschen.«

»Ja … nun ja, lass uns das Essen aussuchen, und dann können wir deine Hochzeit besprechen. Ich bin mir sehr wohl im Klaren darüber, dass ich dich in vielerlei Hinsicht im Stich gelassen habe, Izzy, aber ich versichere dir, ich werde alles daransetzen, dass du die Hochzeit bekommst, die du dir erträumst.« Mit einer lässigen Handbewegung erreichte er, dass sofort ein Kellner in schmucker Uniform herbeigeeilt kam und ihnen zwei Speisekarten brachte.

Izzy entspannte sich ein bisschen, als sie ihre Karte aufschlug. Wenn es um Essen ging, bewegte sie sich auf sicherem Terrain.

Der Kellner, der ihren Vater namentlich begrüßt hatte, sagte: »Heute haben wir Carpaccio, Madam. Und Hummercremesuppe. Wäre Ihnen etwas Leichteres lieber, stünde eine klare Suppe zur Wahl.«

Nach einer lebhaften Diskussion über die verschiedenen Optionen entschied sie sich schließlich für Wachteleier und Kalbfleisch.

»Sehr gut, Madam«, sagte der Kellner, als wäre es ihm eine Freude gewesen, ihr zu Diensten sein zu dürfen. Und dann widmete er sich ihrem Vater, um seine Bestellung – Salat aus dicken Bohnen und Seezunge – entgegenzunehmen, bevor der Sommelier herbeizitiert wurde. Bis der Wein ausgewählt war, war es auch schon an der Zeit, an ihren Tisch zu gehen.

Nachdem man sie in dem opulent geschmückten Restaurant an ihren Tisch geleitet hatte, sah Simon seine Tochter liebevoll an. »Wie ich sehe, hat deine Mutter ihre Liebe für das Essen an dich weitergegeben. Kochst du auch so gut wie sie?«

»Ich koche nie«, erwiderte Izzy kurz angebunden. Und dann hatte sie von einem Augenblick auf den anderen dieses ganze Elterngetue so satt, dass es geradezu aus ihr herausplatzte: »Außerdem hat Gin-gin mich großgezogen. Meine Mutter hat sich immer schön im Hintergrund gehalten. Nicht so sehr wie du, zugegebenermaßen, aber trotzdem noch mit genügend Abstand.«

Simon Petworth betrachtete diese bemerkenswerte

junge Dame, die seine Tochter war, und sein Gesichtsausdruck wurde ganz milde. »Deine Mutter ist ein feiner Mensch, Izzy. Sie ist durch und durch anständig, und sofern sie sich nicht stark verändert hat, wage ich zu bezweifeln, dass sie jemals dir oder irgendwem sonst mit Absicht Schaden zugefügt hat.«

Izzy war vollkommen verblüfft von der Ernsthaftigkeit in seiner Stimme. Er hatte tatsächlich geklungen wie ein – Vater.

»Na gut, mag sein«, sagte sie und unterbrach sich, als ihre Wachteleier mit geradezu feierlicher Geste serviert wurden. Nachdem der Weißwein eingeschenkt worden war, fuhr sie fort: »Schaden zufügen, nein, das nicht. Ich meine ja nur, also, sie wirkte immer so, als interessiere sie sich nicht sonderlich für mich. Nicht so wie Gin-gin jedenfalls.«

»Gin-gin«, Simon wählte seine Worte sichtlich mit Bedacht, »war deine Großmutter, und ich höre aus dem, was du sagst, dass du sie sehr gern gehabt hast.«

Izzy wollte gerade etwas dazu sagen, doch sein finsterer Gesichtsausdruck hielt sie davon ab.

»Womit du aber allein auf weiter Flur stehst. Niemand sonst konnte diese Frau ausstehen. Wenn sie dich gut behandelt hat, freut mich das – es wird sie nach dem Tod vielleicht ein wenig von ihrer Schuld freisprechen –, aber deine Mutter hat sie nie gut behandelt. Genau genommen schäme ich mich dafür, dass ich es ihr gestattet habe, so mit deiner Mutter umzuspringen, und dass ich sie unter diesen Umständen zurückgelassen habe. Ich schäme mich deshalb genauso sehr wie dafür, dich verlassen zu haben.

Virginia Lowell war eine selbstsüchtige, unbarmherzige Tyrannin, und sie hat ihre Tochter wie eine Sklavin behandelt. Ich vermute sehr stark, dass Eve deine Erziehung ihrer Mutter überlassen hat, weil sie zu viel Angst davor hatte, sich ihr zu widersetzen.«

Er hatte gesagt, was gesagt werden musste, und begann wie mechanisch zu essen. Die Luft um sie herum war aufgeladen mit Gefühlen und schien förmlich zwischen ihnen zu stehen.

Izzy fand als Erste wieder Worte.

»Ich möchte meine Feier in Hadley Hall ausrichten.«

»Sehr gut«, sagte Simon. »Ja, das ist eine gute Wahl. Bitte vereinbare alles so, wie du es möchtest, und lass mir den Papierkram zuschicken. Was immer du dir aussuchst, geht in Ordnung.«

Izzys Gefühle glichen einer Achterbahn, und das war eine völlig neue Situation, die ihr überhaupt nicht gefiel. Vielleicht verriet ihr Gesichtsausdruck ihre Verwirrung, denn ihr Vater reagierte darauf.

»Entschuldige bitte, Izzy«, sagte er, »mir ist klar, dass du deine Großmutter sehr gemocht hast.«

»Ich habe sie geliebt«, korrigierte Izzy ihn.

»Ja, dass du sie geliebt hast. Aber jetzt bist du eine junge Frau. Vielleicht wirst du schon bald eigene Kinder haben. Versuch bitte, ein bisschen Mitgefühl für deine Mutter zu haben. Das sind wir ihr alle schuldig.«

Izzy ließ langsam ihre Gabel auf den Teller sinken und funkelte den Mann, der gerade diesen Satz von sich gegeben hatte, wütend an.

»Wenn du dir so viele Sorgen um sie gemacht hast,

warum hast du sie dann verlassen … für diese …« Sie hielt gerade noch rechtzeitig inne, um nicht den Ausdruck ihrer Großmutter zu verwenden.

Simon legte sein Silberbesteck ebenfalls aus der Hand und hielt dem Blick seiner Tochter stand. »Ich habe keine Entschuldigung dafür. Gründe, ja, vielleicht, ich war jung und arrogant und hatte niemanden, der mir sagt, wo es langgeht. Meine Eltern starben, als ich ein Teenager war, wie du ja sicherlich weißt.«

Izzy wusste davon nichts. Sie nahm diese Neuigkeit mit einem angedeuteten Nicken zur Kenntnis, da gerade der erste Gang von ihrem Tisch abgeräumt wurde.

»Ich bereue … na ja, ich bereue sicher nicht alles, weil es meine Söhne nicht gäbe, hätte ich mich nicht so verhalten, wie ich es nun mal getan habe.«

Wieder herrschte ein unbehagliches Schweigen zwischen ihnen, das nur schwer durch die Ankunft ihres Hauptgangs kaschiert wurde, trotz des chirurgischen Filetierens der Seezunge auf dem Beistelltisch und des Nachschenkens von Wein. Simon merkte selbst, dass das Erwähnen seiner Söhne unangemessen gewesen war, ja, sogar grausam, und Izzy war geschockt darüber, wie sehr ihr diese Bemerkung wehtat. Es war eine Sache, dass er sich ihr als Vater verweigert hatte, aber diese Verweigerung war noch brutaler in Kombination mit der Erinnerung daran, dass er dies seinen Kindern aus zweiter und dritter Ehe nicht angetan hatte. Jungs, dachte sie, vielleicht interessiert er sich nur für Jungs.

Simon ergriff erst wieder das Wort, nachdem alle Kellner den Tisch verlassen hatten. Izzy starrte auf ihren Teller und machte keinerlei Anstalten, ihr Besteck in die Hand zu nehmen, also tat er es auch nicht.

»Ich bin für meine Söhne ein besserer Vater als für dich.«

»Für deine Söhne *bist* du ein Vater, für mich warst du das nie«, unterstrich Izzy.

Simon zuckte bei der Berichtigung zusammen, akzeptierte sie aber. Aus dem Saal, wo sie ihren Aperitif eingenommen hatten, drang jetzt Musik von einem kleinen Orchester zu ihnen durch. »Ja«, sagte er leise, »ja, Izzy, deine Mutter und du, ihr habt beide Grund genug, mich zu hassen. Das verstehe ich. Aber ich hoffe trotz allem, dass dieses Treffen und meine Unterstützung bei deiner Hochzeit ein paar Dinge wiedergutmachen werden. Ich bin nicht mehr der Jüngste, und das Leben hat mir ein paar Lektionen erteilt. Deshalb möchte ich mich mit dir versöhnen.«

Izzy kämpfte ab diesem Moment mit den Tränen, und um davon abzulenken, dass sie gerade dabei war, die Fassung zu verlieren, nahm sie Messer und Gabel in die Hand. Ihr Vater folgte ihrem Beispiel und führte einen Bissen seiner Seezunge zum Mund, ohne sie dabei aus den Augen zu lassen. Izzy schob sich in Zeitlupe eine Gabel voll Kalbfleisch zwischen ihre blassen Lippen.

»Ich hoffe, es kann mit den Kochkünsten deiner Mutter mithalten?« Er lächelte sie zärtlich an. »Sie war immer eine so wunderbare Köchin.«

»Das ist sie immer noch«, sagte Izzy, und diese Antwort weichte die Fronten zwischen den beiden ein klein wenig auf.

Das Gespräch plätscherte eine Weile dahin, sie unterhielten sich über Izzys Job und Ollies Job und Ollies Familie. »Wen bringst du eigentlich mit zur Hochzeit?«, fragte Izzy auf einmal. »Ich schätze mal, du kommst doch zu meiner Hochzeit, oder?« Sie lächelte dabei, doch ihre Nervosität war zu spüren.

»Das ist deine Entscheidung, Izzy. Mein Vorschlag wäre allerdings, solltest du deine Stie …« Er verschluckte das Wort Stiefmutter und fuhr fort: »… solltest du Laura und die Jungs kennenlernen wollen, dann wäre vor der Hochzeit der beste Zeitpunkt dafür. Hochzeiten können einen emotional ganz schön überwältigen. Da kann ich wahrlich mitreden.«

Überraschenderweise mussten sie beide über seinen Spruch lachen.

Bevor ihr Vater sie in ein Taxi setzte, erwies er sich als Meister der Diplomatie. Er vermied beim Abschied einen zu familiären Kuss oder ein zu distanziertes Händeschütteln und entschied sich für ein liebevolles Drücken ihrer Oberarme. Im Taxi suchte Izzy in ihrer Tasche nach dem Handy und tat etwas für sie ganz Ungewöhnliches: Sie rief ihre Assistentin an, um ihr mitzuteilen, dass sie nicht mehr ins Büro zurückkommen würde. In diesem Moment fühlte sie sich so aufgewühlt, so verunsichert wie noch nie zuvor in ihrem Leben.

Kapitel 5

»Ich mag das einfach nicht«, sagte Jack leise zu Dex. Sie saßen in einer Bar mit Swimmingpool in Los Angeles.

»Was magst du nicht?«, fragte Dex, während er ohne ernstere Absichten das zitronengelbe Dreieck betrachtete, das nur knapp das Hinterteil einer Blondine bedeckte, die gerade an ihnen vorbeiging.

»Kein Ziel zu haben«, sagte Jack.

»Mir gefällt das«, widersprach Dex und drehte sich zu Jack um.

Jack lachte. »Dir fehlt doch auch kein Ziel, du bist der ›aufstrebende Nachwuchsstar‹. Mittlerweile kennt jeder Restaurantchef deinen Namen.«

»Für einen Nachwuchsstar bin ich zu alt«, sagte Dex. »Ich bin das, was man einen ›Blitzerfolg‹ nennt.«

Jetzt lachten sie beide herzhaft. Dex war wegen einiger Termine und Treffen in Kalifornien, die Jack sich nicht gemerkt hatte; er wusste nur, es ging um Dex' neuen Film. Er hatte viel zu tun, war aber in einem guten Hotel untergebracht. Aus einer Laune heraus hatte Jack beschlossen, in den Flieger zu steigen und ihn übers Wochenende zu besuchen. Aus dem Wochenende war eine ganze Woche geworden. Eine Woche, in der er – trotz guter Vorsätze – keine Zeile geschrieben hatte.

Dex' Tochter Brooke, die sich seit ihrer letzten Begegnung in einen Funken sprühenden Teenager verwandelt hatte, war für ein paar Tage zu ihnen gestoßen. Angespornt durch die angenehme Gesellschaft war Jack wild entschlossen gewesen, nach Brookes Abreise zu arbeiten. Aber er vermisste sie. Nicht unbedingt ihre persönliche Anwesenheit, eher ihre Energie, die spielerische Nähe und Verbundenheit zwischen ihr und Dex. Jack war von dem Mädchen begeistert, und er wollte, dass auch Brooke ihn mochte. Er wollte einfach dazugehören. Vielleicht liegt es in unseren Genen, dachte er, als sie schließlich abgereist war, dass wir unbedingt von den Jungen gemocht werden wollen und ihre Nähe suchen. Vielleicht ist unsere Freude an ihrer ansteckenden Naivität die treibende Kraft in uns, sie beschützen zu wollen – das Yin und Yang der Evolution.

Nach Brookes Abreise war auch Dex wieder mehr unterwegs, also machte Jack sich an die Arbeit. Doch obwohl es nicht seine Art war, Seiten in der Faust zu zerknüllen und dramatisch in den Papierkorb zu werfen, war er in den letzten paar Tagen ein paarmal kurz davor gewesen. Und wenn er von seiner Suite aus, die an die von Dex angrenzte, seinen Blick über den Pool schweifen ließ, war es wieder so weit. Es war schwer, keine Vergleiche zu ziehen. Dex war dabei, seine Karriere da draußen voranzutreiben, und er saß hier wie ein Trottel herum und starrte wütend auf ein weißes Blatt Papier. Er kam sich vor wie ein Versager – ein ganz neues Gefühl. Eins von zu vielen neuen in letzter Zeit.

»Mein Entschluss steht fest«, sagte er, obwohl er ihn gerade eben erst gefasst hatte, »nach diesem Buch werde ich eine Schreibpause einlegen.« Er wusste nicht, was sich verändert hatte, nur *dass* sich etwas verändert hatte. Er konnte es nicht länger leugnen. Dieser neue Roman machte keinerlei Fortschritte, das war schon vor seiner Reise nach Los Angeles das Problem gewesen. Und er musste sich eingestehen, dass genau das einer der Gründe war, warum er überhaupt hergekommen und so lange geblieben war. Um dem Moment zu entkommen, in dem er sich der Realität stellen und akzeptieren musste, dass er nicht schrieb. Selbst während des Schreibens kam es ihm zum ersten Mal so vor, als tippte er gegen eine Welle an, anstatt, mit ihr im Rücken, weitergetragen zu werden. Was war wohl zuerst da, das Scheitern oder das passende Gefühl dazu?

»Ich finde, diese Serie hat bald ausgedient«, sagte er.

Dex hielt sich beide Hände wie einen Trichter vor den Mund und ahmte die Stimme eines Sprechers in einem Filmtrailer nach: »Sechs Titel auf der Bestsellerliste, drei große Hollywoodfilme.«

»Der neue Roman geht mir nicht so leicht von der Hand. Und ich habe sowieso keine Lust, wie am Fließband zu arbeiten und ständig Nachschub zu produzieren, nur weil sich das Zeug gut verkauft.«

Dex änderte seine Sitzposition, damit er Jack direkt anschauen konnte. Er nahm seine dunkle Sonnenbrille ab und säuberte sie bedächtig mit einer Ecke seines Hemds.

Offensichtlich dachte er nach. Dann verpasste er Jack einen Schlag auf den Hinterkopf, nicht sehr fest, aber dennoch mit Nachdruck.

»Jetzt hör mir mal zu, Coop, du Scheißkerl. Von uns beiden bin ich derjenige, der sich gehen lässt. Ich bin Schauspieler, von uns wird erwartet, dass wir disziplinlos und ausschweifend leben. Du aber bist ein durch und durch anständiger Typ. Und du bist unglaublich talentiert. Das Zeug, das du schreibst, verkauft sich gut, weil es tolle Geschichten sind. Du unterhältst die Leute, Jack, und das ist kein Dreck. Das ist wichtig. Das erfordert großes Können. Und es ist das, was du kannst, und wenn du dein Können nicht mehr einsetzen willst, wenn du lieber die nächsten zwanzig Jahre auf deinem Arsch sitzen und nach einem Hobby Ausschau halten willst, um dir auf deine alten Tage die Zeit zu vertreiben, dann ist das ein Luxus, den du dir leisten kannst. Aber bitte jaule deshalb nicht herum, zumindest nicht in meiner Gegenwart.«

»Jaulen?«

»Du hast herumgejault.«

Die Musik in der Bar war laut, und Kaliforniens Sonne brachte die Haut all dieser aalglatten Menschen zum Glänzen. Auch Dex sah jeden Tag jünger aus. Er sprühte geradezu vor Lebensfreude, dachte Jack an jedem Tag seit seiner Ankunft – vor Lebensfreude und Unternehmungslust.

»Wenn du wirklich etwas brauchst, das dich von deinen nichtexistierenden Sorgen ablenkt, dann wende dich an die kleine Hailey da drüben. Sie hat einen Faible für dich.« Dex zeigte auf eine zierliche Brünette, die in sehr kurzen Shorts auf der anderen Seite des Pools tanzte. Hailey hob mit einer Hand ihre Haarmähne hoch, wobei sie einen schlanken nackten Arm präsentierte, und warf sie dann ungestüm über die Schulter. Dann sah sie Jack direkt an und lächelte – eine Mohnblume, die sich in der Sonne öffnete.

Jack erwiderte ihr Lächeln, aber es lag kein Versprechen darin. »Mädchen wie Hailey sind Teil des Problems, Dex. Ich bin dafür nicht mehr ausgerüstet.«

»Kumpel, da gibt's Pillen, die helfen.«

Jack musste wieder lachen. Der Ausflug an die Westküste war insofern ein Erfolg, als dass er ihn an etwas erinnerte: Auch wenn er vor dem Alter auf der Hut war, wollte er wirklich nicht wieder jünger sein. Jünger war hübsch anzusehen, hübsch als Gesellschaft, aber es war eben auch komplizierter zu leben. Er wollte, das wurde ihm in diesem Moment klar, das haben, was seinem Gefühl nach zu fünfzig gehörte – Kinder vielleicht, eine eigene Brooke. Und eine Ehefrau. Aber nicht so eine wie Marnie. Er wollte eine richtige Ehe. Eine Ehe, wie seine Eltern sie geführt hatten. Er wollte, was er mit Paula vor langer Zeit hätte haben können, wenn er nur reif und klug genug gewesen wäre, um das zu erkennen. Eine Beziehung zu einer Frau, mit der er reden konnte. Er wollte einen Freund. Und er wollte ein bisschen Sicherheit. Wurde von einem Mann in den mittleren Jahren nicht erwartet, dass er selbstsicher war? War das nicht als Entschädigung gedacht für einen Hängearsch und die Abhängigkeit von der Lesebrille?

Dex studierte sein Gesicht und schien zu ahnen, worüber er gerade nachdachte. »Ich sag's jetzt einfach noch mal, weil du anscheinend immer noch entschlossen bist, dich der naheliegenden und greifbaren Lösung zu verweigern: Was ist mit Adrienne?«

»Es wird dich überraschen zu hören, dass ich gerade genau über das Gleiche nachgedacht habe. Was ist mit Adrienne?«

Gwen hatte sich neben Eve gestellt, während diese ihre Arzttermine vereinbarte. Sie reichte ihr das in rotes Leder eingebundene Adressbuch mit Telefonnummern, das Eve auf ihrem Sekretär aufbewahrte, und hatte es ostentativ beim Buchstaben A wie Arzt aufgeschlagen. Aber Eve hätte den Termin so oder so gemacht. Sie hatte die Nase voll. Ihr Gespräch mit Gwen hatte der Möglichkeit, sich Hilfe zu holen, Platz geschaffen. Der schmale Spalt in dieser Wand aus Hoffnungslosigkeit, durch den sie niemals hätte aus eigener Kraft hindurchkriechen können, war aufgestemmt worden. Sie wollte sich Hilfe suchen. Sie wollte die Hochzeit ihrer Tochter durchstehen und sich wie eine Brautmutter verhalten. Für Izzy, aber auch für sich selbst. Sie hatte nie wirklich etwas für Izzy getan, hatte immer nur hinter ihrer Mutter zurückgesteckt und den Nannys das Feld überlassen. Ganz plötzlich war sie sich über eine Sache vollkommen im Klaren: Sie schuldete ihrer Tochter etwas. Sie schuldete ihr eine Mutter.

Der junge Arzt, eine Vertretung, schenkte Eve ein freundliches Lächeln, als sie in die Praxis kam. Er war nicht viel älter als Izzy, und das Hemd hing ihm aus der Hose. »Wie kann ich Ihnen helfen?«, fragte er, als wüsste er schon Bescheid.

»Ich hatte eine Panikattacke«, sagte Eve mit fester Stimme.

»Aha. Wie ich sehe, gibt es einige Testergebnisse in Ihrer Akte von vor … einem Jahr, und dann waren Sie vor ein paar Wochen im Krankenhaus. Ist das richtig?«

»Ja. Eigentlich fehlt mir nicht wirklich was«, sagte Eve.

Der Arzt sah sie fragend an.

»Es ist nur die Angst. Ich bekomme furchtbare Angst. Aber es fühlt sich an …« Sie verstummte langsam.

Er beobachtete sie noch einen Moment lang, dann widmete er sich wieder seinem Computer. »In der Tat deuten Ihre Testergebnisse nach dem letzten Vorfall hier, ebenso wie die von neulich, nicht auf irgendeine klare körperliche Ursache hin. Keine Unregelmäßigkeiten am Herzen, und die Lungenflügel sind frei. Sie haben keine Vorgeschichte mit Asthma? Oder jemand in Ihrer Familie?«

»Nein, niemand.«

»Keinen trockenen Husten oder ganz gewöhnliche Anfälle von Kurzatmigkeit?«

»Nein.«

»Tja, Angst oder Stress könnten durchaus die Ursache für Ihre Symptome sein. Ich kann Sie an jemanden überweisen, mit dem Sie darüber reden können. Eine Therapie ist in diesen Fällen oft sehr hilfreich. Bis dahin ist eine Behandlung mit Medikamenten möglich, die ebenfalls zu sehr guten Resultaten führt.«

»Ja«, sagte Eve, obwohl ein Teil von ihr all das hier immer noch leugnen wollte. Ihr einziger Wunsch war, sich in die ihr anerzogene vornehme englische Zurückhaltung zurückzuziehen, mit der man alles meistern konnte. Und obwohl sie natürlich in jeder Unterhaltung – falls dieses Thema überhaupt jemals in ihrem Umfeld zur Sprache gekommen wäre – die Auffassung vertreten hätte, dass seelische Leiden genauso behandelt werden müssten wie körperliche Erkrankungen, so wäre ihr jetzt lieber, sie säße hier wegen eines gebrochenen Arms. »Ja«, wiederholte sie noch einmal seufzend. »Ja, alles, was irgendwie helfen könnte, wäre überaus begrüßenswert.«

»Nun ja, das Ganze wird nicht über Nacht besser werden. Das ist Ihnen doch klar.«

»Ja, Gwen, das weiß ich.«

»Aber Sie haben wirklich einen tollen Start hingelegt.« Gwen strahlte übers ganze Gesicht.

»Das hoffe ich«, antwortete Eve.

Liebe Eve,
ich habe seit ein paar Wochen nichts mehr von Ihnen gehört. Nein, das stimmt nicht. Es sind seitdem exakt siebzehn Tage vergangen. Acht dieser siebzehn Tage habe ich in Kalifornien verbracht – in Los Angeles, um genau zu sein, mit einem Freund. Es ist ein alter Freund von mir, aber er ist jünger als ich, in so gut wie jeder Hinsicht, und er steht kurz davor, wahnsinnig erfolgreich zu werden. Ich bin ein bisschen neidisch.
Ich habe mir Orangen mitgebracht und beabsichtige, Marmelade aus ihnen zu machen. Ein passendes Andenken,

wie ich finde, sonnengelb und glänzend, mit einem leicht bitteren Nachgeschmack. Das Problem ist nur, ich weiß nicht, wie das geht. Ich würde aber die ganze Orangenplantage verwetten, dass Sie es wissen. Vielleicht verraten Sie es mir?
Jack

PS Vergessen Sie meine dumme Idee, sich in Paris zu treffen. Ich bin einfach immer nur davon ausgegangen, dass Sie über vierzig sind, so wie ich, und Single, so wie ich.

Lieber Jack,
ein Rezept zum Einmachen von Marmelade steht in jedem guten Kochbuch. Es gibt da keine großen Unterschiede, allerdings muss man sich – wie bei allen anderen Dingen auch und insbesondere beim Kochen – erst einmal langsam an das Prozedere herantasten, um dem Ganzen irgendwann einen eigenen Stempel aufzudrücken. Ich ziehe es vor, die Früchte in Scheiben zu schneiden, statt sie klein zu hacken. Und manchmal tausche ich den weißen Zucker gegen dunkelbraunen Muscovadozucker aus. Ich denke, das könnte Ihnen gefallen. Es ergibt einen stärkeren, ich würde fast sagen maskulinen Geschmack.
Eve

PS Ich bin tatsächlich über vierzig und Single. Ich glaube nicht, dass irgendjemand, der mich kennenlernt, jemals auf eine andere Idee käme. Es überrascht mich also nicht, dass Sie dies ebenfalls denken, auch wenn wir uns noch nie begegnet sind. Es scheint etwas zu sein, das ich ausstrahle. In letzter Zeit bemühe ich mich allerdings, etwas dagegen zu unternehmen, wenn auch nur in kleinen Schritten. Woraufhin ein winziger Teil von mir, eine Seite, die ich mir bislang selbst nicht eingestanden habe, tatsächlich in Erwägung gezogen hat, zum Essen nach Paris zu reisen. In Begleitung eines Freundes, wenn auch eines sehr frischen.

Liebe Eve,
diese Marmeladennummer ist nichts für Weicheier (zu denen ich mich selbst aber zähle). Ich habe in einem kleinen Antiquariat bei mir um die Ecke eine Ausgabe von Rezepte zum Nachmittagstee *erstanden (Hodder Verlag, London, 1965). Dieser Buchladen und ein Café – ich zähle dort zu den Stammkunden – gehören zu den wenigen Orten in meiner näheren Umgebung, wo man noch ein bisschen Sand auf dem Fußboden findet. Ich lebe am Meer, aber der ganze Ort ist auf Hochglanz poliert, und nichts setzt mehr Patina an. Der Buchladen ist wirklich ausgezeichnet sortiert und gehört einem guten alten Kumpel. Ich würde Ihnen jetzt gerne weismachen, dass er Staub vom Umschlag der Nachmittagstee-Rezepte pusten mussten, was aber nicht stimmt. Er brauchte noch nicht einmal eine dieser wackeligen Trittleitern, um es aus dem Regal zu holen. Es stand direkt neben der Kasse, scheint aber wirklich gut zu sein. 1965 war das Jahr, in dem Ian Flemings* Der Mann mit dem goldenen Colt *erschien, und wahrscheinlich verdanke ich diesem Roman meine Karriere. Also bin ich zuversichtlich. Egal, momentan befinde*

ich mich auf einer heißen Spur in Sachen Acht-Unzen-Einweckgläser aus England. Die Orangen wiegen knapp über fünf Pfund (amerikanische), also schätze ich, es springen fünfzehn Gläser Marmelade dabei heraus. Sagt man in England eigentlich ›Pfund‹, oder hat das metrische System in euren Marmeladen-Breiten alles überrannt?
Jack

Das ganze Land hat sich dem metrischen System verschrieben, aber ich sage immer noch ›Pfund‹. Wie bereits erwähnt, ich bin über vierzig – sechsundvierzig, um genau zu sein. Ein Jahr jenseits der kritischen Hürde, dem Scheitelpunkt. Ab jetzt geht es nur noch bergab. Dieses EINE Jahr, das den entscheidenden Unterschied macht. So wie die zwei Prozent genetischer Abweichung zwischen Mensch und Affe.
Besorgen Sie sich ein paar unterschiedlich große Einweckgläser. Für den Bodensatz brauchen Sie ein paar kleinere. Und denken Sie erst gar nicht über Mikrowellen-Sterilisation nach – es ist nicht sicher genug.
Was können Sie mir über Thunfisch erzählen?
Eve

Frisches Brot. Vidalia-Zwiebeln. Bier.
Jack

PS Da ich der Ältere von uns beiden bin: Wollen wir uns nicht duzen?

Ich bezweifle, dass meine Tochter sich auf ihrer Verlobungsparty Bier wünscht. Sie ist sehr mondän und ziemlich etepetete.

PS Sehr gerne, Jack.

Limetten. Wasabi. Rosé.
Eine Tochter. Eine Hochzeit. Dein Leben läuft rund, im Gegensatz zu meinem. Ich beneide Dich.
Und außerdem ist »etepetete« das absolut genialste Wort, das mir seit langer Zeit untergekommen ist.

Eve fand die Vorstellung, Jackson Cooper könnte sie beneiden, einfach nur lächerlich.

Seit ihrem gemeinsamen Mittagessen hielt Izzy regelmäßig Kontakt zu ihrem Vater. Er hatte sie am Tag danach angerufen, und so nahm ihre Annäherung ihren Lauf. Ihrer Mutter gegenüber erwähnte sie davon nichts. Sie war sich nicht sicher, warum, aber eigentlich hatte sie auch mit Ollie kaum darüber gesprochen. Seltsamerweise fühlte sie sich schuldig, aber eben auch glücklich. Es war verwirrend. Einerseits wurde das Band zwischen ihr und ihrem Vater immer stärker, andererseits machte dieser Ansturm ungewohnter Gefühle sie verletzlich im Hinblick auf ihre Kindheit. Sie verspürte eine Trauer über das, was sie nicht gehabt hatte. Izzy war eine junge Frau, die niemals wirklich hatte Kind sein dürfen und die sich selbst auch nie als Kind wahrgenommen hatte. Ihre Großmutter hatte mit Abstand den größten Einfluss auf sie gehabt und sie immer wie eine Erwachsene behandelt. Und sie selbst wollte auch immer nur erwachsen sein. Aber seit Neuestem gab es Momente, in denen sie sich danach sehnte, ein kleines Mädchen zu sein. Jemand sollte sie einfach nur im Arm halten und sie trösten.

Tatsächlich hatte sich alles aus heiterem Himmel verändert. Hier war ihr Vater, der sich plötzlich auch wie einer benahm, und da war ihre Mutter, die sich so benahm, als … Izzy konnte nicht genau sagen, was es mit Eves Verhalten auf sich hatte, aber ganz sicher benahm sie sich nicht wie Eve.

»Ich sehe das Problem nicht«, sagte Ollie. Sie aßen in einer lauten Tapas-Bar in der Nähe von Izzys Büro.

»Sie hat sich verändert.«

»Zum Guten? Oder zum Schlechten?«

»Einfach nur verändert.«

»Etwas genauer, wenn's geht.«

»Gestern Abend habe ich sie wegen der Wochenend-Planung angerufen, und da lief Musik im Hintergrund.«

»Auweia, das ist ja wirklich verdammt verdächtig.«

»Sehr witzig, Ollie. Du weißt genau, was ich meine.« Sie spießte einen kleinen Kringel scharf gewürzter Wurst von ihrem Teller auf und ließ ihn zugunsten eines Tintenfischrings wieder fallen. »Es war Jazz«, sagte sie. Sie stopfte sich den Tintenfisch in den Mund und verzog das Gesicht zu einer lustigen Grimasse.

Als Reaktion auf den weichen Ausdruck in Izzys Gesicht, ja eigentlich auf die insgesamt seit einiger Zeit weicher gewordene Izzy, musste Ollie lächeln. Dann sagte er. »Vielleicht ist sie einfach nur glücklich.«

Diesmal verzog Izzy das Gesicht zu einer etwas anders gearteten Grimasse.

»Mummy, ich habe Daddy getroffen.«

»Daddy?«, wiederholte Eve. Dieses Wort war so tabu, dass sie einen Moment brauchte, um die Bedeutung von Izzys Satz wirklich zu verstehen.

»Meinen Vater«, erklärte Izzy so sanft wie möglich.

»Tatsächlich?«, erwiderte Eve. In ihrer Brust breitete sich bereits dieses Gefühl von Enge aus, aber sie konzentrierte sich auf das Ticken der riesigen Küchenuhr, genau so, wie ihre Therapeutin, zu der sie zweimal die Woche ging, es ihr geraten hatte. Es war ursprünglich eine echte Bahnhofsuhr gewesen, und das Ticken dröhnte regelrecht durchs Zimmer. Eve konzentrierte sich mit aller Kraft nur auf dieses Ticken. Denn auf gar keinen Fall durfte sie dem Drang nachgeben, nach Luft schnappen zu müssen. Tick. Tack. Einatmen. Ausatmen.

»Wir waren zusammen mittagessen.« Izzy legte ein Teilgeständnis ab. »Es war … ich weiß nicht … es war sehr erhellend. Zumindest in gewisser Hinsicht. Ansonsten ziemlich aufwühlend.«

»Ja«, sagte Eve und versuchte, selbst nicht zu aufgewühlt zu sein. »Nun ja, ich nehme mal an, es ist völlig normal, dass du ihn sehen möchtest. Die Ehe ist eine große Herausforderung im Leben und … Ja, das kann ich mir vorstellen.« Sie versuchte, versuchte so sehr, den Standpunkt ihrer Tochter zu verstehen.

»Es muss schwer für dich gewesen sein. Als er weggegangen ist.«

Eve seufzte und schloss für einen Moment die Augen. »Ja. Ja, es war schwer. Sehr schwer. Auch für dich.«

Izzy wirkte überrascht.

»Er war nie …« Eve wollte ihre Worte sorgsam wählen und dieses unbekannte, heikle Terrain mit vorsichtigen Schritten erkunden. Sie machte weiter, als liefe sie über Glas. »Er war nie einer dieser Väter, die etwas für ihre Kinder getan hätten – einer dieser Väter von heute, die Windeln wechseln und Ähnliches. Ich glaube, er hat dich ein einziges Mal gebadet.«

Trotz der Anspannung, in der sie beide gefangen waren, mussten sie lächeln. Eine aufsteigende Luftblase.

»Aber wenn er nach Hause kam, bist du sofort zu ihm hin. Du liefst mit deinen ausgestreckten dicken Ärmchen auf ihn zu und wolltest hochgehoben werden. Dein erstes Wort war ›Daddy‹.«

Izzy wurde plötzlich klar, wie unzuverlässig viele der Erinnerungen waren, die sie für so unumstößlich hielt. Hier tauchte schon wieder so ein zerfasertes Ende auf.

»Ich hatte niemals dicke Ärmchen«, widersprach sie.

Eve war ihr dankbar für diese Bemerkung und lachte laut los. Sie wollte fragen, wie es Simon ging. Und sie wollte auf keinen Fall fragen, wie es ihm ging. Sie hatte keinen blassen Schimmer, was sie sagen sollte.

»Er hat sehr liebevoll von dir gesprochen«, sagte Izzy.

Das verwirrte Eve noch mehr. Izzy war ohne Ollie zu Besuch gekommen, denn sie hatte vor, ihre alte Freundin Amy zu treffen, die ihre Trauzeugin sein würde. Und deshalb saßen Mutter und Tochter jetzt zusammen am Küchentisch – zwei Frauen, die sich in diesem Moment noch weniger gut zu kennen schienen als je zuvor.

»Ich habe noch eine Flasche Armagnac«, sagte Eve. »Was hältst du davon?«

»Ja, bitte, sehr gerne.« Izzy antwortete mit ihrer ganz normalen Stimme. »Und ein paar von diesen kandierten Mandeln.«

Trotz der Rückkehr zur Normalität war die ursprüngliche Ordnung noch lange nicht wiederhergestellt.

Hallo«, sagte Adrienne. Für September war es ungewöhnlich kalt, und sie hatte ihre Kleidung dem herbstlichen Wetter angepasst, wodurch sie irgendwie älter aussah. »Ich hoffe, ich bin nicht zu früh dran. Du arbeitest doch normalerweise in den frühen Morgenstunden, oder?« Es war fast Mittagszeit.

»Normalerweise«, entgegnete Jack.

»Ich bin gleich losgefahren, als ich im Studio mit allem fertig war.«

»Gut«, sagte Jack. Er öffnete einen Schrank im Eingangsflur, griff nach seinem Hut und zog sich eine dünne Jacke über.

Sie sah den Hut an und grinste.

Jack grinste ebenfalls und tätschelte zärtlich die abgewetzte Hutkrempe.

»Ist so was wie ein alter Freund«, gab er zu.

»Tja, ein Freund von Jackson Cooper ist auch mein Freund.«

Ihm gefiel der Klang seines Namens, wenn sie ihn aussprach. Er war froh, dass er sie angerufen hatte. Froh über ihren Vorschlag, ihn noch mal zu besuchen. Froh, dass sie es locker nahm und die Sache langsam angehen ließ. »Wie wäre es, wenn ich zum Mittagessen zu dir rausfahre, wenn ich hier mit allem fertig bin?«, hatte sie ihm angeboten.

»Ja«, lautete seine Antwort, »das wäre toll.«

Sie gingen eine Weile schweigend nebeneinanderher. »Wie ist die Auftragslage als Fotografin?«, fragte er schließlich.

»Ziemlich gut. Das heutige Porträt war für *Vanity Fair*.«

Jack blieb stehen und zwang sie so dazu, ebenfalls anzuhalten und sich nach ihm umzudrehen.

»Das ist ja richtig was für Erwachsene, Kleine.«

»Ich bin erwachsen, Kleiner.«

»Ach ja?«

»Ich bin fünfunddreißig, geschieden, ich kann gut mit Geld umgehen, und ich wohne in meiner eigenen Wohnung. Und ich kann sieben Worte in Suaheli sagen.«

Jack lachte. »Ich glaube alles, außer dass du fünfunddreißig bist.«

»Da liegst du falsch, denn es ist nicht gelogen.«

Er lachte wieder. »Ich bin wirklich richtig überrascht. Ich hätte dich auf Ende zwanzig geschätzt.«

»Tja, ich vermute mal, nur weil man Schriftsteller ist, überwindet man ja nicht sein männliches Ego, oder? Männer waren schon immer hoffnungslos, wenn es darum ging, das Alter von Frauen zu schätzen.«

Jack dachte einen Moment lang nach. »Letztes Jahr im Sommer«, erzählte er, »war ich auf einer Party am Moby

Harbor und habe die ganze Zeit versucht, ein Mädchen zu beeindrucken, das, wie sich herausstellte, noch ein Teenager war. Meine Frau hat mich dafür gehasst, und ich war entsetzt über mich selbst. Zwei Tatbestände, die offensichtlich zum Dauerzustand geworden sind.«

Sie waren jetzt fast bei Hatty's angekommen. Keiner hatte vorher erwähnt, dass sie dorthin wollten, aber plötzlich standen sie vor der Tür.

»Es gibt da diese Grenze zwischen Selbsthass und Selbstmitleid, die man genau im Auge behalten muss«, sagte sie.

Jack nickte. Wie wahr.

»Hey, da ist ja die schöne Lady wieder«, sagte Hatty.

»Hatty, das ist Adrienne.«

»Schöne Lady, schöner Name. Sie hat wirklich aaallllleeeesss, was man sich nur wünschen kann.« Hattys Lachen dröhnte durchs Café, als würde man Felsbrocken in einem Fass schütteln.

Jack und Adrienne mussten ebenfalls lachen.

»Fünfunddreißig ist ein gutes Alter«, befand Jack, als sie einen Platz gefunden hatten und sich setzten. »Achtunddreißig ist allerdings noch besser. Mit achtunddreißig ist man immer noch jung, aber gleichzeitig weiß man auch, wer man selbst ist, wenn man ein bisschen Lebenserfahrung gesammelt hat. Das Problem ist nur, dass achtunddreißig vorübergeht.«

»Ich denke nicht über das Alter nach, nur über das, was ich tue. Hauptsächlich über die Arbeit. Ich denke viel über meine Arbeit nach.«

»Das ist gut«, sagte Jack. »Arbeit ist das Lebenselixier.

Glaub bloß nicht den ganzen Mist von wegen, man müsse seine Träume verwirklichen und viel Zeit den Bach runterfließen lassen und sich dabei ständig fragen, wie sich das alles denn so anfühlt. Am besten erledigt man einfach seine Arbeit. Mit Pfeil und Bogen wird man den Mond nicht abschießen.« Er klang wie ein Moralapostel, sogar in seinen eigenen Ohren. »Tut mir leid«, sagte er, »mein neunundvierzigster Geburtstag hat mich gerade in vollem Lauf überrannt, und da werde ich zum Philosophen.«

»Neunundvierzig? Ich hätte dich auf Ende zwanzig geschätzt«, sagte sie.

Er musste lachen. »Ich vermute mal, es ist einfach nur … ich weiß auch nicht, vielleicht die Fünfzig. Zeit, Inventur zu machen. Und meine Bestandsaufnahme hat ziemliche Eselsohren.«

»Sechs Bestseller und ein Theaterstück. Aus meiner Warte gar nicht so übel.«

»Ich habe da wohl eher zwei Scheidungen und eine Schreibblockade im Blick.«

»Schreibblockade. Gibt es das wirklich?«

»Nein, das ist völliger Blödsinn.«

Hatty servierte das Essen, aber Adrienne sah ihn ununterbrochen an. Sie konzentrierte sich zwischendurch nur auf eine Kaper, die sie von ihrem Teller pickte. »Tatsächlich?«, fragte sie und klang dabei, als wäre sie wirklich an einer Erklärung interessiert.

»Der Ausdruck ist zweckdienlich, aber die Blockade ist nicht wirklich psychologisch begründet. Zumindest nicht bei mir. Sie findet ungefähr hier statt.« Er deutete mit der

Gabel in seiner rechten Hand auf seinen linken Ellenbogen, dann tippte er sich mit ihr auf die Stirn. »Das Zeug, was hier oben seinen Ursprung hat, schaffte es nicht, in der Form, die mir gefällt, an meinem linken Ellenbogen vorbeizukommen. Es ist nicht so, dass ich nicht schreiben kann. Es ist vielmehr so, dass ich von mir erwarte, meine grandiosen Gedanken so niederschreiben zu können, dass sie auf dem Blatt Papier so bedeutungsvoll und gebildet aussehen, wie sie vorher in meinem Kopf geklungen haben. Ich war schon öfter an diesem Punkt, immer dann, wenn ich davon ausgehe, dass meine Texte nicht mehr überarbeitet werden müssen. Deshalb ist das Gefasel von einer Schreibblockade, zumindest was mich betrifft, völliger Blödsinn. Alles muss überarbeitet werden.«

»Alles.«

»Alles: Biografien, Schränke, Adressen, Bücher, Freundschaften, Romane, das Leben.«

Sie lächelte ihn an, und dann widmeten sie sich erst einmal ihrem Essen. Nach einer Weile legte Adrienne ihre Gabel endgültig aus der Hand, obwohl ihr Teller immer noch halb voll war.

»Woher weißt du von dem Theaterstück?«, fragte er.

»Ich hab's gesehen. Vor langer Zeit, in einem kleinen Theater in Newbridge. Ich mochte es. Ich mochte es sogar sehr.«

»Ha, na so was.« Einen Moment lang herrschte Stille. Er wollte das Thema wechseln. »Ich gehe wohl recht in der Annahme, dass ich dich nicht zu einem Stück Kuchen überreden kann?«, fragte er.

Liebe Eve,
diesen Brief zu schreiben fällt mir schwer. Und ich glaube, Dir wird es schwerfallen, ihn zu lesen. So viele Dinge würde ich Dir gerne sagen, aber ich bin mir nicht sicher, ob ich die richtigen Worte finden werde. Ich hoffe, Du entdeckst sie vielleicht zwischen den Zeilen.
Ich schreibe Dir, um mich zu entschuldigen. Na also, das war doch gar nicht so schwer. Und dennoch habe ich mehr als zwanzig Jahre dafür gebraucht. Ich habe es nie über die Lippen gebracht. Nicht in Deiner Gegenwart. Aber jetzt sage ich es. Ich weiß, dass ich mich zum Schluss unserer Ehe entsetzlich benommen habe, und ich bin schockiert, wenn ich daran zurückdenke, wie jung Du damals warst. Jünger als Izzy heute, und sie wirkt auf mich, trotz ihres selbstsicheren und kompetenten Auftretens, wie ein Kind.
Meine Entschuldigung kommt nicht ohne Grund, wie Du Dir denken kannst. Du warst immer schon intelligent, und ich vermute mal, Du warst Dir über das meiste im Klaren. Viel mehr, als andere je geglaubt haben. Ich habe Dich auch als guten Menschen in Erinnerung, durch und durch gut, aus tiefster Überzeugung. Ich werde mein Bestes geben, von nun an Deinem Beispiel nachzueifern. Ich bin jetzt fünfzig. Zu alt, um noch irgendwelche Dummheiten zu machen, aber noch jung genug, um nicht das Beste aus den mir und meiner Familie verbleibenden Jahren herauszuholen. Ich wünsche mir sehr, dass Izzy von nun an Teil dieser Familie sein wird und dass es uns gelingt, sie aufzunehmen. Ich glaube, Du und ich sollten wenigstens zivilisiert miteinander umgehen, vorzugsweise sogar

freundschaftlich. Ich hoffe sehr, Du findest in Deinem Herzen einen Weg, darüber nachzudenken.
Herzliche Grüße
Simon

Mummy,
hier sind die Druckvorlagen für die Einladungen. Ich finde, sie sehen megaschick aus. Würdest Du gerne abends im Hotel übernachten? Gib mir Bescheid, dann buche ich ein Zimmer für Dich zusammen mit dem für Ollie und mich.
Izzy

Liebe Eve,
mögen Frauen es, wenn man für sie kocht? Ich bin immer davon ausgegangen, dass sie sich viel lieber schön machen und in einem angesagten Restaurant essen. Du scheinst eins der intelligenteren Exemplare dieser Spezies zu sein, und da dachte ich mir, Du könntest mir vielleicht darüber Auskunft geben.
Jack

Liebe Marnie,
ich schreibe diesen Brief, weil Reden noch nie unsere besondere Stärke war. Ich bin mir nicht sicher, ob wir je eine gemeinsame Stärke hatten, aber welche es auch immer gewesen sein mag: Sie existiert nicht mehr. In unserer kurzen Trennungsphase habe ich festgestellt, dass ich

weniger glücklich und viel vorausschauender bin, als ich gedacht hätte. Oder, anders gesagt, ich bin mir dieser beiden Gemütslagen stärker bewusst als je in unserer Ehe. Mit Dir zusammenzuleben war eine ›Es zählt nur der Augenblick‹-Erfahrung, und ich glaube, dass diese Art von Erfahrung besser zu Dir passt als zu mir. Eine Zeit lang hat es mir vielleicht auch gutgetan, aber diese Zeit ist jetzt vorbei. Ich sehe unsere Trennung viel gelassener, als ich es je für möglich gehalten habe, aber ich bedauere sie auch und möchte mich entschuldigen. Ich kann mir vorstellen, dass das Zusammenleben mit mir aus Deiner Perspektive oft unerträglich war. Ich bin manchmal schwierig, um nicht zu sagen, unmöglich, und ich weiß, das gehört zu den Dingen, die ich wohl nie an mir ändern werde. Auf dieser Grundlage schlage ich vor, dass wir unsere Trennung als endgültig ansehen. Ich würde nur sehr ungern Anwälte ins Spiel bringen, aber wenn wir das müssen, dann soll es so sein.

Von Herzen
Jack

Wunderschöne blonde Frau,
komm doch am Samstag vorbei. Ich koche.
Der Mann mit dem Hut

Kapitel 6

Simon Petworth setzte seine Initialen unter den Brief an Laura und malte wie immer ungeschickt ein Herz daneben. Dann breitete er eine weiche Strickdecke mit Zopfmuster über ihr aus und legte den Zettel so hin, dass sie ihn sofort nach dem Aufwachen entdecken würde. Mit einem Finger an den Lippen bedeutete er seinen Söhnen, leise zu sein. Sie waren acht und zehn Jahre alt und wären sicherlich nicht so leicht zum Schweigen zu bringen, wenn nicht die Krankheit ihrer Mutter zu einer allgegenwärtigen schweren Last für die ganze Familie geworden wäre. Die beiden Jungs waren sich der Existenz dieser Krankheit überaus bewusst. Und deshalb konnten sie leicht davon überzeugt werden, das Zimmer zu verlassen, in dem ihre Mutter auf einem Chesterfield-Sofa vor sich hin döste.

Ed, der ältere, stillere, sensiblere der beiden, warf seinem Vater einen ernsten Blick zu. »Geht es ihr gut?«, fragte er.

»Ja, es geht ihr gut, sie ist nur ein bisschen müde.«

Simon legte eine Hand auf den warmen, schlanken Nacken des Jungen und sah zu seiner Frau hinüber. Er war voller Liebe für sie, und momentan auch voller Angst über das, was sie beinahe alles verloren hätten. Sie hatte überlebt. Die Operation war sehr gut verlaufen, und die Ärzte hatten ihm versichert, dass es gute Gründe gab, zuversichtlich zu sein. Laura jedenfalls war voller Zuversicht. Aber für ihn, Simon, schrillten immer noch die Alarmglocken. Niemals wieder würde er sein Familienglück als selbstverständlich betrachten.

Hörst du mir überhaupt zu, Mummy?«

»Natürlich«, sagte Eve und wusste sehr wohl, dass sie log. Izzy rief ständig an – und es ging immer um die Hochzeit. Und zwar mit einer Detailversessenheit, für die Eve weiß Gott nicht die erwünschte grenzenlose Begeisterung aufbringen konnte.

»Du klingst so abwesend«, fuhr Izzys Stimme fort.

Eve riss sich zusammen. »Entschuldige bitte, das wollte ich nicht. Ich war nur … Kann Ollie kochen?«

»Ollie? Du machst hoffentlich Witze. Nein. Seine Kochkünste reichen für Spaghetti mit Tomatensoße. Es schmeckt ganz okay, aber zurzeit darf er die Küche nicht betreten, weil sie aussieht wie ein Schlachtfeld, wenn er gekocht hat. Er kocht eben wie ein Mann. Du weißt schon, überall klebt Ketchup, und alle Töpfe sind dreckig.«

Eve konnte sich nicht vorstellen, dass es in Izzys Küche besonders viele Töpfe gab, aber plötzlich beschäftigte sie nur noch der Gedanke, wie wenig sie darüber wusste, wie Männer eigentlich kochten. So viele Dinge, dic in ihren Augen »männlich« waren, hatte sie aus Romanen und Filmen zusammengetragen. Sie erinnerte sich daran, wie

Tim Spence einmal für sie gekocht hatte. Tim Spence, ein Junggeselle aus dem Bridgeclub, war furchtbar unsicher und gehemmt. Ein Umstand, der durch die abfälligen Bemerkungen ihrer Mutter noch verschlimmert wurde, wann immer Eve von einem Treffen mit ihm nach Hause kam. Ihre Freundschaft war nur von kurzer Dauer, ein Dutzend Verabredungen vielleicht. Sie wurde von Anfang an im Keim erstickt und endete so linkisch, wie sie begonnen hatte, als sie sich in einem mit Deko vollgestopften Tee-Salon nahe des Flusses über zwei trockene Scones hinweg anschwiegen. Mehr als einmal hatte Eve sich seitdem in Seiteneingängen versteckt, um Tim aus dem Weg zu gehen. Armer Tim – plötzlich wurde ihr klar, dass viele Leute genauso über sie selbst dachten. Arme Eve.

»Mummy, Mummy, bist du noch da?«

»Ja, tut mir leid.«

»Hast du die Druckfahnen der Einladungen bekommen?«

»Ja, habe ich.«

»Und die Vorschläge für das Essen?« Izzys Ton wurde immer schärfer. Sie hatte Angst, ihre Mutter könnte wieder in diese leichte Zerstreutheit abdriften, zu der sie neigte. Izzy reagierte unglaublich gereizt auf leichte Zerstreutheit.

»Ja«, sagte Eve mit fester Stimme und hoffte, ihre Tochter dadurch zu stoppen.

»Gut. Also dann sehen wir uns nächsten Samstag.«

»Ja, Samstag.«

Eve besprach Simons Brief mit ihrer Therapeutin. Sie hatte es nicht vorgehabt, denn es war keineswegs so, dass ihre Therapie eine von der Sorte war, in der es nur um die Vergangenheit ging. Zuerst war Eve sehr froh darüber gewesen und erleichtert, dass sie die Einsamkeit ihrer Kindheit nicht noch einmal durchleben musste. Allein der Gedanke daran schnürte ihr schon die Kehle zu. Allerdings hatte sie sich einen Moment lang gefragt, ob es nicht genau das war, was sie bräuchte. Und danach hatte sie sich tatsächlich gefragt, ob das Ganze nicht einfach pure Zeitverschwendung war.

Beth, ihre Therapeutin, entsprach bei ihrem ersten Termin nicht gerade Eves Erwartungen. Sie hatte sich auf eine akkurate und geradlinige Person eingestellt, deren Auftreten eine sachliche Lösung ihrer Probleme auf Rezept versprach. Als Eve jedoch auf ihr Anklopfen hin von Beth hereingerufen wurde, sah sie sich einer ungepflegt wirkenden Frau gegenüber, der eine ausgeblichene, früher wohl einmal marineblaue Strickjacke unförmig über den Schultern hing. Aber dann sah diese Frau ihr direkt in die Augen, mit einem wachen und intelligenten Blick. Und von diesem Moment an erweckte sie in Eve ein Gefühl zum Leben, das nur wenige Menschen ihr je vermittelt hatten – als gälte ihr allein Beths uneingeschränkte Aufmerksamkeit.

Statt sich vor den Therapiesitzungen zu fürchten, stellte Eve fest, dass sie sich immer mehr darauf freute. Und die Techniken, die Beth ihr beibrachte, um mit ihren Ängsten klarzukommen – Ängste, die Beth nicht infrage stellte und ernst nahm, aber auf eine beruhigende Art keineswegs für besonders ungewöhnlich hielt –, waren wirklich sehr nützlich. Eve war zum Beispiel in diesen Laden gegangen, dieses kleine Geschäft für Damenmode, wo sie vorher immer nur bewundernd durchs Schaufenster gestarrt hatte. Sie hatte immer das Gefühl gehabt, dass eine Frau in einem Laden wie diesem – klein und exklusiv – genau wissen sollte, was sie will. Eine Kundin in diesem Laden müsste geschmackssicher ihre Wahl treffen. Sie müsste eine Frau sein, wie Eve es nun mal nicht war. Aber kürzlich hatte sie eines Nachmittags, ohne groß darüber nachzudenken, den Laden betreten und sogar etwas gekauft – ein wunderschönes Leinenkleid, hellgrau mit weißen Paspeln am Halsausschnitt und an den Taschen. Sie hatte das Geschäft mit dem Kleid in einer pink-schwarzen Tüte, die ihren Besuch dort bestätigte, wieder verlassen und sich dabei fast euphorisch gefühlt.

Simons Brief allerdings hatte sie wieder auf den Boden der Tatsachen zurückgeholt. Schon beim Lesen verspürte sie zwar nicht die Symptome, die sie mittlerweile rechtzeitig als Panikattacke deuten konnte – ein Lernerfolg –, stattdessen aber ein tieftrauriges Gefühl von Verlust. Dem Verlust einer Liebe, dem Verlust einer Vergangenheit, die sie hätte haben können, und natürlich auch dem möglichen Verlust von Izzy. Simons Familie, Simons neue Frau – all das wäre tausendmal interessanter als irgendetwas, das sie, Eve, jemals bieten könnte. Izzy und sicherlich auch Ollie würden Weihnachten und die Sonntage dort verbringen wollen. Eve stellte sich lebhafte Mittagessen in einem hübschen Esszimmer vor. Alle redeten glücklich durcheinander und lachten miteinander. Nur sie nicht. Nein, Eve nicht.

Simon bat sie um Verzeihung und um einen Freispruch, aber es ging nicht um *sie*. Es ging nicht um sie, und er wollte sie nicht. Genauso wenig wie damals. Genauso wenig, wie irgendjemand sie jemals gewollt hatte. Sie versuchte, diese selbstmitleidige Stimme in ihrem Inneren zum Schweigen zu bringen, aber es war so anstrengend. Und als Beth sie heute mit den Worten »Und, wie läuft's, Eve?« begrüßte, so wunderbar intensiv, wie es nun mal ihre Art war, da musste sie einfach weinen. Ihre Tränen flossen nicht wie an jenem Abend mit Gwen, nicht völlig unkontrollierbar, sondern eher still und leise, so als würde sie ihre Trauer endlich akzeptieren.

Eve schrieb zurück, dass Frauen es ihrer Meinung nach sehr zu schätzen wüssten, bekocht zu werden. Allerdings könnte die Verwendung von zu vielen Töpfen zum Diskussionsthema werden. Jack amüsierte sich darüber. Zum Thema Töpfe hatte er heute schon eine Nachricht von Dex erhalten – auf der Rückseite einer Visitenkarte des Filmstudios.

Musste gerade an Dich denken. Vor allem daran, was Du mit diesen Nüssen anstellst. Falls Du jemals herausfindest, wie das mit einer Frau geht, lass es mich wissen.

Alles klar, Boss?«, fragte Rick, während er Orangensaft, Zeitungen und Kaffee in der Küche auspackte.

»Alles bestens«, sagte Jack und grinste weiter vor sich

hin. Dann blätterte er in einem vegetarischen Kochbuch, das er gestern gekauft hatte, dachte an Adriennes bevorstehenden Besuch und trank seinen Kaffee aus der Tasse, die Rick ihm gerade gereicht hatte. Er grinste immer noch. »Alles bestens«, wiederholte er.

Ich möchte dir nur noch einmal versichern, dass ich statt Hühnerbrühe Gemüsebrühe verwendet habe«, klärte er Adrienne später auf. »Ich bin kurz in Versuchung geraten, das gebe ich zu. Aber ich habe mich an deine Prinzipien gehalten. Übrigens habe ich nicht das Gefühl, dass es den Geschmack großartig beeinträchtigt.«

»Nein«, sagte sie. Sie nahm noch einen Bissen und schluckte ihn herunter, bevor sie weitersprach: »Während meiner gesamten Zeit auf dem College wollte ich Schriftstellerin werden.«

Jack ließ seine Gabel sinken. Und dabei waren wir gerade über den Berg, dachte er. Er wartete auf die langatmigen Erzählungen der Geschichten, die sie als Teenager geschrieben hatte, die Texte, die sie in der Schülerzeitung veröffentlicht hatte, ihre Ideen für einen Roman, das Manuskript, das sie zu Ende schreiben würde, sobald sie Zeit dafür hätte.

»Aber ich hab's versucht und festgestellt, dass ich absolut untalentiert bin«, fuhr sie fort. »Ideen zu haben ist ja ziemlich einfach, aber die Umsetzung ist die Hölle. Seitdem bewundere ich alle Schriftsteller unheimlich.«

Er hatte sie mal wieder falsch eingeschätzt, damit musste er unbedingt aufhören. Sie war wunderbar. Er stand auf, ging um den Tisch herum und hob sie an beiden Schultern sanft aus ihrem Stuhl. Zuerst küsste er sie auf den Hals und dann auf ihre weichen, ungeschminkten Lippen.

»Dann soll dieser eine Schriftsteller einzigartig werden«, flüsterte er ihr ins Ohr.

Könnte man sich mit einem Wasserfall vereinen, so würde es sich wie mit Adrienne anfühlen. Sauber und klar und rein, mit schnellen, aber fließenden Bewegungen. Wie etwas, das man nicht stoppen oder festhalten konnte. Etwas Flüssiges. Ganz anders als Lisa, dachte Jack, als er neben Adrienne lag, die so ruhig und entspannt neben ihm schlief, wie er es sich gedacht hatte. Wie wäre Lisa wohl gewesen? Wie ein Karamellbonbon? Er schloss für einen kurzen Moment die Augen, um das Bild wieder loszuwerden. Mit solchen Metaphern konnte er sich stundenlang beschäftigen. Sie hatten ihn schon durch viele langweilige Abendessen gerettet und ihn an so manchem Morgen, wenn ihm die Worte nur schwerfällig in den Sinn kamen, zum Schreiben animiert. In letzter Zeit hatte allerdings selbst dieser Trick nicht mehr funktioniert.

Er schüttelte den Gedanken ab und stand auf. Im Stillen dankte er Gott dafür, dass sonst alles funktioniert hatte. Keine Wiederholung des Lisa-Problems, wie er es von nun an nennen würde. Er ging ins Badezimmer, trank einen Schluck Wasser direkt aus dem Hahn und dankte Gott noch einmal, diesmal laut, nur um den Handel zu besiegeln. Dann kehrte er ins Schlafzimmer zurück und sah Adrienne beim Schlafen zu. Ihre Haut war so bleich und kühl wie die jener Statuen, die er in Europa gesehen hatte.

Hallo, Schriftsteller«, begrüßte sie ihn am nächsten Morgen lächelnd, als sie sich aus seiner Umarmung befreite.

»Hallo.«

»Hast du dein Morgenpensum schon erfüllt?«

»Vielleicht mache ich heute Abend noch weiter. Jetzt jedenfalls nicht.«

»Schreibst du manchmal auch abends?«

»Hm, eigentlich nie. Ich habe mein Morgenritual immer beibehalten, vielleicht auch aus Aberglauben. Aufstehen, Kaffee trinken, zwei Stunden arbeiten, noch mehr Kaffee, noch eine Stunde arbeiten, dann Mittagessen. Aber in letzter Zeit ...« Er zuckte mit den Achseln.

Sie hing an seinen Lippen und hörte ihm genau zu. Diese offenkundige Begeisterung für seine Arbeit war etwas ganz Neues für ihn. Paula hatte ihn unterstützt, war aber immer skeptisch geblieben, und Marnie, na ja, wer wusste schon so genau, was in Marnies Kopf vor sich ging.

Nachdem Adrienne sich angezogen hatte, gingen sie am Strand spazieren. Sie begegneten anderen Leuten, Hundebesitzern, Paaren, Familien mit Kindern auf den Schultern. Es war ein herrlicher Morgen, der Himmel weit und klar. Adrienne marschierte mit großen Schritten neben ihm her, athletisch und durchtrainiert. Trotz der gemeinsam verbrachten Nacht sah sie immer noch irgendwie unberührt aus. Etwas an ihr beschwor eine Art Distanz hervor. Er legte einen Arm um sie, als sie zur Brandung hinuntergingen, wo der Sand feucht war. Sie schwieg, und Jack war froh darüber. Mit ihr hier zusammen am Meer zu sein war so einfach, keine Ansprüche, keine Erwartungen. Ihr Gesicht wirkte ganz entspannt und ernst.

»Siehst du in Bildern?«, fragte er irgendwann.

»In Bildern? Ja, ich glaube schon«, sagte sie. »Nicht so sehr, wenn es um Landschaften geht – so schön sie auch sein mögen. Es passiert mir eher mit Menschen.« Sie drehte sich zu ihm hin und nahm sein Gesicht mit fachkundigem Auge unter die Lupe.

Jack lachte. »Ich reagiere allergisch auf Fotografen«, warnte er sie vor. »Außer unter bestimmten Bedingungen.« Er zog sie in der Umarmung noch näher an sich.

Zurück im Haus reichte er ihr frisches Brot, legte ein Stück Butter auf ein Tellerchen und stellte zwei kleine Schalen daneben. »Marmelade«, verkündete er. »Du bist mein erster Tester.«

»Du hast sie selbst gemacht?« Sie klang ein bisschen ungläubig.

»Mit diesen meinen eigenen Händen.«

»Ich bin beeindruckt.«

»Ja, ich auch.«

Sie mussten beide lachen.

»Du bist ein richtiger, echter Koch, stimmt's?«

»Diese Frage verstehe ich nicht.«

»Na ja, ich kenne ziemlich viele Leute, die alles irgendwie ein bisschen machen. Sie erzählen dir, dass sie Gärtner sind oder Maler oder Dichter oder irgendwas, aber sie tun nichts richtig. Sie … spielen damit.«

»Also, was mich betrifft, ich spiele mit der Ehe und dem Glauben, aber wenn es ums Kochen geht, mache ich keine halben Sachen und verstehe auch keinen Spaß.«

Sie lächelte ihn herausfordernd an.

»Und beim Schreiben?«

»Ah ja, das Schreiben …« Wieder lag in ihrem Blick echtes Interesse. »Ich war immer überzeugt davon, dass ich es sehr ernst nehme«, sagte er.

»Und jetzt?«

Er öffnete den Kühlschrank und holte ein paar Eier heraus. »Ich bin mir nicht sicher.« Er drehte sich zu ihr um, in jeder Hand ein Ei. »Möglicherweise bin gescheitert. Ich habe eine Routine verfolgt, die eine Zeit lang sehr effektiv war, die aber jetzt nicht mehr so gut funktioniert. Ich weiß nur noch nicht, ob es an mir liegt oder an der Arbeit oder an sonst irgendwas.« Er hielt ihr ein Ei vor die Nase. Sie schüttelte den Kopf. »Ich möchte etwas ändern, weiß aber nicht, was.«

Sie beobachtete ihn genau, aber in ihrem Blick lag nun eine gewisse Vorsicht. »Meinst du, du bist dir nicht sicher, ob du anders schreiben willst, oder bist du dir nicht sicher, ob du überhaupt noch schreiben willst?«

Er grinste, legte die Eier aus der Hand und griff stattdessen nach einem Apfel, der neben ihm lag. Dann warf er ihn in ihre Richtung. Mit einer trägen, fast gelangweilten Bewegung, die ihn beeindruckte, fing sie ihn auf und legte ihn neben sich. Ihr Blick ruhte unverwandt auf ihm.

»Ich weiß nicht, was ich dir darauf antworten soll.« Er zuckte mit den Achseln. »Ich bin selbst irgendwie in Arbeit, Liebes, ein unfertiges Produkt.«

»Was bedeutet das?«, fragte sie und ging nicht auf seinen witzigen Unterton ein. Während sie auf seine Antwort wartete, brach sie sich ein winziges Stück Brot ab und verteilte gedankenverloren etwas Butter darauf.

»Es bedeutet, dass ich ein Risiko bin«, sagte er. Auf gar

keinen Fall wollte er mit ihr ein Gespräch dieser Art vertiefen. »Ich bin ein Risiko, und ich bin ein egozentrisches Arschloch. Das haben mir schon mehrere wunderbare Frauen bestätigt, und deshalb lautet mein Rat an dich: Biete mir keinen Vorwand, über mich selbst zu reden, denn wenn ich erst mal angefangen habe, kann ich meistens den Knopf zum Ausschalten nicht finden.«

Er beugte sich quer über den Tisch zu ihr hin und küsste sie auf den Hinterkopf, um ihr zu signalisieren, dass das Thema hiermit beendet wäre. Sie aber nahm den Brotkrümel, auf dem sich jetzt ein winziger Klecks Marmelade befand, in den Mund und blickte zu ihm auf, als würde sie das Gespräch hinter ihrer Stirn sehr wohl weiterführen.

In einem Anflug von kindischer Hoffnung auf ein Kompliment für die Marmelade sah Jack sie erwartungsvoll an. Es kam – nichts.

Izzy war bestens gelaunt. »Mummy, sieh dir das an!«

Es ging um ein Foto, auf dem Mini-Portionen Fish and Chips zu sehen waren, angerichtet in einzelnen Miniatur-Behältern aus Zeitungspapier. »Ist das nicht toll?«

Eve sah sich das Foto genauer an und fand die Idee tatsächlich recht ansprechend. Zu jeder Portion gehörten auch noch ein winziges Stück Zitrone und Salz in Mini-Tüten aus Wachspapier.

»Meine Sorge wäre nur, dass das Essen zu früh zubereitet wird«, gab sie zu bedenken. »Es müsste auf jeden Fall unglaublich schnell serviert werden, damit alles schön knusprig bleibt.« Sie schob ihre Lesebrille nach vorne auf die Nasenspitze.

»Ja, ich weiß, aber es ist schließlich das Connor. Sie haben den Ruf als bester Catering-Service für die besten Partys, also dürfte das eigentlich kein Problem sein.«

Sie besprachen Izzys Verlobungsparty, die jegliche Gespräche über die Hochzeit – zumindest vorläufig – in den Hintergrund gedrängt hatte. Genau genommen hatte Eve den Eindruck, dass die Idee zu der Verlobungsparty plötzlich aus dem Nichts aufgepoppt war und unglaubliche Dimensionen angenommen hatte, wie ein Tornado. Sie fand im Connor statt, also in ebendiesem Hotel, in dem Izzy sich mit ihrem Vater zum Mittagessen getroffen hatte. Ihrer Mutter gegenüber hatte sie dieses Detail mit keinem Wort erwähnt. Als ob die Tatsache, dass sie im luxuriösesten Hotel Londons ein Fest für achtzig Personen organisierte, völlig normal wäre. Oder aber, dachte Eve, als schuldete man der eigenen Mutter keine Erklärung. Vielleicht stimmte das ja auch.

Andererseits hatten diese Gespräche über die Hochzeit und die Verlobungsfeier Izzy und Eve einander nähergebracht, vor allem jene, in denen es ums Essen ging. Sie tauschten sich lockerer als je zuvor untereinander aus, denn auf diesem Gebiet zollte ihre Tochter ihr Respekt. Izzy schien wirklich etwas an Eves Meinung zu liegen, und sie bat aufrichtig darum. Zwischen ihnen bewegte sich etwas und formierte sich neu, tröpfchenweise, wie Gelee, das langsam durch ein Tuch aus Musselin sickert. Eve hatte das Gefühl, dass die Therapie ihr im Umgang mit Izzy half, ganz bestimmt, aber es lag auch an Izzy selbst. Vielleicht hatten die anstehende Hochzeit, Ollie und – auch wenn Eve es niemals laut aussprechen würde – der schwindende Einfluss der Großmutter sie doch verändert.

Eve nahm ihre Lesebrille ab und legte sie auf eine der Zeitschriften, mit denen das Haus plötzlich übersät war – *Bride, Wedding*. Dann betastete sie mit beiden Händen ihre Frisur. Sie hatte sich immer noch nicht an die neue Länge gewöhnt.

»Sie sehen um Lichtjahre jünger aus«, hatte die Frisörin aus dem angenehmen kleinen Salon in Sudbury gesagt.

Izzy hingegen hatte den kinnlangen Bob misstrauisch beäugt und dabei fast ein wenig unglücklich gewirkt. Sie schien diese jüngste Veränderung ihrer Mutter geradezu persönlich zu nehmen, als einen Anschlag auf ihre eigene Person. Und jetzt schickte Eve sich an, ihrer Tochter die nächste Anomalität mitzuteilen, eine, die für noch größeren Wirbel sorgen sollte.

»Dein Vater hat mir einen Brief geschrieben«, verkündete sie.

Izzy hob ihren Blick nicht sofort von der Zeitschrift, sondern ließ sich Zeit. Schließlich sagte sie: »Tatsächlich?«

Eve fühlte sich an eine Situation erinnert, als Izzy ungefähr acht Jahre alt war. Sie hatte ein paar Schokoladentrüffel aus der Vorratskammer gemopst und sie schnell noch hinter der Tür in sich hineingestopft. Dann kam sie mit schokoladenbeschmiertem Kinn und Mund wieder aus der Kammer. Als sie gefragt wurde, ob sie die Pralinen stibitzt hätte, sagte sie »Nein« und schüttelte zur Bestätigung heftig den Kopf. Doch ihr Gesichtsausdruck verriet etwas ganz anderes: Schuldgefühle. Eve hatte sich von einer Sekunde auf die andere furchtbar schlecht gefühlt:

Warum sollte ein Kind sich schuldig fühlen, wenn es der eigenen Mutter gegenüberstand? Wenn es seinen Eltern begegnete? Sie hatte doch nichts gestohlen, sondern nur genommen, was ihr sowieso rechtmäßig gehörte.

»Er schrieb, er würde dich gerne öfter sehen, und ich habe mich gefragt, wie du dazu stehst«, sagte Eve behutsam.

Izzy legte die Zeitschrift zur Seite und rieb sich mit beiden Händen die Augen. Es war eine schlichte, alltägliche Geste, hinter der sich jedoch eine tiefsitzende Müdigkeit verbarg. Izzy so zu sehen war beinahe ein kleiner Schock. Sie erweckte niemals einen anderen Eindruck als den, alles hervorragend unter Kontrolle zu haben. Zumindest war das bis vor Kurzem der Fall gewesen.

»Geht es dir gut, Liebes?«, fragte Eve und wurde von einer Welle tiefer Zärtlichkeit überrollt. Sie kämpfte dagegen an, dass in ihr selbst dieser Schmerz aufstieg, dieser Schmerz, unter dem sie an dem Abend mit Gwen zusammengebrochen war. Ein Schmerz, der entstand, wenn man zu viele Dinge zu lange in seinem Innersten mit sich allein herumtrug. Zu viele schwere, schrecklich schwere Dinge. Wie egoistisch sie doch gewesen war, nicht zu erkennen, dass Izzy schwer an ihren ganz eigenen Lasten trug. Aber sie hatte immer so schroff auf sie gewirkt.

Izzy begann zu weinen.

Eve eilte an die Seite ihrer Tochter und erinnerte sich an Gwens Geschenk an jenem Abend. Und wie Gwen es bei ihr getan hatte, ermöglichte sie jetzt Izzy, ihren Tränen freien Lauf zu lassen, während sie neben ihr saß und ruhig abwartete.

Izzy bekam sich recht schnell wieder in den Griff. Ihr Ausbruch schien sie verlegen zu machen. Hektisch suchte sie nach einem Taschentuch und nestelte in den Taschen ihrer langen Strickjacke herum, deren olivgrüne Farbe das Grün ihrer Augen noch unterstrich. Schließlich stand sie wortlos auf und ging in die Küche. Eve hörte, wie der Wasserhahn aufgedreht wurde.

Als sie zurückkam, blieb sie in der Tür stehen. Ihre schlanke Gestalt lehnte am Türrahmen. Sie nippte an dem Wasserglas, das sie in der Hand hielt, bevor sie sich umdrehte und es in der Nähe der Tür zur Speisekammer auf einer Anrichte abstellte, in der Eve Vasen aufbewahrte.

»Ich vermute, du bist wütend«, sagte sie defensiv.

Eve war erschüttert. »Wie kommst du bloß darauf, ich könnte wütend sein?«

»Auf mich, darauf, dass ich ihn so oft sehe. Simon … Daddy.«

Daddy, wie unpassend das immer noch klang, dachte Eve. »Dad« wäre allerdings ebenso falsch – es klang zu familiär und viel zu sehr nach einer langen, tiefen Bindung. Diese Art von Bindung, die durch Herumtollen auf den Knien und Küsschen auf die Backe entstand, und später dann durch Widerworte und scherzhaftes Geplänkel. Die Art von Beziehung, in der das Krippenspiel der Schule an Weihnachten und Ballettaufführungen bereits den Weg geebnet hatten für den wichtigsten Auftritt im Leben: die Hochzeit. So viele Dinge hatten Izzy – und auch Simon – verpasst. Und Eve. Eve hatte diese Dinge auch alle verpasst. Virginia war es, mit der Izzy sie geteilt hatte. Eve erinnerte sich schmerzlich daran, wie eine andere Mutter sie am Tag der offenen Tür von Izzys Schule für die Nanny gehalten hatte, weil sie immer hinter Virginia hergetrottet war. Sie hatte ihre Tochter sicherlich genauso enttäuscht wie Simon.

Eine Weile sagten weder Izzy noch sie etwas, doch dann stellte Eve eine klare Frage: »Würdest du gerne mehr Zeit mit deinem Vater verbringen?«

Izzy sackte im Türrahmen zusammen und setzte sich auf die schmale, leicht erhobene Schwelle, die die Küche vom Wintergarten trennte. Sie zog die Knie an die Brust, umschlang sie mit beiden Armen und stützte ihr Kinn darauf ab.

»Ich habe oft davon geträumt, dass er kommt und mich holt.« Ihre Stimme klang ruhig und gefasst. »Ich habe dann immer gedacht, er käme vorbei, sähe toll aus und wäre wahnsinnig freundlich zu mir.« Sie unterbrach sich, um sich die Nase putzen. »Und dann, na ja, jetzt, wo er aufgetaucht ist … ist er genau so.« Sie hob den Kopf und sah ihre Mutter an.

»Ist er genau so?«, wiederholte Eve.

»Ja, er ist genau so, wie ich ihn mir vorgestellt habe, und anstatt dass ich mich darüber freue, hat es mich so … traurig gemacht. Traurig und verwirrt. Ich kann es nicht erklären. Alles ist seitdem anders. Ich bin anders, als ich immer gedacht habe. Weil es nicht nur um ihn geht. Wenn es nur um ihn ginge, wäre das eine klare Situation, aber so ist es nicht. Er hat eine Familie.« Der letzte Satz brach fast atemlos aus ihr heraus, und schnell fügte sie hinzu: »Entschuldige bitte, ich nehme nicht an, dass diese Vorstellung dir besser gefällt als mir.« Ihre Stimme bekam bei diesen

Worten wieder den gewohnt harten Unterton und schien das Verständnis für Eves Gefühle, das ganz kurz in Form von Einsicht und Sympathie aufgeflackert war, gleich wieder ein bisschen zu trüben.

Eve dachte einen Augenblick nach. »Ehrlich gesagt finde ich es nicht schlimm«, sagte sie schließlich. »Oder zumindest weniger schlimm, als ich gedacht habe. Weniger schlimm, als ich es früher einmal gefunden hätte. Und das bringt auch mich ein bisschen durcheinander.«

»Seine Frau hatte Krebs«, sagte Izzy. »Brustkrebs.«

»Aha.«

»Sie ist wohl über den Berg. Zumindest heißt es, dass sie wieder gesund werden wird.«

»Es muss eine schwierige Zeit für sie gewesen sein.«

»Ich glaube, er liebt sie wirklich, sie und die Jungs. Er liebt sie richtig. Als er mir von dem Krebs erzählt hat, hatte er Tränen in den Augen. Echte Tränen. Ich dachte, er würde gleich zusammenbrechen, und dann hat er mir Fotos von allen gezeigt, die beiden jüngsten Söhne und den Sohn aus seiner zweiten Ehe. Sie waren alle zusammen an irgendeinem Strand … am Strand … in einem verdammten Urlaub. Warum hat er mich nie mit in den Urlaub genommen? Warum hat er *mich* nie geliebt?« Den letzten Satz schrie sie sich von der Seele. Mit schmerzverzerrtem Gesicht schleuderte sie die Worte gegen die Zimmerdecke.

Eve hatte diesen Schrei immer schon tief in ihrem Bauch gespürt. Tief in ihren Eingeweiden, verleugnet und weggesperrt bis zum heutigen Tag. Er war Teil ihrer Mutterliebe. Dieser instinktiven Mutterliebe, die sich nicht zeigte und nicht aufflammte – oder was auch immer damit passieren sollte –, als Izzy geboren wurde. Seit Izzys Geburt hatte Eve ihre Mutterliebe unter dem Vorwand, sich von allem ausgeschlossen zu fühlen, abgewehrt. Doch jetzt stand sie auf und ging zu ihrer Tochter. Sie schloss sie in die Arme und spürte, wie ihre Tränen den Stoff ihrer Bluse durchweichten.

»Mein liebes Mädchen«, sagte sie, »wir haben dich so sehr im Stich gelassen.«

Kapitel 7

Jack schnitt den Fenchel in feine Scheiben, kippte ihn in eine Glasschüssel und tat Zitronensaft und Zucker, Essig und Sahne dazu. Dann würzte er das Ganze und stellte die Schüssel in den Kühlschrank.

Zurzeit koche ich, schrieb er an Eve, *für eine Vegetarierin. Es ist eine Herausforderung, aber so langsam finde ich Geschmack daran. Mittlerweile bevorzuge ich die kleinen Berge, Hügel, die leichter zu bezwingen sind. Wenn ich einem Berg gegenüberstehe, den ich bezwingen muss, trete ich letztendlich irgendwann nur wütend mit dem Fuß dagegen. Vielleicht sind die Zeiten der großen Gipfelstürme vorbei. Ich ertappe mich dabei, dass ich einfach nur hier im Flachen bleiben will, mit ein paar unwichtigen Aufgaben, die mich daran erinnern, dass ich noch atme und am Leben bin. Ich möchte mich ein bisschen ausruhen.*
Steht das Essen für die Verlobungsparty fest? Oder haben Drinks und Canapés den Sieg davongetragen? Ich kenne London nicht sehr gut, aber vom Connor habe ich schon

gehört. Bombig, dachte ich, richtig bombig. Ich wette, die Jungs in der Küche kriegen das hin mit den Blinis.
Jack

Anbei ein Glas mit meinem Lieblings-Chili-Gelee, das hoffentlich unversehrt bei Dir ankommen wird. Probier es zu Maisküchlein. Du wirst mir auf Knien danken.

Eve drehte und wendete das Glas mit dem Chili-Gelee in ihren Händen und bewunderte seine Farbe von rotem Bernstein. Es war so klar, dass sie hindurchsehen konnte, als sie es gegen das Küchenfenster hielt. Dann stellte sie das Glas wieder ab und dachte über Jacks Vegetarierin nach. Sie wusste nicht genau, warum sie sich mit Jacks Vegetarierin beschäftigte. Und es war ihr schwergefallen, sich einzugestehen, dass sie das überhaupt tat. Aber genau so war es.

Bis jetzt hatte sie erstaunlich wenig Gedanken an Jacks Liebesleben verschwendet. Wahrscheinlich weil ich selbst keins habe, dachte sie, und in dieser Erkenntnis lag auch ein kleiner Vorwurf. Aber trotz der Leere in ihrem eigenen Leben war sie von Anfang an davon überzeugt gewesen, dass diese Vegetarierin genau das war – eine Liebesaffäre, eine neue Frau in Jacks Leben. Sie hatte sich dabei erwischt, nach einem Artikel in der Presse zu suchen, in dem die beiden als Paar erwähnt wurden. Jackson Cooper war die Sorte Mensch, vermutete sie, der zu Filmpremieren und ähnlichen Events eingeladen wurde – Partys, über die in den Zeitungen geschrieben wurde. Sie konnte sich nicht vorstellen, in einer solchen Welt zu leben, andererseits hatte sie sich aber auch nie vorstellen können, jemals jemanden aus dieser Welt kennenzulernen.

Eigentlich kannte sie Jackson Cooper ja auch gar nicht, ermahnte sie sich selbst. Jedenfalls nicht richtig.

Ganz bestimmt wusste Eve nicht, dass Jack zwar oft zu solchen Feierlichkeiten, wie Eve sie sich in ihrer Fantasie ausmalte, eingeladen wurde, in den seltensten Fällen aber tatsächlich hinging. Schon vor Jahren war er diese Art von sozialem Leben leid geworden, hatte jedoch noch eine ganze Weile mitgemacht. Auch dann noch, als der Überdruss längst eingesetzt hatte. Marnie mochte diese Partys sehr, ebenso wie die dazugehörigen Leute. Jack nicht. Jack hatte viele Jahre von Einsamkeit geträumt, und vielleicht auch von einer Frau, die ihm gegenübersaß und ihn ab und zu über den Rand ihres Buches hinweg anlächelte.

Eve beschäftigte sich mit den Vorbereitungen für Izzys und Ollies Verlobungsparty, obwohl es nicht viel für sie zu tun gab, nachdem die Entscheidung fürs Essen gefallen war – letztendlich dann doch Drinks und Canapés.

»Für diese Aufgaben hat sie eigentlich ihre Trauzeugin«, sagte Gwen streng, als sie sah, dass Eve Einladungen in Umschläge steckte. Sie hatte recht, Amy hätte das ebenso zuverlässig erledigen können.

»Amy hat alle Hände voll zu tun mit diesem Ausflug für den Junggesellinnenabschied«, rechtfertigte Eve sich.

»Ich habe im Kleid meiner Mutter geheiratet, und meine Tante hat den Kuchen gebacken«, mokierte sich

Gwen. »Diese jungen Frauen von heute wollen immer alles. Warten Sie's ab, das endet nicht mit der Hochzeit. Auch wenn sie erst mal verheiratet sind, wollen sie immer alles, und zwar sofort. Alles, wofür unsereins sein ganzes Leben lang hart gearbeitet hat.«

»Ich nicht, Gwen«, sagte Eve.

Aber Gwen hatte ihren Fehler schon selbst bemerkt. »Ich meine ja nur …«

»Ich weiß, was Sie meinen. Sie und George, ihr habt wirklich euer ganzes Leben lang hart gearbeitet. Ich bewundere das. Ich habe sehr lange gebraucht, um einzusehen, dass mein eigenes Leben eine ziemlich verhätschelte Angelegenheit ist, in vielerlei Hinsicht. Und ich habe es noch nicht einmal zu schätzen gewusst. Die meiste Zeit habe ich darüber nachgedacht, was mir alles fehlt, und keinen Gedanken daran verschwendet, was ich alles habe.«

»Sie waren mir und meiner Familie gegenüber immer sehr großzügig«, widersprach Gwen. »Und jetzt arbeiten Sie ehrenamtlich. Das ist auch etwas wert. Sehr viel sogar.«

Eve lächelte. Seit vier Wochen etwa hatte sie es jetzt geschafft, regelmäßig ein- oder zweimal die Woche im Rot-Kreuz-Laden zu arbeiten. Doch dann sprang sie unvermittelt auf, ließ ihren Stift fallen und rief entsetzt: »O nein!«, und rannte in die Küche.

»Das Shortbread!«, rief sie Gwen zu und zog sich rasch die Ofenhandschuhe an. Sie holte ein Backblech aus dem Ofen. »Gerettet!«, verkündete sie erleichtert und präsentierte Gwen, die ihr in die Küche gefolgt war, das Backblech. »Gott sei Dank. Geraldine liebt Shortbread.«

Durch den neuen, lockeren Schnitt fielen ihr die Haare ins Gesicht. Sie schob sie nach hinten und lachte laut.

Gwen fand, sie sah nicht nur jünger aus, sondern einfach wunderschön.

Jack beabsichtigte, den Fenchelsalat zu einer weißen Bohnensuppe und Ravioli mit Butternusskürbisfüllung zu servieren. Die Planung des Menüs hatte ihm viel Spaß gemacht, genauso wie das Kochen innerhalb dieser neuen Grenzen. Aber dann hatte Adrienne ihn bei ihrer Ankunft mit zwei Maiskolben beschenkt.

»Wir essen sie am besten heute Abend«, verkündete sie und legte sie auf den Küchentresen. Die Blätter der Kolben standen seitlich ab und waren total vertrocknet.

Jacks Eindruck nach war das in Adriennes Augen nicht als Vorschlag zu verstehen, und sie erwartete offensichtlich auch keine Antwort. Er hatte die Maiskolben angesehen und ganz bewusst nichts dazu gesagt. Bislang hatte Adrienne sich seinem Essen verweigert. Sie aß mit derselben unnahbaren Aura, mit der sie auch alle anderen Dinge tat. Es war nicht so sehr, dass es ihr an Leidenschaft und Freude mangelte, eher an dem Bedürfnis. Er würde die Maiskolben zubereiten.

»Du hast mich wieder schlafen lassen«, sagte sie jetzt, als sie in die Küche kam. Ihr Haar hing glatt und weich über ihre Schultern, als hätte sie es gerade erst gebürstet. Doch es sah immer so aus.

»Warum auch nicht, an einem Samstagabend Ende September? Wir stinkfaulen Mittelschichtsbürger der ersten Welt, wir dürfen das.«

»Machst du dich über mich lustig, Jackson?«

»Nein, Liebes«, sagte er und gab ihr einen Kuss auf die Stirn, »du hast mehr verdient als Hohn und Spott.«

»Du solltest dir nicht so viel Mühe machen.«

Die Küche war voller Dampf, und überall standen Utensilien herum.

»Wer hat behauptet, das alles sei für dich?«

Sie lachte.

Wir reden nicht genug über dich«, sagte Jack, als sie später auf der Terrasse standen und der Sonne dabei zusahen, wie sie majestätisch am Horizont ins Meer tauchte. Zum Essen im Freien hatten sie sich beide einen Pulli angezogen.

Adrienne drehte sich amüsiert zu ihm um.

»Ich bin lernfähig«, sagte er.

»Über was genau wolltest du denn gerne reden?«

»Wie ich schon sagte, ich lerne noch.«

Sie musste herzlich lachen. »Du bist gut im Flirten, stimmt's?«

»Ich hatte drei ältere Schwestern und jede Menge Tanten, daher habe ich diese Prüfung schon im Kindergarten bestanden. Nur das Reden mit Frauen habe ich nie besonders gut hingekriegt. Ich vermute mal, ich habe immer alles, was ich von ihnen wollte, auch ohne viele Worte bekommen.« Er sah sie mit einem breiten Grinsen an, das zum Teil dazu dienen sollte, diesen vertraulichen Ton ein wenig zu kaschieren.

»Und jetzt? Bekommst du jetzt, was du willst?«

Er zog sie zu sich heran. Sie ließ es geschehen und schmiegte sich an ihn.

»Scheint so«, sagte er.

Zuerst tischte er die Maiskolben auf und beobachtete, wie sie ihren Beitrag zum Essen vorsichtig mit einer Hand hochhob und dann gekonnt ein Messer zwischen zwei Kornreihen ansetzte, sodass die Maiskörner in einem ordentlichen Haufen auf ihrem Teller landeten. Sie legte den Kolben auf ihrem Teller ab und begann, die Körner zu essen – eins nach dem anderen. So bedächtig, als wäre es etwas, das sie zum ersten Mal probierte.

»Ich bin am Mittwoch zur Vernissage einer Galerie eingeladen. Vielleicht hast du ja Lust, dafür in die Stadt zu kommen«, sagte sie.

Jack hatte gerade seinen Maiskolben in beide Hände genommen und wollte zubeißen. Seine Finger waren voller Butter. Er wollte Nein sagen, aber in seinem Kopf erhob sich eine warnende, psychologisch versierte innere Stimme und hielt ihn davon ab. Er mochte diese Frau, was kostete es ihn also, ihr eine Freude zu machen?

»Warum nicht?«, sagte er stattdessen. »Möchtest du etwas Butter zu deinen Körnern?« Er schob das Schälchen näher zu ihr hin, aber sie lehnte ab.

»Es ist so«, begann sie, »ich bezeichne mich zwar als Vegetarierin, bin aber am Überlegen, überhaupt keine tierischen Produkte mehr zu essen.«

»Ich glaube nicht, dass ich das könnte«, sagte er langsam. In seiner Stimme schwang kein provokanter Unterton mit, denn nichts an Adrienne provozierte ihn. »Ich glaube nicht, dass ich mich in der Wahl meiner Lebensmittel so einschränken könnte, selbst wenn ich diesen Standpunkt, zumindest aus intellektueller Sicht, akzeptieren kann.«

»Nein«, sagte sie, »aber ich habe dich ja auch nicht darum gebeten.« Jetzt klang ihre Stimme zwar nicht unbedingt feindselig, schien sich aber auf moralisch höher liegendem Terrain sicher zu fühlen.

Jack musste darüber lachen. »Baby«, sagte er, »du bringst den Gutmenschen in mir zum Vorschein, das gelingt dir wirklich. Aber ich bin und bleibe Anhänger von rotem Fleisch.«

Er war erleichtert, als sie lächelte.

Die Vernissage war gespickt mit Berühmtheiten. Der Künstler war gut vernetzt und im Aufstieg begriffen. Adrienne hatte das Porträtfoto von ihm gemacht, das nun den Katalog zierte. Aus Jacks Sicht war dies der interessanteste Teil des gesamten Abends.

Die Ausstellung selbst fand er zweitrangig, die Gäste langweilig. Aber Adrienne schien sich zu amüsieren, und er machte ihr zuliebe gute Miene zum bösen Spiel. Sie trug ein schlichtes grünes Kleid, das ihren schlanken Nacken und die Klarheit ihrer Haut betonte. Sie sah einfach wunderbar aus. Es hatte ihn nicht überrascht, als einer der Fotografen, die sich vor dem Eingang versammelt hatten, sie beide ablichtete.

Eve starrte auf den Bildschirm ihres Computers und fand, Adrienne – laut Bildunterschrift Adrienne Charles – sähe aus wie eine Weide. Eine Weide im Frühjahr. Jack sah genauso aus wie auf den Umschlägen seiner Bücher: entspannt, braun gebrannt, interessant und männlich. Sehr männlich.

Diese Woche war ich auf einer wilden Party in New York, schrieb er, *mit Leuten aus der Kunstszene. Danach waren wir noch mit ein paar von ihnen essen. Jeder gab einen Kommentar zu den Gerichten ab (Japan-Fusion – was immer das sein soll). Ich würde viel Geld darauf verwetten, dass keiner der Anwesenden weiß, an welchem Ende man einen Schneebesen festhält. Denkst Du immer noch über die Party nach?*

Nein, das tat sie nicht.

Worüber sie jedoch nachdachte, war die Tatsache, dass ihre Freundschaft zu Jack doch viel bedeutungsloser war, als sie sich eingeredet hatte. Durch dieses Foto, dieses Abbild der Realität, in dem seine Hand wie selbstverständlich auf dem Arm der wunderschönen jungen Frau ruhte, hatte sich etwas verändert. Dieses Etwas wurde ersetzt durch ein Gefühl, das ihr sehr vertraut war: Sie stand im Schatten, während jemand anders im Licht erstrahlte.

Zurzeit finde ich keinen großen Gefallen am Leben in der Stadt, schrieb Jack weiter, *aber während der letzten Wochen wurde ich wieder daran erinnert, was es bedeutet, in der Stadt essen zu gehen. Wie es sich anfühlt, wenn man einfach den Hörer in die Hand nimmt, und schon steht ein paar Minuten später jemand vor Deiner Haustür und bringt Dir eine Muschelsuppe vorbei. Wie es sich anfühlt, wenn man Dir alles, was du Dir wünschst, jederzeit liefert. Es ist himmlisch. Jedenfalls für mich, aber ich kann*

mir vorstellen, dass Du meine Vorstellungen vom Paradies teilst. Manchmal bist Du in meiner Vorstellung ein wenig rundlich und dann wieder eher ein Leichtgewicht. Deine Kochkünste zeugen von einer Feinfühligkeit, die ich mit Leichtigkeit assoziiere. Deine Beschreibungen der Gerichte klingen allerdings überaus liebevoll, was auf einen begeisterten Esser schließen lässt. Isst Du mit Liebe, Eve, oder drapierst Du hübsche Dinge auf hübschen Tellern und stellst sie Deinen Freunden und Verwandten als Geschenk vor die Nase? Als Beweis Deiner Liebe?
J

Auf diese Nachricht antwortete Eve nicht. Fünf Tage später fand sie diese vor:

Bitte lösch den Quatsch von neulich. Ich wollte nicht neugierig sein. Ich werde nur manchmal zum Wichtigtuer. In wenigen Monaten werde ich unausweichlich fünfzig. Ich denke mal, die Wichtigtuerei hat einiges damit zu tun.

Jacks Besuche in der Stadt wurden durch sein Vergnügen bei den Restaurantbesuchen beflügelt. Etwas getrübt wurden sie allerdings durch Adriennes mangelnde Begeisterung bei diesem Zeitvertreib. Er hatte sie sogar ins Lucio's ausgeführt. Dort legte sie nach einem kurzen prüfenden Blick die Speisekarte zurück auf den Tisch und bestellte anschließend einen Salat und Mineralwasser. Der Kellner, der ihnen die Spezialitäten des Tages mit fast religiösem Eifer vorgetragen hatte, hatte ihre Bestellung noch einmal mit unbewegter Miene wiederholt. Dann wandte er sich an Jack, mit einem kaum sichtbaren Heben der Augenbraue, was wohl so viel heißen sollte wie: »Nun ja, Sir, ich habe es zumindest versucht.«

Danach musste Jack einige üppige Mittagessen allein hinter sich bringen, da Adrienne währenddessen im Studio blieb. Abends gingen sie gemeinsam irgendwohin, meistens bei ihr um die Ecke, wo Jack sich bei der Auswahl seiner Gerichte zurückhielt und sie von ihrem Tag erzählte. Manchmal bereitete er sich auch ein einfaches Essen in ihrer Küche zu, die so klinisch rein und perfekt ausgerüstet war wie viele Küchen, in denen nie gekocht wird.

Sie hatten sich auf ein Programm geeinigt: Zwei Nächte schlief er unter der Woche bei ihr, und sie besuchte ihn an den Wochenenden. Bisher war alles äußerst unkompliziert verlaufen. Ein genügsamer Spaziergang auf einer breiten Promenade.

Eines Abends, als sie ihre Einkäufe nach Hause trugen – Jack hatte die Liste erstellt –, sagte Adrienne unvermittelt: »Ich bin mir nicht sicher, ob Fotografie wirklich Kunst ist.«

»Natürlich ist sie das«, widersprach Jack. Aber ihr Gesichtsausdruck, den Jack im Profil sah, wirkte sehr ernst. »Alles ist Kunst, wenn du es ehrlich betreibst.«

»Diese Vorstellung gefällt mir, Jack, aber ich weiß nicht, ob es stimmt. Vielleicht geht es hier um die Semantik. Vielleicht brauchen wir einfach neue Worte, klarere Definitionen für Worte, aber es gibt Dinge, die haben eine Seele, und andere eben nicht. Manche Dinge verlangen nach einer Reaktion aus dem Bauch heraus. Ich kann das nicht. Meine Herangehensweise ist ziemlich systematisch.«

Wie immer trug sie ihr Anliegen in gemäßigtem Ton vor und ohne ihr gleichmäßiges Schritttempo, an das er sich gewöhnt hatte, zu verändern. Trotzdem spürte er, als er neben ihr herging, dass sie emotionaler war als sonst. Dieses Gefühl, das er so noch nie an ihr wahrgenommen hatte, saß tiefer.

»Ich weiß, was du meinst«, sagte er. »Ich kann das auch nicht.«

»Doch, du kannst es.«

»Nein, sicher nicht, ich habe unlängst danach gesucht, aber Seelentiefe bleibt mir versagt.«

»Möglicherweise, in letzter Zeit«, gab sie zu. Sie ging etwas langsamer und redete weiter. »Ich habe nichts gesagt, weil ich weiß, dass es mich nichts angeht, aber mir ist aufgefallen, dass du überhaupt nicht geschrieben hast. Ich hoffe, dass nicht ich der Grund der Ablenkung bin. Ich möchte dich nicht ablenken, Jack.«

Sie waren vor Adriennes Apartmenthaus angekommen und blieben unterhalb der drei Stufen stehen, die den Eingang und die enge Lobby von der Straße trennten.

»Du lenkst mich nicht ab, Adrienne. Du …« Was, dachte er, was war es denn, was er von Adrienne bekam? »Du stabilisierst mich. Du bist wie ein angenehm kühlender Umschlag aus weichem Meerwasser.«

Sie lächelte ihn leidenschaftslos an. »Das klingt nett«,

sagte sie, »aber ich habe das Stück, das du geschrieben hast, im Theater gesehen. Du bist ein Künstler. Und ich weiß, ich begebe mich hier auf sensibles Terrain, aber ich hoffe sehr, dass du bald wieder etwas in der Art erschaffen wirst.«

»Klar«, erwiderte er mit dem starken Gefühl, hier einfach nur verschwinden zu wollen –, ein Gefühl, das er schon oft in seinem Leben verspürt hatte, aber nicht in den vergangenen Wochen mit Adrienne. Aus Gewohnheit schlug er einen scherzhaften Ton an, denn Witzereißen war seine erste Schutzhaltung Frauen gegenüber. »Klar«, wiederholte er, »ich würde nur ganz gerne vorher wieder üben, mich am Mast zu vertäuen, bevor ich in die schwere See eintauche.«

Er brachte sie zum Lächeln, aber nicht zum Lachen.

Ollie lachte viel zu laut. Er war betrunken, oder zumindest auf dem besten Weg dorthin. Eve war bestürzt. Sie hatte selbst bereits zwei Champagner-Cocktails getrunken, und beide viel zu schnell. Jetzt umklammerten ihre Hände den Stiel des Glases so fest, dass sie Gefahr lief, ihn durchzubrechen. Sie durfte sich einfach nicht aufregen. Auf gar keinen Fall. »Zwei Eier«, sagte sie leise vor sich hin. »Hundertfünfundzwanzig Gramm Butter.« Wenn keine tickende Uhr in der Nähe war, hatte Beth ihr geraten, sich auf ein Rezept zu konzentrieren, das sie auswendig kannte. Es sollte ihr dabei helfen, die Fassung zu bewahren. Hundertfünfundsiebzig Gramm Zucker …, dachte Eve. Aber dann geschahen zwei Dinge gleichzeitig: Ollie lachte viel zu laut, und Simon Petworth stand plötzlich im Eingang. Izzys Verlobungsparty kam in Schwung. Und von den beiden Ereignissen brachte das erstgenannte mit Abstand größere Gefahren mit sich.

Simons Anwesenheit war kein Hinterhalt. Izzy und er hatten die Choreografie für seinen Auftritt mit Eves Einverständnis ausgearbeitet. Izzy wünschte sich Simon als Gast auf ihrer Party, und Eve konnte verstehen, dass sie beide Elternteile dabeihaben wollte. Selbst wenn es ihr nicht behagte, so über sich und Simon zu denken – als Einheit. In den Jahren nach ihrer Scheidung war sie unglaublich erfolgreich darin gewesen, sich selbst getrennt von ihm und ihrer kurzen Ehe zu betrachten. Und jetzt schien dieser neue Simon mit seinen familiären Sorgen aus heiterem Himmel ein ganz anderer zu sein als dieser charismatische und dennoch unnahbare Mann ihrer Erinnerung. So anders als jener Mann, der, wenn sie ehrlich zu sich selbst war, schon lange, bevor er sie verlassen hatte, ein Fremder für sie gewesen war. Wenn sie an Simon und sich als Paar dachte, als Ehepaar, dann sah sie sich selbst als eine dumme junge Frau, weit weniger selbstsicher als Izzy. Eine junge Frau, die sich verzweifelt nach etwas, nach jemandem sehnte, an dem sie sich festklammern konnte.

In diesem Augenblick ging ihr durch den Kopf, dass Ollie vielleicht das Gleiche mit Izzy machte. Es war ein unangenehmer Gedanke, aber überraschenderweise beruhigte er sie. Ihr eigenes Nervenflattern war mit einem Mal wie weggespült und wurde ersetzt durch neue Sorgen, viel größere Sorgen um ihre Tochter. Sie sah sich nach Ollie um, der immer noch ein zu breites Grinsen zur Schau trug, viel zu übertrieben Hände schüttelte und zu vielen hübschen Mädchen in hübschen Kleidern zu viele Küsschen gab. Sie konzentrierte sich so sehr auf Ollie, dass sie den Auftritt ihres Exmanns nicht mehr im Blick hatte, bis er plötzlich direkt neben ihr stand.

»Hallo, Eve«, sagte er. Seine Stimme hatte sich nicht verändert. Natürlich nicht. Nichts an seiner äußeren Erscheinung hatte sich verändert. Der Wandel hatte sich wohl eher auf einer anderen Ebene vollzogen.

»Ich werde nicht lange bleiben«, fuhr er fort. Sie nahm an, seine Worte sollten sie beruhigen, dass er sich an ihre Abmachung halten würde. Sie hatten ihretwegen einen Kompromiss geschlossen: Er würde etwas später kommen und früher gehen, ohne dabei die Party zu sprengen – wie er es genannt hatte. Er würde alleine kommen, hatte er Izzy vorgeschlagen, um ihre Mutter nicht aufzuregen. Ein Vater, der *zu* spät kam, würde sicherlich die Neugier ihrer Freunde wecken, hatte er einfühlsam angedeutet, doch dieses Thema hätte auf ihrer Party nichts zu suchen. Natürlich bezahlte er für alles mit derselben Großzügigkeit, die er auch für die Hochzeit an den Tag legte. Sein Angebot, sich vorher in einem privaten Rahmen zu treffen, hatte Eve abgelehnt.

»Hallo, Simon«, brachte sie wenigstens heraus. Sie sahen sich einen Moment lang an und tauchten beide kurz in die Vergangenheit ein. Doch ganz bestimmt gingen ihnen dabei nicht dieselben Bilder durch den Kopf. Beide verspürten ein schwaches Bedürfnis, sich beim anderen zu entschuldigen, denn in ihrer Vorstellung nahm jeder von ihnen mehr Schuld am Scheitern ihrer Ehe auf sich, als es wahrscheinlich den Tatsachen entsprach. Und beide maßen den äußeren Umständen weit weniger schädlichen Einfluss bei, als tatsächlich angemessen gewesen wäre.

»Eve, ich …«, setzte er an.

»Izzy hat dich entdeckt«, unterbrach sie ihn strahlend, als würde sie mit einem der Kinder reden, die ab und an mit ihren Müttern in den Wohltätigkeitsladen kamen.

Izzy näherte sich ihnen argwöhnisch und wusste ganz offensichtlich nicht, wie sie sich beim Anblick ihrer Eltern verhalten sollte. Eve wurde von Liebe zu ihr durchflutet. Es war wahrlich kein Wunder, dass ihre Tochter so spröde war. Sie war einfach nur aus Zerbrechlichkeit kühl. Nicht hart, wie Virginia. Heute beschämte Eve der Gedanke, dass sie vor noch gar nicht allzu langer Zeit so über ihr eigenes Kind geurteilt hatte. Allerdings sah Izzy an diesem Abend besonders angespannt aus. Sie trug ein wunderschönes neues Kleid in einem schmeichelhaften, ihren Körper sanft umhüllenden hellen Rosarot, wirkte aber so zart. Unter dem sorgfältig aufgetragenen Make-up waren leichte Augenschatten erkennbar. Ihr Blick wanderte von einem Elternteil zum anderen, und Simon, der ihre Nervosität ebenfalls zu spüren schien, lächelte sie väterlich an und sagte: »Du siehst wunderschön aus, meine Liebe. Amüsierst du dich auf deiner Party?«

In dieser Frage, stellte Eve fest, schwang aufrichtige Sorge mit. Sie freute sich darüber. Vielleicht hatte Simons Anwesenheit doch etwas Gutes. Vielleicht hatte er seiner Tochter nach all den Jahren nun endlich etwas zu geben. Sie selbst hatte bei Izzy kläglich versagt, das konnte sie nun ganz deutlich erkennen. Vielleicht wäre Simon, wenn er denn tatsächlich eine Art Pflichtgefühl Izzy gegenüber entwickelt hatte, kein Gegner mehr, sondern ein Verbündeter.

Das Lächeln, mit dem Izzy auf Simons Worte reagierte, wirkte gequält. »O ja, die Party ist wundervoll. Danke«, sagte sie. »Dir auch, Mummy. Danke für alles.«

Eve und Simon strahlten ihre Tochter an. Zwei Ecken eines Dreiecks.

Dann gesellte sich Ollie zu ihnen. »Guten Abend, Sir«, begrüßte er Simon.

Sowohl Izzy als auch Eve sahen Ollie nervös an, aber er schien unter Simons forschendem Blick schlagartig nüchtern zu werden.

»Sehr erfreut, Sie wiederzusehen.« Seine Worte klangen ehrlich gemeint. Er richtete sich auf und streckte Simon die Hand entgegen, die dieser auch schüttelte.

»Guten Abend, Ollie.« Sie waren eine Woche vorher bei einem Cocktail miteinander bekannt gemacht worden.

Ollie wandte sich immer noch an Simon, hakte aber Eve unter und sagte: »Wenn Sie nichts dagegen haben, leihe ich mir meine zukünftige Schwiegermutter für einen Moment aus. Ich möchte ihr gerne einige meiner Freunde vorstellen.«

Eve fragte sich, ob die anderen diesen Abgang auch geplant hatten, und sie stellte fest, dass es ihr nichts ausmachen würde, wenn dem so wäre.

Simon gab mit einem Lächeln seine Zustimmung und sagte: »Ich freue mich wirklich, dich getroffen zu haben, Eve.«

»Ja«, konnte sie gerade noch antworten, bevor Ollie sie

wegführte, »ja, ich mich auch.« Sie fühlte sich, als hätte sie einen Drachen getötet.

Ollie steuerte mit Eve im Schlepptau erst eine eng beieinanderstehende Gruppe junger Leute an, seine Arbeitskollegen. Er stellte sie höflich, doch gleichzeitig auch ein wenig verlegen vor, denn er kannte anscheinend selbst keinen aus der Gruppe besonders gut. In einer anderen Ecke des Raums unterhielten sich seine engeren Freunde aus der Kindheit, aus Schulzeiten und den ersten Anfängen in London angeregt. Sie lachten und schmiedeten bereits Pläne, wo sie nach der Party noch hingehen würden.

Eve begrüßte sie alle interessiert. Dann schnappte Ollie sich in der kurzen Atempause, die auf die Vorstellung folgte, ein weiteres Glas von einem vorbeigetragenen Tablett und leerte es in einem Zug. Sein Griff um Eves Ellbogen wurde fester. Ganz plötzlich jedoch, als wären alle Schnüre, die ihn aufrecht gehen ließen, durchgeschnitten worden, brach er zusammen. Im letzten Moment konnte er sich gerade an einer Art-déco-Konsole abstützen, die zwischen zwei Säulen stand, von denen aus ein Flur mit Rundbögen vom Hauptsalon in die Bar führte. Die große Vase auf der Konsole wackelte bedenklich.

»Scheiße«, sagte er, riss sich aber gleich wieder zusammen und entschuldigte sich. »Tut mir leid, Mrs. P. Hab ein bisschen zu viel getrunken.«

Eve sah ihn ruhig an. »Ja«, sagte sie nur, »das stimmt wohl.«

»Ich weiß, tut mir leid …« Er legte die Hand vor den Mund, als wollte er den Kraftausdruck wieder zurücknehmen, und zog ein Gesicht wie ein schelmischer Elfjähriger.

»Mich schockiert so schnell nichts, Ollie«, klärte Eve ihn auf, »und ganz bestimmt nicht irgendein Schimpfwort. Meine ganze Kindheit hindurch habe ich am Rockzipfel von Frauen gehangen, die einen Wortschatz hatten, der es mit dem eines Hafenarbeiters aufnehmen konnte. Aber heute Abend mache ich mir Sorgen um Izzy und dich. Ihr beide wirkt so … angespannt.«

Er wiederholte den Ausdruck mit einem lauten Lachen. »Klaro, wir sind auch *angespannt.*« Es war das erste Mal, dass er Eve gegenüber unfreundlich war, und sie registrierten es beide.

»Es tut mir leid, Mrs. P.«, sagte er und klang wieder wie er selbst. »Es liegt an diesem ganzen Hochzeitstrara.«

Er sah so wahnsinnig jung aus in seinem schicken Anzug. Merkwürdig, dachte Eve, wie sehr der Versuch, sich durch die Kleidung älter zu machen, einen meistens doch nur noch jünger aussehen ließ. »Ich weiß«, sagte sie leise, »ich weiß.«

Als der Abend vorüber war, gab Eve Izzy einen kurzen, aber innigen Gutenachtkuss und ermahnte sie, nicht zu spät ins Bett zu gehen. Simon war bereits gegangen. Sie hatte seinen Rückzug mit überraschenderweise ausbleibenden Gefühlen beobachtet. Ein merkwürdig anmutendes, äußerst belebendes Ausbleiben von Gefühlen. Sie fuhr mit dem Hotellift hinauf, ging in ihr Zimmer, das Izzy für sie mitgebucht hatte, und setzte sich an den Rand des riesigen Bettes. Die Decken waren gekonnt zurückgeschlagen. Sie betrachtete sich in dem langen Spiegel, der genau gegenüber auf der Ankleide stand. Sie war erschöpft, aber sie hatte es geschafft. Sie war nach London gefahren, und sie hatte die ganze Party durchgehalten. Sie war Simon begegnet. Sie hatte ihrer Tochter zur Seite gestanden, wie jede normale Mutter es tun würde. Sie zog die Schuhe aus und rieb sich die Füße. Sie taten weh, aber das war ihr egal. Ihr war nach Tanzen zumute.

Kapitel 8

»Würdest du das bitte sein lassen, Liebes?«

»Entschuldige, was denn bitte?«

»Würdest du bitte damit aufhören, das Brot in diese Mäusekacke-ähnlichen Bröckchen zu zerbröseln?«

Adrienne blickte auf ihre Hände hinunter, als führten sie ein Eigenleben, und unterbrach ihre Tätigkeit, Brotstückchen in winzige Kugeln zu rollen und dann auf ihren Teller fallen zu lassen.

»Stört dich das etwa?« Sie präsentierte ihm eine kleine Kugel auf der Innenseite einer Handfläche, als handelte es sich dabei um etwas Zerbrechliches und Wertvolles – eine Perle.

»Ja, tut es. Es stört mich.«

»Es ist doch nur so eine Angewohnheit von mir. Ich mache das immer.«

»Das weiß ich.«

»Und es stört dich?«

»Ja.«

»Aber bis jetzt hast du noch niemals ein Wort darüber verloren.«

»Ich vermute mal, wir haben eben erst gerade das ›Es stört mich, dass du Brot in Mäusekacke verwandelst‹-Stadium erreicht.«

»Ich glaube nicht, dass es hier um Brot geht, Jack.«

»Glaub mir, es geht nur ums Brot.«

»Genau das glaube ich absolut nicht, Jack.«

Jack blickte über seine Schulter nach hinten und hoffte, dass der Kellner endlich seine gefüllten Zucchini bringen würde. Und der Grund dafür war nicht, dass er besonders großen Hunger hatte. Aber der Kellner ließ sich nicht blicken. Sie aßen in einem kleinen, grell erleuchteten Restaurant mit gekacheltem Boden zu Abend. Es hieß The Glass House. Adrienne hatte es vorgeschlagen. Das Zucchinigericht war Jacks Auffassung nach das Einzige, was man hier essen konnte, ohne Aufruhr in den Eingeweiden anzufachen. Etwas in der Art hatte er Adrienne gegenüber verlauten lassen, aber sie hatte nicht darauf reagiert und weiterhin stumm die Speisekarte studiert. Ungerührt ließ sie einen Finger über die kursiv gesetzte Buchstabensammlung gleiten.

Als der Kellner endlich kam, um die Bestellung aufzunehmen – überfreundlich wie ein Laienprediger, unrasiert in einem schwarzen T-Shirt und über den Dingen schwebend –, vertieften er und Adrienne sich in ein fünfminütiges, intensives Gespräch, an dessen Ende sie wie sonst auch immer einen grünen Salat bestellte.

»Ist das alles?«, fragte Jack ungläubig, als der Kellner die Speisekarten wieder einsammelte, demonstrativ zuklappte und endlich wieder verschwand. Jack fand, er sah lächerlich selbstzufrieden aus für einen Typen, der mit

Limabohnen anschaffen ging, um sich seinen Lebensunterhalt zu verdienen.

»Was meinst du damit?«, fragte Adrienne.

»Du diskutierst zwanzig Minuten und bestellst anschließend einen grünen Salat?«

»Es waren keine zwanzig Minuten«, widersprach sie und begann mit diesem Brotkugelding.

Jetzt starrte sie ihn unverwandt an. »Ich glaube, hier geht es um mehr, Jack.«

»Das glaube ich nicht.«

»Es geht ums Essen.«

»Also gut, ich wage zu behaupten, dass es irgendwo im Königreich der Tiere eine Spezies gibt, die Mäusekacke frisst, aber für mich geht es hier nicht ums Essen. Es stört mich, dass du aus Brot Mäusekacke machst. Andererseits …« Er nahm eine Scheibe Brot in die Hand, Vollkornbrot, gespickt mit Körnern und Samen, und machte sich einen Spaß daraus, so zu tun, als würde er es in der Hand wiegen. »Kann sogar sein, dass das vielleicht die beste Verwendung dafür ist.« Er formte selbst ein Kügelchen und grinste sie an. »Wie ist der Fototermin gelaufen?«, fragte er, sichtlich bemüht um ein Ausweichmanöver und bereit zur Kapitulation.

Adrienne entfernte unsichtbare Krümel von ihren Händen und sagte: »Der Fototermin lief gut.«

»Keine Kinder? Keine Hunde? Keine Diven?«

»Ein sehr netter älterer Herr. Ein Astronom. Er hat den Pulitzerpreis gewonnen.«

»Schön. Schön für ihn.«

»Jack, ich glaube, wir müssen dieses Essensproblem angehen.«

»Es gibt kein *Essensproblem*.«

»Doch, Jack, das gibt es. Du hast ein Problem mit Essen. Du bist besessen vom Essen. Es laugt deine Kreativität aus. Du schreibst nicht, und gleichzeitig wird Essen immer mehr zu deiner Obsession. Es ist wie eine … Übertragung. Du überträgst dein Schreibtalent, deine Fähigkeit, mit Worten etwas zu erschaffen, auf das Zusammenbrauen von etwas Essbarem. Ich mache mir Sorgen, Jack.«

»Du machst dir Sorgen?«

»Ja.« Sie beugte sich zu ihm vor und legte sanft ihre Hand auf seine. »Ich befürchte, es bremst dich aus.«

Jack blickte starr vor sich hin. Zum Teil war er selbst schuld an dieser Unterhaltung, das wusste er nur zu gut. Er hatte den Weg dorthin geebnet.

Bevor sie zum Essen gingen, hatte er Adrienne aus purer Dummheit einen seiner Texte gezeigt. Ihr Seiten mit unausgegorenen Ideen für ein neues Buch in die Hand gedrückt, von denen er wusste, dass sie damit nichts würde anfangen können. Er hatte sie erst heute Morgen aufgeschrieben, und normalerweise hätte er die Blätter als Ausschuss bewertet, den Text ein paar Tage liegen lassen, dann vielleicht einen Satz behalten und den Rest weggeworfen. Aber in diesem weniger von sich selbst überzeugten Gemütszustand, in dem er sich seit Kurzem befand, hatte er an dem Text herumgebastelt und -gefeilt. Nur um sich allmählich komplett darin zu verirren. Es war ihm völlig klar, was da ablief, und er wusste genau, dass er das Geschriebene zur Seite legen sollte, aber es war ihm einfach nicht gelungen. Er hörte nicht auf, darin herumzustochern, als wäre es ein schmerzender Zahn.

Und dann zog er Adrienne auch noch mit hinein. Eine Riesendummheit.

Sie hatte den Text rasch durchgelesen und ihn anschließend fragend angeblickt.

Sie ist wirklich intelligent, dachte er im Stillen. Er hatte Manhattan-Cocktails gemixt und nippte an seinem Glas.

»Was erwartest du, Jack?«, fragte sie ihn.

»Was ich erwarte?«, wiederholte er – und die Wiederholung ihrer Frage klang wie ein gedämpfter Startschuss zu einem lautstarken Streit.

Sie hatte ihn nicht gehört. »Ich bin mir nicht ganz sicher«, sagte sie und wägte die Bedeutung jeden Wortes genau ab, bevor sie es aussprach, »ob du Kritik erwartest oder …« Sie machte eine Pause und nippte an ihrem eigenen Glas.

Er half ihr nicht aus der Klemme.

»Bestätigung«, beendete sie leise ihren Satz. Ihre Stimme klang ungewöhnlich sanft.

Ironischerweise war es genau diese Sanftheit, die ihn maßlos aufregte. Hätte sie ihn barsch kritisiert, wäre er ruhig geblieben und hätte seine Verärgerung einfach in einer bedeutungslosen Welle über sich hinwegschwappen lassen.

»Natürlich Bestätigung.«

Er erhob sich, ging durch das Zimmer, nahm ihr die Blätter aus der Hand und gab ihr einen Kuss. »Ich verzehre mich geradezu nach Bestätigung, vor allem durch die Menschen, die mir am Herzen liegen«, sagte er.

Adrienne wirkte nicht sonderlich überzeugt, aber trotzdem erleichtert, und sie lächelte ihn an. »Der Cocktail schmeckt gut.«

»Na dann«, sagte er und erwiderte ihr Lächeln, während er sein Glas abstellte und vor ihr auf die Knie sank, »wirst du gleich merken, was für eine Auswirkung ein paar Schmeicheleien auf einen bedürftigen Mann haben.«

Vielleicht solltest du mal darüber nachdenken zu fasten«, sagte Adrienne jetzt, »als eine Möglichkeit, wieder in Kontakt mit deinem wahren Schreiben zu treten. Als Reinigungsprozess – um das Durcheinander in deinem Kopf und deinem Körper zu ordnen, damit neue Ideen wieder frei fließen können.«

Ihr Essen wurde gebracht. Der Kellner stellte Adriennes Salat vor ihr ab, als präsentiere er ihr eine Schale voller Juwelen. Als Dank lächelte sie ihn milde an. Zu Jacks Leidwesen nahm sie dann den Gesprächsfaden wieder auf. »Genau, eine Fastenkur«, sagte sie, als träfe sie eine bedeutende Entscheidung, »wir könnten sie gemeinsam machen.«

»Liebes, ich werde definitiv nicht die reine, unverfälschte Freude am Essen aufgeben, nur weil meine Muse möglicherweise eine gottverdammte Magersüchtige ist.«

»Ich bin nicht magersüchtig, Jack.«

Jack sah sie an, und plötzlich fiel es ihm wie Schuppen von den Augen: Erstens war das, was sie sagte, wahr, denn Adrienne aß zwar völlig leidenschaftslos, aber sie aß. Zweitens hatte sie einen Sprung über den Sicherheitszaun erzwungen, indem sie von der dritten in die erste Person gewechselt war. Dadurch gerieten sie beide tiefer ins »Wir sind ein Paar«-Territorium, mit den dazugehörigen Lebensbeichten. Und dann war da noch etwas. »Nein, du bist nicht magersüchtig«, sagte er, als es ihm dämmerte. »Aber du willst die Muse sein, stimmt's? Ist es das? War es so mit ihm, wie hieß er noch gleich? Terry?«

»Terence«, korrigierte Adrienne ihn. Ihr Exmann, ein Sänger und Komponist, mäßig erfolgreich. Sie dachte einen Moment lang nach. »Als wir geheiratet haben, hat er mir gesagt, ich würde ihn inspirieren. Aber ich weiß nicht, ob ich deshalb das Wort ›Muse‹ verwenden würde.«

»Ich schon«, entgegnete Jack. »Und ich glaube, dass es Frauen aus Fleisch und Blut gibt, die tatsächlich überzeugt davon sind, dass sie Inspiration für Kunst sind. Glaubst du auch daran, Adrienne? Glaubst du, du könntest mich inspirieren?«

»Du redest zu laut, Jack.«

»Dummes Geschwafel löst diesen Reflex bei mir aus. Genauso wie dieser Dreck hier.« Er hob seinen Teller an einer Ecke an, damit sie einen besseren Blick darauf werfen konnte. Ein großes, weißes Quadrat, auf dem vier Zucchini auf einem Nest aus etwas verteilt waren, das aussah wie Stroh. Er hob wieder die Stimme, als er sagte: »Ganz plötzlich überfällt mich das dringende Bedürfnis, ein Lokal aufzusuchen, in dem sie einem Riesenvieh die Hörner abhacken und es mir mit einem scharfen Messer und einer Schüssel frittierter Hoden vorsetzen.«

Als der Kellner kam, um Jacks unberührten Teller abzuräumen, lächelte Adrienne ihn an. »Er hat heute einen schlechten Tag«, sagte sie entschuldigend.

Du brauchst sehr dunkle Früchte, schrieb Eve. *Am besten geeignet sind Damaszenerpflaumen. Du musst sie rundherum gut einstechen, und dann legst Du sie einfach bis Weihnachten in Gin und Zucker ein. Für Schlehen ist es schon ein bisschen zu spät im Jahr, es dauert länger, bis der Geschmack sich entfaltet. Außerdem sind Pflaumen einfacher zu piken. Manchmal gebe ich noch einen Tropfen Mandelessenz dazu.*
Die Verlobungsparty ist gut verlaufen, danke der Nachfrage. Die Hors d'œuvres waren fantastisch und sahen wunderschön aus. Ich glaube, das Aussehen der Häppchen auf einer Party ist genauso wichtig wie der Geschmack. Partyhäppchen sind die Paradiesvögel unter den Speisen, findest Du nicht auch?
Mir fällt gerade auf, dass unser Briefwechsel ja fast mit Pflaumen angefangen hat. Es scheint schon so lange zurückzuliegen.
Eve

Gerade fällt mir nachträglich noch etwas ein, das dennoch wohlüberlegt ist. Ich schicke Dir Großmutters Rezept für einen Weihnachtskuchen. Es stammt nicht von meiner Großmutter, sondern der Großmutter einer Schulfreundin, Erica. Erica ist nach Australien ausgewandert, und wir haben fast keinen Kontakt mehr, außer an Weihnachten, wenn Postkarten und dieses Rezept uns einen Moment lang wieder zusammenbringen. Ich habe einmal für Ericas Großmutter Ingwerplätzchen gebacken (bei Euch nennt man das wohl eher Kekse), und dafür gab sie mir dieses Rezept. Damals fühlte ich mich durch ihre Geste wie eine

geliebte Enkelin, und dieses Zugehörigkeitsgefühl verspüre ich jedes Mal, wenn ich den Kuchen backe, also jedes Jahr zu Weihnachten. Vielleicht greifst Du diese Tradition ja auf. Fühl Dich aber nicht dazu verpflichtet. Das Rezept ist ein weitergereichtes Geschenk. In letzter Zeit geht es mir sehr viel besser, aus vielerlei Gründen. Und ich glaube, Deine Briefe tragen dazu bei, dass dem so ist.
Eve

Gerade sehe ich, dass für das Rezept richtiger heller englischer Sirup benötigt wird. Ich muss Dir eine Flasche davon schicken, denn mögliche Alternativen schmecken entweder fürchterlich (eine Mischung aus karamellisiertem Zucker, Essig und Maissirup) oder erweisen sich als ungeeignet (Honig).

Ich danke Dir, liebe Freundin, Dein Kuchenrezept-Geschenk hat mich tief berührt. Wenn Du mir den Sirup schickst (der mich jetzt schon fasziniert), werde ich es ausprobieren.
Du hast völlig recht, die Sache mit den Pflaumen scheint wirklich schon so lange her zu sein. Ebenso scheint es auch schon lange her zu sein, dass wir Paris erwähnt haben. Ich bin zurzeit ziemlich wild darauf, auf diese genusssüchtige Art zu essen, für die Paris bestens geeignet ist. In New York kann man alles essen, was man will, und in Italien schweben Deine Geschmacksnerven auf Wolke sieben, aber Paris ist nun mal der Ort für hemmungsloses Schwelgen, und genau danach lechze ich gerade. Sahne, Fleisch,

Hirn, Schnecken in Knoblauchsoße, Tarte Tatin, Profiteroles. Was meinst Du? Vielleicht könnten wir über Silvester fahren. Bis dahin hast Du den ganzen Hochzeitsrummel hinter Dir, und hemmungsloses Schwelgen funktioniert noch besser, wenn es draußen kalt ist.
Jack

Die Nachricht mit dem Weihnachtskuchen hatte Eve geschrieben, als sie noch auf dem riesigen Hotelbett saß, sanft umhüllt von den prickelnden Auswirkungen der Party. Sie verspürte das dringende Bedürfnis, mit einem Freund zu reden. Sie wollte ihm oder ihr erzählen, wie der Abend verlaufen war. Aber dann stellte sie fest, dass der jahrelange Rückzug sie mehr als nur ihre Familie gekostet hatte. Vielleicht könnte sie an Erica schreiben, die Herzlichkeit wieder aufleben lassen, die sie einst füreinander empfunden hatten. Doch als sie sich in die Kissen zurücklehnte, musste sie sich eingestehen, dass sie nicht mit Erica reden wollte, sondern mit Jack.

Und deshalb schrieb sie drauflos und trennte ihre Worte ganz klar von dem Bild, das sie von Jack und seiner schönen Weide im Kopf hatte. Nein, eher eine Meerjungfrau – sie sah aus wie eine Meerjungfrau, diese Adrienne Charles. Aber es ging sie nichts an, ermahnte sie sich. Ihre Beziehung zu Jack, ihre Freundschaft, war etwas ganz anderes. Eine schlichte, wenn auch herzliche Angelegenheit, die auf einem gemeinsamen Interesse beruhte. Daran war nichts Verwerfliches, egal, wie Jacks Liebesleben aussah.

Sie schlief mit dem Bild im Kopf ein, das Jack von

ihnen beiden gemalt hatte. Sie gemeinsam in Paris. Beim Essen. In Gespräche übers Kochen vertieft. Warum nicht?, dachte sie. Sie hatte so viel überwunden – warum nicht einfach weitergehen?

Jack hatte New York am Abend zuvor nach einem gereizten Gespräch mit Adrienne verlassen. Nun ja, das »gereizt« traf nur auf ihn zu. Sie blieb wie immer ruhig, was ihn noch wütender machte. Jack hatte angeboten, früher abzufahren und sie in ein oder zwei Tagen anzurufen. Dann könnte sie entscheiden, ob sie Lust hätte, übers Wochenende zu ihm zu kommen. Trotzdem war es ihr erster richtiger Streit gewesen.

»Ja, ich denke auch, dass es so am besten ist«, hatte sie gesagt und ihn mit einem verständnisvollen Blick bedacht. Als ob er ihr, ging ihm in diesem Moment durch den Kopf, von einer peinlichen Situation erzählt hätte, in der er am Ende als der größte Idiot dastand.

Zu Hause setzte er sich hin und schrieb an Eve.

Liebe Eve,
während der vergangenen Monate bist Du mein Troststein geworden. Wie einer dieser Kiesel vom Strand, die man im Winter in der Jackentasche entdeckt – man reibt ihn mit Daumen und Zeigefinger, und schon lockt er Meeresbrisen und inneren Frieden an. Den kann ich gerade gut gebrauchen. Eines meiner Bücher heißt ›Die Salz-Zone‹, und der Titel spielt auf den unfruchtbaren Grund eines ehemaligen Sees an, auf dem die Handlung angesiedelt ist. In letzter

Zeit klingt der Titel allerdings eher wie eine Metapher auf mein Leben. Die Salz-Zone – wirklich schwer, irgendwas in Salz zum Wachsen zu bringen. Das Einzige, was in meiner Umgebung erblüht, bist Du. Deine Briefe werden mit jedem Tag lebendiger. Ich wünsche Dir viel Freude.
Jack
Denk über Paris nach. Ich tu's auch.

Dex, mein Freund, ich freue mich darauf, Dich zu sehen. Aber bilde Dir bloß nichts darauf ein. Adrienne wird vielleicht hier sein. Ich habe sie öfter getroffen. Vielleicht kommt sie aber auch nicht. J.

Du mieser Hund. Sie redet nie über Dich.

Über Dich auch nicht.

Keine einfühlsame Frau würde mich Dir gegenüber erwähnen, Coop. Ein zu großer Dämpfer, wenn Du verstehst, was ich meine.

Ja, ja. Aber in meinem Haus bist Du nicht Dexter »Filmstar« Cameron, Kumpel. Bis Samstag.
Jack

Nach dieser Flachserei war Jack rundum zufrieden. Ein Wochenende mit Dex. Keine Verpflichtungen. Keine Empfindlichkeiten. Kein sensibles weibliches Gemüt, mit dem man fertigwerden musste. Mit Dex folgten sogar Meinungsverschiedenheiten einem nachvollziehbaren, gemeinsam beibehaltenen Rhythmus.

Dex kommt mich am Wochenende besuchen.«

»Es wäre schön gewesen, ihn zu sehen«, sagte Adrienne. Jack konnte sich genau vorstellen, in welchem Abstand sie ihr Telefon ans Ohr hielt. Er hatte nicht gewollt, dass sie kommt, weil Dex da sein würde, aber nachdem sie gerade gesagt hatte, sie würde tatsächlich nicht kommen, war er beinahe enttäuscht.

»Wir waren nie zusammen, weißt du, Dex und ich«, sagte Adrienne als Reaktion auf sein Schweigen, als beantwortete sie eine unausgesprochene Frage.

Jack musste herzhaft lachen. »Das weiß ich.«

»Oh«, sagte sie. »Gut.«

In ihrer Antwort lag ein Stück Unsicherheit verborgen, ein nahezu unmerklicher, aber weiterer Hinweis darauf, dass die Unbeschwertheit aus der Anfangsphase ihrer Liebesaffäre hinter ihnen lag. Er wusste auf einmal, dass sie sich in dem Stadium befanden, in dem eine Beziehung, um wachsen zu können, den Glanz des Neuen verlieren musste. In dem man ein bisschen an der schönen Oberfläche kratzen musste, um an die darunterliegenden langweiligeren Abmachungen und Kompromisse heranzukommen. Er war sich nicht sicher, ob er für die Anstrengungen, die damit einhergingen, schon bereit war. Aber Adrienne ganz zu verlieren, dafür war er auch noch nicht bereit. Als er sagte, er würde sie bald anrufen, meinte er es auch genau so.

Legst du immer noch die Nachbarin flach?«, fragte Dex. Er hielt das Bier in seiner Hand demonstrativ hoch und zeigte auf das Etikett. »T-S-C-H-E-C-H-I-S-C-H«, buchstabierte er. »Also sag nicht, ich würde nie etwas für dich tun.«

»Ist notiert«, sagte Jack. »Und nein, sie hat sich anderweitig umgesehen und einen deutschen Milliardär aufgetan.«

»So sind sie.«

»Letzte Woche hat sie ihn hier antanzen lassen«, fuhr Jack fort, »damit ich sehe, dass er echt ist.«

Dex gluckste. »Und, war er echt?«

»*So* würde sich niemand selbst erfinden.« Es fühlte sich gut an, Dex um sich zu haben. Er konnte ausatmen. »Was hältst du davon, für ein paar Tage nach Dobb's Creek zu fahren?«

»Warum nicht?«, sagte Dex. Einfach so.

Lieber Jack,

ich habe Die Salz-Zone *gelesen – das Buch gefällt mir sehr gut. Mit Bedauern höre ich von dieser neuen Interpretation seines Titels. In meiner Vorstellung – selbst wenn ich von meiner ›Vorstellung‹ spreche, habe ich natürlich Fotos des Schriftstellers Jackson Cooper gesehen – warst Du immer ein erfolgreicher Mensch, ein Mensch mit einem ziemlich luxuriösen Leben. Wenn ich jetzt darüber nachdenke,*

merke ich jedoch, dass Du ähnliche – falsche – Schlüsse über mich gezogen hast. Ich bin in keinerlei Hinsicht rundlich, Jack. Und ich bin in vielerlei Hinsicht eine alte Jungfer, trotz meiner frühen Ehe (die nur von kurzer Dauer war) und meiner Tochter. Ich habe das wahre Leben ausgesperrt und mein geregeltes häusliches Leben, insbesondere, was das Kochen angeht – so viel Milch zu so viel Mehl –, dazu benutzt, die Kontrolle über mich selbst und meine Umgebung zu behalten. Allerdings habe ich beschlossen, es von nun an mit ein bisschen weniger Genauigkeit zu versuchen. Dabei werden wohl ein paar Eier zu Bruch gehen.
Eve

Mal ehrlich, wie geht es dir wirklich?«

»Ausgezeichnet.«

Sie saßen in einer urigen Bar – Holzvertäfelung an den Wänden und stark verraucht – in einer ruhigen Stadt auf halbem Weg nach Dobb's Creek. Auf den Tischen standen die typischen Utensilien in Grüppchen zusammen – Flaschen mit Würzsoße und klobige Salz- und Pfefferstreuer, die Speisekarten lehnten an Zuckerdosen.

»Schau dir das an«, sagte Jack und nahm eine in die Hand. »Ein Angebot zum Reinbeißen: Burger, Käsetoast und Brownies mit Karamellsoße.« Dann gab er die Frage zurück: »Wie geht es dir?«

Dex pulte einen Zahnstocher aus der Papierhülle und stupste ihn ein paarmal spielerisch gegen seine Unterlippe. »Anders als sonst.«

Jack blickte auf und sah ihn direkt an.

»Dieses Mal ist es anders als sonst.« Er legte den Zahnstocher beiseite. »Keine Ahnung warum, ich dachte nicht, dass es anders sein würde, aber genau das ist es. Irgendwie echter.«

Jack wusste, dass er auf die Anfangsphase seiner Karriere anspielte, als er von der *New York Times* zu einem der heißesten Nachwuchstalente seiner Generation hochstilisiert wurde. Die richtig mageren Jahre kamen direkt danach, mit Ende dreißig.

»Vielleicht bin ich ja auch nur reifer geworden«, sagte er lachend, »genau wie du.«

Was ihre Freundschaft betraf, waren Jack und Dex sich immer einig gewesen, dass sie niemals konkret über ihre Arbeit redeten. Stattdessen nahmen sie in langen Gesprächen bei Kaffee oder Pasta oder Wein die Bücher oder Filme der anderen auseinander. Ihre Kritik wurde immer schärfer, je länger der Abend dauerte. Jack hatte sich an diesen Abenden immer gut gefühlt, so gut wie an jedem anderen Abend auch. Nun wurde ihm klar, dass sich die Jahre ohne Engagement für Dex nicht so gut angefühlt hatten. Dex' Geldmangel und einige seiner Frustrationen hatte Jack hautnah mitbekommen. Mit einem Mal begriff er, dass Dex mit dem Bedürfnis, sein Können auch auszuleben, und der Bürde, die dieses Bedürfnis mit sich brachte, immer allein dagestanden hatte.

»Nein, nein, du hast hart dafür gekämpft. Dagegen sehe ich wie ein kleiner Junge aus.«

Auf Dex' Gesicht erschien ganz langsam sein berühmtes, einnehmendes Grinsen.

»Los, steh auf«, sagte Jack, »vor dem Essen versohle ich

dir noch den Hintern auf dem Billardtisch, damit du nicht gänzlich unausstehlich wirst.«

Sie aßen Steak und einen Nachtisch, und als irgendwann zwei willige Einheimische in kurzen Röcken und Speckröllchen freilegenden Tops auftauchten, überließ Jack ihnen seinen Freund und ging auf der Hauptstraße der Kleinstadt zurück ins Motel. Sie hatten zwei Zimmer im Robinson Inn genommen, und es war die fröhliche Frau an der Rezeption gewesen, die ihnen geraten hatte, in der kleinen, düsteren Bar etwas zu essen. »Viel Auswahl gibt es hier sowieso nicht, aber die brauchen Sie auch nicht. Besseres Essen als dort finden Sie nirgends. Und probieren Sie unbedingt den Pfirsichkuchen.«

Dieselbe Frau war immer noch wach, als Jack durch die Hoteltür trat. Sie saß in einem Nebenzimmer und schaute bei offener Tür Fernsehen.

Er lächelte sie an. »Mit dem Kuchen hatten Sie recht«, sagte er. »Die Kruste …« Er küsste seine Fingerspitzen.

Sie erwiderte sein Lächeln. »Ich nehme Crisco«, klärte sie ihn auf, »statt Butter.«

»Ehrlich?«

»O ja, aber behalten Sie das unbedingt für sich.«

Jack hob einen Zeigefinger vor die Lippen, nickte ihr zu und ging nach oben.

In seinem Zimmer überlegte er, Adrienne anzurufen. Und schon kreisten seine Gedanken nur noch um sie. Dex hatte die Affäre auf der Hinfahrt im Auto kurz angesprochen, aber Jack hatte sich keine Details entlocken lassen, weil er selbst nicht genau wusste, wie er eigentlich dazu stand. Seine Gefühle für Adrienne waren anders gelagert als die, die er den anderen Frauen bislang entgegengebracht hatte. Sie ließ keine Vatergefühle in ihm entstehen, wie er sie Marnie gegenüber empfunden hatte. Und ganz sicher auch nicht dieses peinliche operettenhafte jugendliche Schmachten wie bei Paula. Aber nur aus Begierde fühlte er sich auch nicht zu ihr hingezogen, obwohl er ihre unerschütterliche Aura aus Distanziertheit höchst anziehend fand.

Er schenkte sich einen Schlummertrunk aus einer mitgebrachten Flasche ein. Vielleicht will ich sie, weil ich mir nicht sicher bin, ob sie mich will. Dieses Eingeständnis ließ ihn schmunzeln. »Ich kann es nicht ändern«, sagte er. »So bin ich nun mal.«

Jack zog seine Schuhe aus und machte es sich mit überkreuzten Beinen auf dem Bett gemütlich. Es fühlte sich gut an, unterwegs zu sein, weg von zu Hause. Und schon war das Bedürfnis, mit Adrienne reden zu wollen, verschwunden. Sie war sowieso nicht der Typ Frau, die einen auf irgendwann versprochene Anrufe festnagelte. Vielleicht war auch das Teil ihrer Anziehungskraft. Sie hatte ihn noch nie ins Abseits gestellt, nur weil kein Anruf von ihm kam. Eine Premiere.

Er nahm einen Schluck aus seinem Whiskeyglas und warf einen Blick auf den gerahmten Druck an der gegenüberliegenden Wand. Ein undefinierbarer Wildvogel, nicht besonders schön, aber das Bild passte hierher. Vielleicht passten er und Adrienne ja auch zusammen, wenn er sich ein bisschen auf sie zubewegte. Vielleicht könnte sie sogar eine Art Muse sein. In vielerlei Hinsicht hatte sie nur Dinge über sein Schreiben gesagt, die er sich selbst auch schon vorgehalten hatte. Er musste besser werden oder mit dem Schreiben aufhören.

Nachdem er das Glas mit einem Schluck geleert hatte, stand er auf, um sich auszuziehen. Hoffentlich würde Dex nicht versuchen, die beiden Süßen an der alten Dame unten vorbeizuschmuggeln. Falls doch, fiele die Begrüßung morgen früh sicher nicht mehr so freundlich aus. Verdammt, dachte er, vielleicht bin ich doch nicht der richtige Begleiter für einen Filmstar auf einem Abenteuertrip. Denn genau in diesem Moment war er absolut überzeugt davon, dass Dex nur auf ein einziges Ziel zusteuerte: ein großer Star zu sein.

Sie sehen …«

»… jünger aus«, brachte Eve den Satz zu Ende und lächelte.

Beth sah sie gut gelaunt an. »Ja, genau das ist es. Sie sehen jünger aus.«

Eve war sich des Voranschreitens der Zeiger auf der Wanduhr deutlich bewusst. Genau dieses Voranschreiten der Zeit war während ihrer ersten Sitzungen mit Beth ein tröstlicher Gedanke gewesen. Doch in diesem Augenblick bedeutete das Ticken der Uhr, dass die letzten fünfzig Minuten ihrer Therapie abliefen. Sie warf das Sicherungsseil ab.

»Wie stehen Sie jetzt zu Ihren Themen?«, fragte Beth.

»Ich habe das Gefühl, … nicht geheilt zu sein.«

Beth nickte, beobachtete sie genau und forderte sie durch ihr Schweigen auf, fortzufahren.

»Ich glaube, was ich damit sagen will, ist, dass mir jetzt klar ist, dass ich nicht richtig geheilt werden kann. Obwohl ich es mir am Anfang der Therapie so sehr gewünscht habe. Ich wollte repariert werden.«

»Ja«, sagte Beth.

»Wie ein leckes Rohr oder ein platter Reifen.«

Beth lächelte, und in Eve meldete sich mit einem kaum wahrnehmbaren Zittern das winzige Bedürfnis, im sicheren Hafen dieses Lächelns zu verweilen. »Für mich war die Einsicht, dass es nicht ums ›Reparieren‹ geht, eine ziemliche Offenbarung.«

»Nein, darum geht es in der Tat nicht.«

»Ich vermute, es kam mir einfach nie in den Sinn, ich könnte mir selbst helfen, meine Probleme in den Griff zu kriegen. Das ist wahrscheinlich ein bisschen lächerlich.«

»Lächerlich?«

»Ich meine ja nur, wenn ich doch die ganze Zeit die Fähigkeit hatte, die Dinge auseinanderzudividieren … diese emotionalen Barrieren, wodurch mir mein ganzes Leben lang so viele Dinge vorenthalten wurden …«

»Vielleicht besaßen Sie diese Fähigkeiten damals noch nicht«, sagte Beth. »Vielleicht brauchten Sie Hilfe. Eine Orientierungshilfe.«

»Ja«, antwortete Eve und lächelte Beth an. »Die haben Sie mir gegeben.«

»Meiner Ansicht nach war es Teamarbeit«, sagte Beth. »Aber ich denke auch, dass das Timing eine große Rolle spielt. Manchmal verändert sich eine Situation in eine Richtung, die eine Tür aufstößt.«

»Das könnte sein. Aber ich habe ein Jahr gebraucht, um

überhaupt in Betracht zu ziehen, es bestünde die Möglichkeit, anders zu leben als in der gemeinsamen Zeit mit meiner Mutter. Sie starb, und ich habe einfach weitergemacht, als wäre sie noch da. Als würde sie mir immer noch vorschreiben, was ich zu tun und zu lassen habe.« Eve runzelte die Stirn. Dieses Thema versetzte ihr immer noch Nadelstiche.

»Meiner Erfahrung nach ist Logik ein extrem schwacher Gegner im Kampf mit der eigenen Erziehung und Kindheit, Eve. Sie mussten über viele Dinge hinwegkommen, und dazu benötigten Sie geeignetes Handwerkszeug. Aber diese Werkzeuge werden immer da sein, wenn Sie die Hand nach ihnen ausstrecken.«

»Ja«, sagte Eve. Sie wurde geradezu von einem Gefühl der Dankbarkeit Beth gegenüber überwältigt, die – darüber war sie sich im Klaren – nur ihre Arbeit machte. Nichtsdestotrotz war sie immer so mitfühlend gewesen. Ihre Zeit war fast um. »Ich fahre nach Paris«, sagte sie, »um meinen Freund Jack zu treffen.«

Von Jack hatte Eve ihrer Therapeutin nur sehr wenig erzählt. Wahrscheinlich hält sie ihn für einen barmherzigen Brieffreund, dachte sie. Aber das war ihr egal. Sie hatte ihn nur ein einziges Mal erwähnt, um sich selbst als jemanden darzustellen, der nicht völlig allein auf dieser Welt war.

»Paris«, sagte Beth erfreut. »Wie wunderbar.«

Als sie Beths Antwort hörte, wurde Eve klar, dass sie ihre Reisepläne laut ausgesprochen hatte, damit sie wahr wurden. Damit sie selbst daran glaubte. Sie wollte glauben, dass sie es schaffen konnte.

Kapitel 9

»Wie ich höre, sind Sie eine ganz wunderbare Köchin, Eve.«

Eve blieb eine Antwort erspart, da eins der Kinder seine Gabel wie einen Degen ausstreckte und dabei seinem Bruder, der umgehend mitspielte, ein »En garde!« zurief.

»Jungs!«, ermahnte Simon seine Söhne. Nur ein einziges tadelndes Wort, und sie ließen die Gabeln sinken und setzten sich wieder freundlich und folgsam ans Tischende, wie seit Beginn des Essens.

»Sie waren im Auto eingepfercht«, brachte Laura zu ihrer Entschuldigung vor.

»Mir ist da ein Park aufgefallen«, sagte Eve und war froh, sich auf praktisches Terrain begeben zu können. »Gleich in der nächsten Straße. Ich habe ihn bei unserer Ankunft bemerkt.«

»Oh, gut.« Laura lächelte und festigte so das zarte Band zwischen ihnen. »Dann können sie dort ja vor der Rückfahrt etwas Dampf ablassen.«

Eine reizende Frau, dachte Eve. Eine reizende Frau, die ein reizendes Leben lebt, das mein eigenes hätte sein können. Selbst wenn ihr diese Dinge kurz durch den Kopf schossen, so war Eve jemand, der zwar zu Selbstbeobachtung, möglicherweise zu Depressionen und sicherlich zu Furcht neigte, der jedoch keinerlei Neigung zu Verbitterung hatte.

»Ich finde, es war sehr mutig von Ihnen, herzukommen, Eve. Izzy kann sich glücklich schätzen, eine so selbstlose Mutter zu haben.« Sie blickten beide zu Izzy, die zwischen ihren jüngeren Halbbrüdern und ihrem Vater saß. Auf der anderen Seite der Jungs, zu Eves Linken, erzählte Ollie gerade Witze, über die alle lachten.

»Da bin ich mir nicht so sicher«, sagte Eve. Es war schwer, Laura nicht zu mögen. »Die Situation muss für Sie ja auch etwas unangenehm sein.«

»Für mich war immer nur Fiona ein Problem.«

Beide schwiegen nach Lauras Erwähnung von Fiona, der Frau, deretwegen Simon Eve verlassen hatte. Kurz danach hatte Virginia eingefordert, dass Eve so weitermachen sollte wie bisher, so wenig wie möglich mit Simon zu tun haben und unter keinen Umständen je mit *dieser Frau* in Kontakt treten sollte.

»Sie hat die ersten Jahre unserer Beziehung stark belastet«, sagte Laura. »Aber da gab es ja auch Tim, ihren Sohn, und er ist so ein netter junger Mann. Ich nehme an, Sie werden ihn vor der Hochzeit kennenlernen.«

»Ja«, antwortete Eve, »ich glaube, so lautet der Plan.« Sie konnte sich zwar nicht vorstellen, dass es tatsächlich dazu kommen würde, aber beide Frauen lächelten sich freundlich an. Letztendlich sind wir doch nur zwei Frauen, dachte Eve. Die Tatsache, dass ich mit demselben

Mann verheiratet war, muss doch kein Hindernis für eine Freundschaft sein. Und wenn sie die Tischgesellschaft betrachtete, dann sah sie eine Familie, etwas aus der Art geschlagen zwar, aber nichtsdestotrotz eine Familie.

»Und jetzt ist Izzy da«, sagte Laura. »Sie müssen sehr stolz auf sie sein.«

»Ja«, antwortete Eve, die plötzlich genau spürte, wie wahr diese Worte waren.

Laura seufzte. Ihr gegenüber lachten die Jungs immer noch. Ollie hielt sich ein Buttermesser als Schnurrbart unter die Nase, und Izzy wies ihn in genau dem gleichen Tonfall zurecht wie kurz zuvor ihr Vater seine Söhne.

»Darauf kommt es doch am Ende an, oder?«, fuhr Laura fort. »Auf die Kinder. Man muss immer versuchen, so zu handeln, wie es am besten für die Kinder ist.«

»Das stimmt.« Eve erwiderte ihren Blick. Laura hatte große braune Augen, die Wärme und Freundlichkeit ausstrahlten. »Obwohl ich diese Weisheit noch nicht intus hatte, als Izzy so alt war wie Ihre Jungs jetzt. Ich wünschte, es wäre so gewesen.«

Laura verzog ihren Mund zu einer kleinen Grimasse. »Mir ging es bis vor Kurzem nicht anders«, sagte sie. »Sogar noch vor ein oder zwei Jahren habe ich Energie darauf verschwendet, eifersüchtig auf Fiona zu sein. Sie rief nachts zu jeder x-beliebigen Zeit bei uns an und wollte irgendwas von Simon – meistens Geld. Natürlich wollte sie eigentlich nur seine Aufmerksamkeit haben. Ich will damit nicht sagen, dass ich sie nicht immer noch anstrengend finde, aber Tim habe ich wirklich sehr gerne, und, na ja, ich war krank.«

Eve nickte; sie wusste darüber Bescheid.

»Wie sich gezeigt hat, treffen alle Klischees zu«, erzählte Laura leise weiter. »Man bekommt nach so einer Erfahrung tatsächlich ein Gefühl dafür, was einem wirklich wichtig ist – zumindest ging es mir so. Und es scheint, als hätte Simon dieselben Schlüsse daraus gezogen. Was oft bei uns der Fall ist.« Sie wandte sich ihm zu und war außerstande, das Strahlen ihrer Liebe aus ihrem Gesicht zu verbannen. Doch dann schien sie sich wieder zu fangen und darauf zu besinnen, mit wem sie sich gerade unterhielt.

Eve legte ihr eine Hand auf den Arm. »Ja«, sagte sie, »auch ich hatte gerade erst so ein mahnendes Erlebnis.«

Endlich kam ihr Essen, und die Jungs waren begeistert beim Anblick einer riesigen Schüssel dünn geschnittener Pommes frites.

»Ich hoffe, wir …« Doch Eve beendete den Satz nicht, denn Laura tat es für sie.

»Wir schaffen das«, sagte sie. Sie beugte sich vor und bediente sich mit zwei spitzen Fingern bei den Pommes frites ihrer Söhne, streckte den beiden die Zunge heraus anlässlich ihrer Pseudo-Empörung und widmete sich dann wieder Eve. »Wir sind die Erwachsenen. Es ist unsere Aufgabe.«

Auf der Heimfahrt vom Restaurant, das auf halber Strecke zwischen London und Eves Zuhause in Dorset lag, sagte Izzy: »Mein Seeteufel war hervorragend.«

»*Alles* war sehr schön«, sagte Eve. »Gut gemacht. Das ganze Essen war sehr schön.«

»Ich fand den Service etwas langsam«, meinte Izzy.

»Das stimmt.« Eve pflichtete Izzy bei, um sie zu beschwichtigen. Sie war noch dasselbe Nervenbündel wie vor dem Essen. Eve hatte geglaubt, dass Izzy sich ein bisschen entspannen würde, da das Treffen ohne Zusammenstöße verlaufen war. Doch sie wirkte gereizt, seit sie ins Auto gestiegen waren, und lehnte sich über die Rückenlehne des Beifahrersitzes zurück, um sich mit hohlen Phrasen bei Eve über Nichtigkeiten zu beschweren.

»Die Kinder sind gut geraten, stimmt's?«, meinte Ollie. »Diese Jungs, Ed und Felix, haben prima durchgehalten, finde ich, so lange brav am Tisch zu sitzen. Das Essen hat sich doch ganz schön hingezogen.«

Izzy war zum ersten Mal still.

»Izzy hat sich auch immer besonders gut bei Tisch benommen«, sagte Eve. Sie wollte etwas für ihre Tochter tun, hatte dann aber fast noch im selben Moment, als die Worte ihren Mund verließen, Sorge, ob sie Izzy und Simons Söhne nicht vorschnell in eine Schublade gesteckt hatte – als Geschwister, die man miteinander verglich. Aber Izzy hing offensichtlich ihren eigenen Gedanken nach und reagierte nicht darauf.

Ollie erkannte, dass die Unterhaltung stockte, und machte das Radio an. Zu dritt lauschten sie die kommenden dreißig Meilen schweigend der Musik.

Sie verbrachten einen ruhigen Abend. Eve bereitete Omelettes zu, die sie vor dem Fernseher essen wollten. Ollie suchte den Film aus. Sie und Izzy plauderten zwanglos weiter, selbst als der Film losgegangen war. Izzy war gerade erst bei einer Anprobe des Hochzeitskleides gewesen.

»Sie mussten es ein bisschen enger machen«, sagte sie.

»Mir kam es auch so vor, als wärst du dünner geworden«, antwortete Eve und versuchte, ihren Kommentar nicht wie eine Kritik klingen zu lassen.

»Das ist bei allen Bräuten so«, entgegnete Izzy kurz angebunden.

Sie sahen den Film zu Ende, und als Eve nach oben ins Bett ging, blieben Ollie und Izzy ausgestreckt auf dem Sofa liegen, blätterten durch Zeitschriften und hörten mit halbem Ohr den Nachrichten zu. Und deshalb war Eve sich nicht sicher, ob sie träumte, als sie ein paar Stunden später von lauten Stimmen geweckt wurde. Die Geräusche kamen von unten, und ihr erster Impuls war, aufzustehen und nachzusehen. Sie nahm an, es wäre irgendetwas Alarmierendes passiert, aber dann hörte sie, dass die Stimmen sich stritten. Sich anbrüllten.

Eve wartete ab, nachdem sie ihre Beine aus dem Bett geschwungen hatte, und blieb still sitzen, die bloßen Füßen auf dem Boden. Fröstelnd schüttelte sie den Schlaf ab und hatte Angst, die beiden könnten durch irgendetwas bemerkt haben, dass sie wach geworden war. Sie wollte nicht, dass sie das Gefühl bekamen, sie würde ihnen nachspionieren. Langsam, wie ein Eindringling in ihrem eigenen Schlafzimmer, legte sie sich geräuschlos wieder ins Bett und verbarg ihren Kopf unter dem Kissen. Sie wollte nichts hören. Aber sie bekam immer noch alles mit, denn Bettzeug und Teppich und Deckenputz hatten den Gefühlsturbulenzen da unten nichts entgegenzusetzen.

»Oh, das ist so typisch für dich, Ollie«, hörte Eve Izzy kreischen. »Du bist so verdammt kindisch!«

»Ja, Izzy. Nenn du mich ruhig kindisch. Das ist deine beste Verteidigung, stimmt's? Ich bin ein riesiges Kind. Nicht sehr originell, oder?« Ollies Worte klangen zwar weniger schrill, waren aber durch seine Wut genauso laut wie die von Izzy.

Jetzt schwoll ihre Stimme wieder an, zuerst lediglich missmutig, doch schon kurz darauf voller Wut. »Es stimmt aber. Es ist *wahr.*«

Izzy schrie und klang, als hätte sie vollkommen die Kontrolle verloren. Eve machte sich solche Sorgen, dass sie sich mit dem Gefühl im Bauch, eingreifen zu müssen, erneut aufrichtete. Doch dann wurde ihr klar, dass sie das nicht durfte. Nicht konnte. Ausnahmsweise einmal war die Entscheidung, Abstand zu halten, berechtigt. Sie musste die beiden ihren eigenen Weg aus dieser Situation finden lassen. Es war ihre Angelegenheit. Sie wünschte, sie hätte von alldem nichts mitbekommen.

Dann knallte plötzlich eine Tür, und danach ebbte der Streit ab. Nur Eves Herz klopfte noch wie wild. Hör auf, dachte sie. Hör auf. Alles wird gut.

Am nächsten Morgen war es ganz still im Haus. Beim Duschen und Anziehen dachte Eve über die nächtliche Ruhestörung nach. Vermutlich war so etwas zu erwarten gewesen, versuchte sich Eve die Situation vernünftig zu begründen, genauso wie Izzys Gewichtsverlust. Vermutlich lag es an den typischerweise vor der Hochzeit blank liegenden Nerven. Hinzu kam noch – mal ganz abgesehen von all den organisatorischen Dingen, die Izzy sich aufgebürdet hatte, wie alle Bräute heutzutage –, dass Izzy und Ollie sich zusätzlich um die komplexe außerfamiliäre Situation kümmern mussten: um das Integrieren von Simon und seiner Frau und ihren Kindern ins Gesamtbild. Und dann war da noch das mangelnde Interesse von Ollies Mutter – sie hatte immer noch nicht gesagt, ob sie zur Hochzeit kommen würde, obwohl sich Ollies Schwester Cassie da ganz sicher zu sein schien. »Du kennst doch Mummy«, hatte sie zu Ollie gesagt. »Sie liebt es, sich in Szene zu setzen.«

Eve wünschte, sie könnte ihnen etwas von der Last abnehmen. Aber es fiel ihr nichts ein, was den beiden wirklich helfen würde. Sie beschloss, erst einmal Porridge zum Frühstück zu machen. Morgens wurde es jetzt bereits kühl. Und Izzy liebte Porridge.

Lieber Jack,
viele sorgen sich um die unter uns, die alleine leben. Ich kenne diese Art von Sorge, da ich ihr leider schon oft zum Opfer gefallen bin. Doch manchmal liegt in der Einsamkeit ein großer Luxus verborgen, vor allem, wenn sie durch materiellen Komfort abgesichert ist, was bei mir immer der Fall war. In letzter Zeit bin ich öfter mal aus meinem goldenen, eigenhändig zusammengezimmerten Käfig gesprungen. Allerdings bin ich nicht sicher, ob ich für einen Freiflug bereits gerüstet bin. Anders als Du. Du lebst in der großen

weiten Welt und nutzt dieses Leben als Treibstoff für Deine Arbeit. Ich hingegen bin voller Ehrfurcht für diese beiden Dinge, das Leben und Deine Arbeit.
Der Herbst steht uns ins Haus, der Garten sieht durch das Zurückschneiden ganz nackt aus. Zudem war es noch sehr windig, sodass die Bäume vorzeitig kahl geworden sind. Vielleicht kann die Welt da draußen noch ein bisschen länger auf mich warten. Heute Morgen mache ich Porridge, um sie abzuwehren. Im Hinblick auf die Zutaten (Wasser, Salz und strammes Rühren im Uhrzeigersinn) bin ich aus Tradition puritanisch, habe aber keine Einwände gegen das nachträgliche Hinzufügen von Zucker.
Eve

Hast du schon mal echtes Porridge gegessen, Dex? Angerührt mit Salz und Wasser?«

»Nö.«

»Ich auch nicht.«

Sie aßen French Toast in einem Restaurant, das auf ihrer Reiseroute lag. Die Kellnerin, die ihnen Kaffee nachschenkte, grinste Dex an. Er bekam wieder diese Berühmtheitsaura. Sie umhüllte ihn geradezu von oben bis unten. Frauen waren immer schon scharf auf ihn gewesen, aber mittlerweile klebten sie regelrecht an ihm.

»Was ist Porridge überhaupt?«, fragte er und schob gleichzeitig seine Tasse in Richtung Kanne, um nachgeschenkt zu bekommen. »Danke, Süße.«

Das Mädchen, wahrscheinlich neunzehn Jahre alt und zufrieden, mit einem Fuß bereits in Richtung Frausein unterwegs zu sein, lächelte ihn strahlend an und verschwand.

»Wenn ich eine mir unbekannte Frau mit diesem Gesichtsausdruck ›Süße‹ nennen würde, hätte ich ein blaues Auge«, sagte Jack.

Dex zuckte lediglich mit den Achseln.

»Porridge besteht aus Haferflocken. Die Briten bezeichnen das, was wir Haferflocken nennen, als ›Porridge‹. In Schottland machen sie es mit Wasser und etwas Salz.«

»Warum fragst du mich nicht gleich, ob ich Haferflocken mag? Und warum interessiert es dich, ob ich so etwas esse?«

»Mir ging nur gerade etwas durch den Kopf.«

Dex schob seinen Becher von sich weg. »Blödsinn.«

»Du mich auch«, sagte Jack.

»Porridge. Und dann dieses Orangen-Geleezeugs ... diese Marmelade.«

Jack reagierte nicht.

»Was soll eigentlich dieses ganze Briten-Theater in letzter Zeit?«

»Ich glaube nicht, dass Erkundigungen über Porridge und einen Klecks Marmelade schon ein ganzes ›Briten-Theater‹ ergeben.«

Aber Dex, der sich gerade für einen kleinen Auftritt warmlief, sagte: »Und ob. Da war doch auch noch diese andere Geschichte, die Sache mit dem guten alten Christmas-Pudding?«

Jack hatte einen Plumpudding bestellt, aus einem Versandkatalog, den Eve ihm empfohlen hatte. Sie hatte gemeint, ihrer wäre nicht besser, und außerdem wäre es sowieso zu spät, um die Früchte einzulegen. Diesen Katalog hatte er Dex gezeigt. »Das hier werde ich dieses Jahr auf deine Rippen kleistern«, hatte er gesagt. Sie verbrachten oft Weihnachten zusammen.

»Was ist verkehrt an einem ganz normalen Kuchen?«, hatte Dex sich beschwert.

»Also, was ist los? Wer ist diese Tussi?«, hakte er jetzt nach. Er hörte auf, mit einem halben Dutzend Süßstofftütchen herumzuspielen, und warf sie ausgebreitet, wie ein vielversprechendes Kartenblatt, auf den Tisch. Dann sah er Jack tief in die Augen.

»Dexter, ich tue durchaus Dinge – wenn auch nicht viele, das gebe ich gerne zu –, die nichts mit Tussis zu tun haben. Und dazu zählt auch das Kochen.«

»Kochen ist eine Sache. Das plötzliche Interesse an allem, was irgendwie britisch ist, ist eine ganz andere. Ganz sicher hat eine Tussi damit was zu tun.«

»Sie ist keine Tussi.«

»Aha.«

»Sie ist eine Freundin.«

»Eine britische Freundin.«

»Eine Köchin. Sie ist eine Kochfreundin.«

»Und wo hast du diese britische Kochfreundin kennengelernt?«

Jack sagte einen Moment lang nichts. »Ich habe sie noch nicht kennengelernt«, gab er schließlich zu.

»Du kennst sie überhaupt nicht?«

»Nein. Wir … schreiben uns. Das Ganze ist sehr vornehm und zurückhaltend. Wir tauschen Briefe übers Kochen aus.«

»Scheiße, Jack. Jetzt erzähl mir nicht, dass du dich bei einer dieser Online-Partnervermittlungen angemeldet hast. Das machen nur Versager.«

»Ich bin bei keiner Online-Partnervermittlung angemeldet, und Eve ist kein Versager, genauso wenig wie ich.«

»Du schreibst einer Tussi, die du noch nie getroffen hast, Kurzmitteilungen über bescheuertes Porridge.«

»Ganz sicher keine Kurzmitteilungen, gelegentlich mal eine E-Mail, und meistens Briefe. Alles sehr vornehm und zurückhaltend.«

»Alles sehr traurig. Weißt du wenigstens, wie sie aussieht?«

»Nein, das weiß ich nicht. Und es ist mir auch egal, wie sie aussieht. Wir sind einfach nur Freunde, wir reden übers Essen. Es ist …«

»Traurig.«

»Angenehm. Zutiefst angenehm.«

»Telefoniert ihr auch mal oder macht irgendwas, was aus dem einundzwanzigsten Jahrhundert stammt?«

»Nein. Einmal war ich kurz davor, aber sie steht nicht im Telefonbuch. Und außerdem habe ich meine Meinung gleich wieder geändert. Ich mag die Briefe.«

»Oh verdammt, Jack, als Nächstes wird sie dich treffen wollen, und dann musst du zwei Stunden unterm Big Ben stehen, mit einer Ausgabe von Shakespeares Sonetten in der Hand und einer roten Rose im Revers.«

Jack zückte sein Portemonnaie aus der hinteren Hosentasche und legte ein paar Geldscheine auf den Tisch.

»Weiß Adrienne von diesem Feinschmeckerfreundinnen-Ding?«, fragte Dex.

Jack sicherte die Scheine mit dem Salzstreuer und sagte: »Essen und Adrienne schließen sich gegenseitig aus. Und außerdem liegst du mit dem Big Ben völlig daneben. Es ist der Eiffelturm.«

»Du lieber Himmel«, sagte Dex. »Da habe ich dich gerade noch rechtzeitig ertappt.«

Ollie wollte kein Porridge. Er kam vor Izzy nach unten und lehnte Eves Angebot ab. Er wollte nur Kaffee. Sie war froh, dass er sich selbst bediente. Nicht weil er ihr so die Arbeit abnahm, sondern weil es zeigte, dass er sich in ihrem Haus wohlfühlte. Und es war ihr wichtig, dass er sich in ihrem Zuhause wohlfühlte.

»Alles klar, mein Lieber«, sagte sie.

Sie lächelten sich verlegen an, denn es war das erste Mal, dass sie etwas anderes als Ollie zu ihm gesagt hatte.

Er trank seinen Kaffee schnell aus und meinte dann, er würde im Ort Zeitungen besorgen. Männersache – eine Expedition, hinter der man sich verstecken konnte. »Brauchen Sie noch etwas, Mrs. P.?«

»Nein«, antwortete sie. Nein, sie brauchte nichts.

Ollie hob sein Cordjackett von der Stuhllehne und zog es an. Der Kragen stand auf einer Seite hoch. Eve kämpfte gegen den Impuls an, ihn nach unten zu klappen. Mit einem schwachen Klicken fiel die Tür hinter ihm ins Schloss.

Als das Auto wegfuhr, betrat Izzy die Küche. Sie war noch nicht angezogen und trug lediglich einen Morgenmantel, den sie seit ihrer Schulzeit besaß. Ihre Haare waren ungekämmt, und sie sah sehr blass aus. Sie freute sich über das Porridge und legte zuerst ihre Finger um die Schale, als könnte sie dadurch mehr Wärme aufnehmen. Dann schaufelte sie Sahne und Zucker darüber und aß schweigend ein paar Löffel, während Eve frischen Tee aufbrühte.

»Ich nehme mal an, du hast uns gehört«, sagte Izzy.

Eve stellte die Teekanne auf den Tisch und verneinte nicht, auch wenn sie es liebend gerne getan hätte.

»Wir hatten einen heftigen Streit«, erklärte Izzy unnötigerweise.

»Ihr habt momentan viel um die Ohren«, erwiderte Eve.

»Ja.« Izzy schenkte sich eine Tasse Tee ein und gab Milch aus einem blau-weißen Krug dazu. »Der gehörte Gin-gin, oder?« Sie nahm ihn genauer unter die Lupe.

»Ja, das stimmt. Ich habe ihn aus ihrer letzten Wohnung in Primrose Hill mit hierhergebracht.«

»Ich vermisse sie so sehr.« Izzy stellte den kleinen Krug wieder ab und starrte ihn mit ernster Miene an. »Ich habe es satt, mir anzuhören, was für eine fiese alte Hexe sie war. Ich vermisse sie.«

Eve dachte einen Moment lang nach und suchte im Inneren nach der richtigen Reaktion. Sie wollte so auf Izzy eingehen, wie Gwen oder Beth in Situationen wie diesen auf sie eingegangen waren. Sie wollte echten Trost anbieten, der weder zu fröhlich noch zu fadenscheinig klang.

»Das überrascht mich nicht«, sagte sie schließlich leise.

Izzy sah sie direkt an. In ihrem Blick lag ein nervöses, beunruhigtes Zucken, aber ihre Stimme klang klar und deutlich. »Aber du hast sie gehasst, oder? Und mein Vater hat sie auch gehasst. Simon … er hat gesagt, dass niemand außer mir sie gemocht hat.«

Eve seufzte und klammerte sich fest an den Fels der Objektivität. »Sie war eine schwierige Frau. Eine sehr schwierige Frau und eine schwierige Mutter, aber das soll auf gar keinen Fall dein Verhältnis zu ihr herabwürdigen. Ihr beide hattet eure ganz eigene Beziehung, und nur das zählt und war wichtig für dich. Das ist es immer noch. Ich möchte wirklich nicht mit dem Gedanken leben, ich hätte dir das Gefühl gegeben, du dürftest sie nicht lieben, nur weil ich es nicht konnte.«

Das Merkwürdige daran war, dass Eve gerade zum ersten Mal laut und deutlich zugegeben hatte, dass sie ihre Mutter nicht geliebt hatte. Die Vorstellung, Kinder würden ihre Eltern lieben, war so allgemeingültig, dass sie dem nie laut widersprochen hatte. Und jetzt war das Aussprechen dieser Worte wie eine Befreiung. Sie legte Izzy eine Hand auf die Schulter und dachte, wie zerbrechlich sie sich selbst durch den dicken Morgenmantel aus Flanell anfühlte. »Ich versuche zu helfen«, sagte sie. »Auf jede erdenkliche Weise, die mir möglich ist.«

Izzy sagte nichts, hob aber ihre eigene Hand und legte sie kurz auf die von Eve. Nur eine Sekunde lang, in der Eve sich in der Wärme sonnte. Eine Geste, für die sie so dankbar war, dass sie beinahe weinen musste. Dann riss sie sich los und begann, den Frühstückstisch abzuräumen und allerlei Zutaten auf dem Küchentresen bereitzustellen.

»Wofür ist das?«, fragte Izzy.

»Kürbiskuchen.«

»Wie amerikanisch. Ich glaube, das habe ich noch nie probiert.«

»Ich auch nicht, darum … na ja, ich fand, es wäre schön, mal etwas anderes auszuprobieren. Etwas Neues.«

»Es ist doch alles neu, oder?«, murmelte Izzy. Sie stand auf, ging durch die Küche zur Spüle, wo sie geistesabwesend ihre leere Schale abwusch. »Alles ist neu.«

Also gut, diese Tussi schickt dir einen Fanbrief, und dann fangt ihr an, euch gegenseitig über Porridge auszutauschen, und jetzt fahrt ihr nach Paris, um eure Liebe für Crêpes zu teilen. Trifft es das?«

»Mehr oder weniger.«

Sie waren wieder unterwegs. Jack saß am Steuer und war ganz froh über die fehlenden Gelegenheiten für Blickkontakt.

»Und das Ganze findet über der Gürtellinie statt? Keine Schweinigeleien?«

»Keine Schweinigeleien.«

»Jack, das ist total verrückt.« Er beugte sich vor, um eine Straßenkarte wieder ins Handschuhfach zu stopfen. »Ich sehe ja den Reiz an der Sache. Dich hat es in letzter Zeit ziemlich erwischt. Meiner Meinung nach funktionierst du momentan nicht so, wie du normalerweise funktionieren würdest, wie du sogar noch vor ein paar Monaten funktioniert hast. Und ich glaube, dieses Theater … für eine Frau zu schwärmen, die du noch nie getroffen hast und wahrscheinlich auch nie treffen wirst, gehört dazu. Es gehört zu dieser Phase von … ich weiß auch nicht … von mentalem Chaos, die du gerade durchmachst.«

»Ganz plötzlich sind alle unheimlich scharf darauf, mir zu sagen, was ich gerade durchmache«, sagte Jack.

»Tja, vielleicht sehen ›alle‹ ja Dinge, die du nicht sehen kannst.«

»Wie zum Beispiel?«

»Wie zum Beispiel, dass du dich in einer Krise befindest, und zwar nicht wegen Marnie. Also, ich glaube schon, dass die Trennung von Marnie dich getroffen hat, aber nicht sehr tief. Ich glaube auch nicht, dass du jemals in sie verliebt warst.«

Jack war überrascht. Nicht über den Inhalt der Worte an sich, sondern darüber, dass es Dex war, der sie aussprach. »War es so offensichtlich?«

»Ziemlich. Für mich jedenfalls. Für sie wahrscheinlich auch.«

»Ich habe die Nase voll davon, Frauen unglücklich zu machen, Dex.« Jack seufzte und ließ sich tiefer in den Fahrersitz fallen. Sie befanden sich auf einer langen geraden Straße, und das Auto fuhr wie von selbst. »Es ist so sinnlos und anstrengend. Ich bin zu alt dafür.«

»Was ist mit Adrienne?«, fragte Dex.

»Was soll mit Adrienne sein?«

»Na ja, sie ist eine attraktive Frau, Jack. Ich habe mit ihr geredet, sie mag dich wirklich. Warum kommst du nicht einfach mal mit ihr zur Ruhe? Nimm dir ein bisschen Zeit, deine Angelegenheiten zu sortieren. Vielleicht solltest du sogar eine Therapie machen. So sicher wie das Amen in der Kirche findest du das, was du suchst, nicht, indem du einer einsamen englischen Jungfer in Paris hinterherjagst. Vorausgesetzt, es handelt sich um eine einsame alte

Jungfer. Wahrscheinlich ist es ein schwuler Lustmolch in Marokko, der dir was vorgaukelt. Verdammt noch mal, Jack, wehe, ich muss irgendwann über den großen Teich fliegen, um deinen Leichnam zu identifizieren.«

Jack lächelte, sagte aber nichts. Er bog ab auf einen leeren Parkplatz. »Lust, ein bisschen die Füße zu vertreten?«, fragte er.

»Klar.«

Jack stieg aus und lehnte sich gegen das Auto. Er ließ seinen Blick staunend über die Straße zu den immer noch leuchtenden Blättern eines Zuckerahorns schweifen. Dex, der ebenfalls ausgestiegen war, umrundete den Kofferraum und stellte sich neben ihn. Dann verschränkte er die Arme und neigte sich leicht zur Seite.

Sie standen nebeneinander, genossen gemeinsam die überdeutlich wahrnehmbare Stille und bemerkten die Wärme ihrer sich berührenden Oberarme durch den Stoff ihrer Jacken hindurch. In diesem Augenblick verschwand die oberflächliche, alberne Heiterkeit, an die sich ihre Freundschaft im Alltag klammerte. Jack spürte, dass Dex nicht die gewohnte beharrliche, manchmal beschwipste Zuneigung verströmte, die sie sich gegenseitig in den letzten Jahren so oft bekundet hatten. Diesmal fühlte es sich wie reine, tiefe und ernsthafte Sorge um ihn an.

Einer der Gründe, weshalb Jack seinem Freund von Eve erzählt hatte, war, dass er hören wollte, was er von der ganzen Sache hielt. Und er war sich ziemlich sicher gewesen, was Dex dazu sagen würde: dass es verrückt war. Weil Jack das gelegentlich selbst fand – vor allem bei Tageslicht betrachtet. Irgendetwas an seiner Beziehung zu Eve war ein bisschen merkwürdig. Nicht so sehr die Beziehung an sich, sondern seine Abhängigkeit davon, seine Abhängigkeit von einer Fremden.

Später, als sie zum Tanken anhielten, ging Dex erst zur Toilette und wollte anschließend Kaffee holen. Nach dem Tanken parkte Jack den Wagen und rief Adrienne an.

»Hallo, Liebes.«

»Jack?«

»Wen hast du denn erwartet?«

Sie lachte leise. Hinter sich konnte Jack das unablässige Rauschen des Autobahnverkehrs jenseits der abschirmenden Gebäude, Werbetafeln und Straßenschilder hören.

»Na ja, dich eher nicht. Ich dachte, ihr beide hättet den Frauen abgeschworen, du weißt schon, Männer unterwegs und so?«

»O ja, wir nehmen mit unserem Testosteron ganz gut Fahrt auf.«

Sie lachte wieder. Es klang schön.

»Ich vermisse dich«, sagte er. Er sah, wie Dex sich auf den Weg zurück zum Auto machte.

»Lieb, dass du das sagst.«

»Kommst du mich am nächsten Wochenende besuchen?«

»Hm … klar, ich denke schon. Ruf mich an, wenn du wieder da bist, bis dahin kann ich es genauer sagen.«

Ihr Zögern fachte seine Begierde nur noch stärker an.

Dex öffnete die Beifahrertür und stieg wieder ins Auto. Er hielt Jack eine Zeitung vor die Nase und schlug mit der

Hand dagegen, genau auf ein Foto von sich. In dem Artikel ging es um seinen neuen Film.

»Hat Adrienne das Foto gemacht?«, fragte Jack und lehnte sich im Fahrersitz zurück.

»Nein, es ist ein Foto für die Bewerbung des Films«, antwortete Dex. »Die von Adrienne sind viel besser.«

»Sie ist gut, oder?«

»Natürlich ist sie das«, entgegnete Dex. »Oder glaubst du etwa, ich hätte dich mit irgendeinem hoffnungslosen Fall verkuppelt?«

Jack lachte. »Nein«, sagte er, »das kann ich mir bei dir nicht vorstellen.«

Es ist wirklich riskant«, meinte Gwen. »Man liest doch ständig über solche Dinge in der Zeitung. Über Verrückte im Internet.«

»Er ist kein Verrückter, Gwen.«

»Also, die Leute halten Verrückte eben nicht für verrückt, oder? Genau das ist doch das Problem.«

»Sein Name ist Jackson Cooper. Er ist ein sehr bekannter Schriftsteller.«

»Das behauptet er.«

»Und ich werde es ja sehen.«

»Wie denn?«

»Ganz einfach, wenn ich einen Mann sehe, der aussieht wie Jackson Cooper, dann werde ich wissen, dass er es ist.«

»Er könnte immer noch ein Verrückter sein. Viele berühmte Leute sind verrückt.«

»Das stimmt wohl«, gab Eve zu. Sie wusste, dass Gwen die Stimme der Vernunft in ihrem Leben verkörperte und dass das, was sie gerade eben gesagt hatte, natürlich höchst plausibel klang. Es war genau das, was sie selbst zu jemandem gesagt hätte: Sei kein Idiot.

»Sie wollen doch bestimmt nicht in ein fremdes Land fliegen, um einen Verrückten zu treffen«, fuhr Gwen fort. »Übrigens tummeln sich reichlich von diesen Typen jeden Samstagabend im White Horse, falls es Sie interessiert.«

Eve dachte über dieses Gespräch nach, während sie die Pastete fertig zubereitete. Als endlich auch der Schweinebraten im Ofen war, setzte sie sich hin, um das Feuilleton der Zeitung von vorgestern durchzulesen. Dabei stieß sie auf einen Artikel über einen neuen Film, der im Frühling anlaufen würde. Sie las den Artikel, ohne etwas von der Verbindung zwischen ihr und dem unglaublich gut aussehenden Schauspieler auf den Fotos zu ahnen.

Kapitel 10

»Ich habe dir doch gesagt, wie sehr du mir fehlst.«

»Jetzt glaube ich dir.«

Im Glanz der späten Nachmittagssonne wirkten ihre Gesichtszüge weicher, sodass ihre Nase und ihre Oberlippe weniger scharfe Konturen hatten. Als ob ein perfekter Wachsabdruck ihres Gesichts ganz leicht zu schmelzen begonnen hätte. Dieser Anblick machte ihn sentimental. Er fuhr mit einem Finger über die Innenseite ihres Arms, streichelte die zarte, blasse Haut in der Beuge und gestattete sich für einen kurzen, mutigen Moment, in Bewunderung zu versinken.

»Wir haben uns neulich irgendwie auf dem falschen Fuß erwischt«, sagte er leise.

»Ja«, erwiderte Adrienne klar und deutlich, aber nicht besonders leidenschaftlich.

»Ich möchte nicht, dass so etwas noch einmal passiert. Zumindest möchte ich es weitestgehend vermeiden.« Er küsste ihre Schulter.

Adrienne verlagerte ihre Position und löste ihre Hand von seinem nackten Rücken. Diese Bewegung erweckte nicht nur die jetzt frisch entblößte Hautpartie zum Leben, sondern auch den Rest von ihm. Er rollte auf die Seite und setzte sich gerade hin. Der ihm vertraute Raum mit den abgewetzten Ledermöbeln, der goldglänzenden Bettwäsche und dem feinen Riss in der einen Ecke der Zimmerdecke rückte wieder ins Blickfeld.

»Möchtest du ein Glas Wein?«, fragte er.

»Gerne.« Sie lächelte ihn an und richtete sich ebenfalls auf. Ihre kleinen, wohlgeformten Brüste tauchten unter dem Laken hervor und schienen in der Luft zu schweben. Immer wieder brachte ihr Anblick ihn dazu, an reine, durchsichtige Dinge zu denken, an Wasser.

»Bleib hier«, sagte er, »ich bringe es dir.«

Sie legte sich ein Kissen zurecht, ließ sich rücklings hineinfallen und lächelte ihn an.

Als er mit den Gläsern und der Flasche zurückkam, setzte er sich ans Fußende des Bettes und sah sie einfach nur an. Sie prosteten sich mit einem leichten Heben der Gläser zu.

»Du bist eine wunderschöne Frau«, sagte Jack.

»Danke«, sagte sie ohne einen Anflug von Verlegenheit. Sie nahm das Kompliment genauso an, wie sie einen Kommentar über ihre Körpergröße zur Kenntnis genommen hätte. Ihre Art, so im Reinen mit sich selbst zu sein, war nur ein weiterer Faktor, der sie von den anderen Frauen, mit denen es Jack bislang zu tun gehabt hatte, unterschied. Allesamt neurotischere Frauen – quirliger, lustiger und unübersehbar sexy, aber eben neurotisch. Jack war langsam, aber sicher klar geworden, dass er genug hatte von irgendwelchen Neurosen. Auf dem Gebiet brauchte er wahrlich keinen Nachschub.

»Ich habe über die anstehenden Feiertage nachgedacht«, sagte er. »Ich überlege, an Thanksgiving eine Party zu geben. Die letzte Sause mit Nachbarn und Freunden ist schon eine Weile her, und ich bin mal wieder an der Reihe.«

»Aha.«

»Bist du im Lande? Willst du herkommen? Ich habe mich gefragt, ob du nicht vielleicht mal länger hier sein möchtest, eine Woche oder so?«

Erst viel später fiel ihm auf, dass sie seine Frage bezüglich Thanksgiving nicht beantwortet hatte. Denn direkt danach hatte er ihr das Glas abgenommen und es auf dem Nachttisch abgestellt, neben dem Reisewecker im Lederetui, der seinem Vater gehört hatte. Anschließend hatte er eine dieser kühlen, vorlauten Brüste mit einer Hand umhüllt und sie noch einmal geliebt, langsam, beinahe respektvoll. Bis sie gebadet und sich angezogen hatten und hinuntergegangen waren, war es bereits dunkel geworden.

»Also, was meinst du?«, erinnerte er sie an seine Frage, als sie sich zum Essen niederließen. Ein einfaches Gericht, als Zugeständnis an sie. Wenn er das mit Adrienne nicht hinbekam, war es ganz allein sein Fehler, so viel war ihm klar. Sie war eine durch und durch erwachsene Person – eine gut aussehende, talentierte Frau ohne Anhang. Er würde diese Geschichte mit Erfolg krönen.

»Normalerweise verbringe ich Thanksgiving mit meinem Vater in San Francisco.«

Er wartete auf eine Einladung, und während er wartete, wurde ihm bewusst, dass er eigentlich überhaupt nicht scharf darauf war. Und dennoch war er ein bisschen ernüchtert, als keine kam.

»Oh, natürlich, dann vielleicht über Weihnachten.«

»Sicher.«

»Oder Neujahr«, schlug er vor, weil er eine endgültige Antwort von ihr hören wollte. Er wollte, dass sie sich auf irgendetwas festlegte – auf ihn. Sie aber schwebte an ihm vorbei, unerreichbar. Dass er nicht über sie verfügen konnte, war eine harte Prüfung für ihn.

»Neujahr«, sagte sie mit einem versonnenen Lächeln, »da ist ja noch eine Weile hin.«

Liebe Eve,
Einsamkeit ist ein Geschenk, da stimme ich Dir zu, obwohl Schriftsteller niemals wirklich einsam sind. Allerdings waren meine frühesten Erfahrungen in der Welt allesamt erfreulich, und wahrscheinlich wurde dadurch mein Vertrauen in diesen Ort begünstigt. Wir nähern uns den Monaten im Jahr, in denen uns grenzenlose Zuneigung durch Sitten und Gebräuche und Grußkartenhersteller aufgezwungen wird, wobei ich zugeben muss, dass ich aus freien Stücken mitmache. Ich habe eine Schwäche für den Riesenvogel und die strahlenden Gesichter. Und die kandierten Süßkartoffeln (Rezept liegt bei).
Frohes Thanksgiving, Eve.
Jack

Lieber Jack,
Süßkartoffeln waren nicht aufzutreiben, aber ich habe Eurem Feiertag zu Ehren einen Truthahn zubereitet, nur die Bruststücke, geschwenkt in Butter und Marsala. Ich frage mich gerade, ob diese Kombination wohl auch mit Ente funktioniert. Es wäre ein sehr üppiges Essen, aber mit gedünstetem Gemüse und Steckrüben, um die Süße einzudämmen, sollte es gehen. Was meinst Du? Was Ente betrifft, mache ich es mir einfach und brate die Brust kurz an, und dann bereite ich eine Soße mit Sherry und Orangensaft und Marmelade zu. Ein bisschen Experimentierfreude könnte mir bestimmt nicht schaden. Übrigens, falls Du jemals eine ganze Ente brätst, trockne die Haut zuerst mit einem Föhn. So wird sie mindestens so knusprig wie durch Abhängen.
Was noch … Ich habe einen Kürbiskuchen gebacken, nicht heute, aber vor ein paar Wochen, als ich ein paar Gesichter um mich hatte, keine strahlenden zwar, aber immerhin Gesichter, mit denen ich ihn teilen konnte. Er hat ganz gut geschmeckt, aber Kürbisse sind hier ein bisschen mehlig und farblos, daher musste ich Dosenkürbis auftreiben. Ich habe ein Rezept für Kürbiskuchen aus Kriegszeiten beigelegt, das wird Dir gefallen. Darin kommt Kokosnussextrakt vor, was ursprünglich sicher nicht vorgesehen war, aber in die damalige Zeit passt. Sie mussten eben mit dem auskommen, was es gab. Hier ganz besonders.
Ich hoffe, Du bist und bleibst gesund.
Eve

Der Abschiedsgruß klang für Jack etwas förmlich, und der Ton erinnerte ihn an ihre ersten Briefe. Paris hatte sie nicht erwähnt, und er war ziemlich erleichtert, dass die Reisepläne offensichtlich auf Eis gelegt worden waren. Adrienne würde die Idee vielleicht doch nicht so gut finden – die Reaktion einer Frau auf solche Dinge war nichts, worauf man Wetten abschließen sollte. Natürlich könnte er Adrienne einladen, mit ihm nach Paris zu fahren. Und dann könnten sie Eve gemeinsam treffen. Aber er merkte selbst, noch während er diesem Gedanken nachhing, wie absurd er war. Eve war etwas ganz anderes. War von Anfang an etwas anderes gewesen. Etwas, das außerhalb seines restlichen Lebens stattfand.

Das tue ich. Gesund und munter. Und danke für das Kürbiskuchenrezept. Ich werde es ausprobieren.
Jack

Thanksgiving verbrachte Jack auf einer Party von Lisa. Das Catering hatte sie aus New York kommen lassen. Den ganzen Abend lang klebte sie an der Seite ihres deutschen Milliardärs, einem hochgewachsenen Typen mit einem Amboss als Kinn und einer ausgeprägten Persönlichkeit.

Die Kinder des Milliardärs – drei an der Zahl im Teenageralter – waren ebenfalls da. Sie warfen Lisa derartig hasserfüllte Blicke zu, dass jeder es sehen konnte. Lisa ihrerseits sah die drei an, als gingen sie noch in die Vorschule. Und sie redete auch so mit ihnen. Ohne Zweifel wünschte sie sich, dass sie noch in diesem Alter wären. Mit dem heutigen Abstand und erfüllt von einer gewissen Milde, die von Schuldgefühlen in einem Mann hervorgerufen werden kann, hatte er beinahe Mitleid mit ihr. Von seinem neuen gönnerhaften Standpunkt aus konnte er sehen, dass Lisa eine Chance gehabt hätte, wenn ihr deutscher Milliardär vielleicht mit nur einem Mädchen im Schlepptau aufgekreuzt wäre – ein kleines Mädchen hätte sie mit Weihnachtskugeln und guter Laune bezirzen können. Plötzlich wurde ihm klar, dass viele von Lisas eher nervtötenden Eigenschaften durch die stetigen Liebesbeweise ihres Milliardärs besänftigt und abgeschwächt worden waren. Sie war tatsächlich lustig. Er freute sich, dass der Milliardär ihre Rolle als Gastgeberin mit dem Gesichtsausdruck eines Jungen beobachtete, der endlich mit seinem Glas einen Schmetterling gefangen hat.

»Das ist Bitsy«, sagte Lisa gerade zu Jack, und in ihrem Blick lag die Überzeugung, sie täte ihm einen Gefallen. Ihr neuer Status als Teil eines Paares stimmte sie ihm gegenüber gnädig.

Bitsy, frisch geschieden, vormals verheiratet mit einem berühmten Politiker, zeigte Jack mit einem breiten Grinsen im Gesicht ihre Zähne. Begleitet wurde sie von einer zum Flirten aufgelegten siebzehnjährigen Tochter, die bereits die Aufmerksamkeit eines der Milliardärskinder auf sich gezogen hatte. Sie grinste Jack ebenfalls an. Jack war bereits auf dem Absprung, und als sich auch noch der Sohn des Milliardärs plump zu ihnen gesellte, machte er sich mit einer Entschuldigung davon.

»Ganz schöner Zirkus hier, was?« Freudig suchte er

Zuflucht bei einem alten Freund, Henry Franklin. Er stand unauffällig in einer Ecke neben einer Einbauvitrine, vollgestellt mit Nippes und Porzellan und überteuertem Tand, genau wie der Rest des Hauses. In Verbindung mit den vielen Kerzen und Blumen als üppige Thanksgiving-Dekoration und den beschwingten, aufgetakelten Partygästen bekam das Ganze etwas von einem Kaleidoskop. Henry beobachtete das Geschehen um ihn herum mit einem Ausdruck, der Jacks Ansicht nach seine eigenen Gefühle perfekt auf den Punkt brachte: angesiedelt irgendwo zwischen Faszination und Ekel.

»Fast nur Schimpansen und Clowns«, antwortete Henry.

»Wie geht es dir, Henry?«

»Nicht so übel, Jackson, mein Junge. Und wie geht es dir?«

»Ich bereite mich auf Scheidung Nummer zwei vor, werde bald fünfzig und suche nach dem Sinn des Lebens.«

»Hör auf zu suchen. Er wird dich am Arsch erwischen, wenn du es am wenigsten erwartest.«

Jack lachte.

»Und reg dich auf gar keinen Fall darüber auf, fünfzig zu werden. Daran ist nichts verkehrt, außer dass die Sechzig danach rasend schnell näherkommt.« Er nippte an seinem Drink. »Und du willst gar nicht wissen, wie das mit siebzig und achtzig abläuft«, fuhr er fort. »Diese Schweine erwischen dich kalt von hinten.«

Jetzt mussten sie beide lachen.

»Es tut mir leid, dass ich nicht öfter vorbeigeschaut habe, seit …« Jack zögerte und trank einen Schluck von seinem Campari Soda, den er aus einer Laune heraus bestellt hatte. Das Gespräch führte ihm einmal mehr vor Augen, wie wenig er in letzter Zeit für seine Freunde da gewesen war.

»Seit Suzannas Tod«, beendete Henry den Satz.

»Seit Suzannas Tod«, wiederholte Jack.

»Na ja, ohne Suzanna bin ich keine so schillernde Figur mehr.«

»Wirklich nicht?«, fragte Jack nach und meinte es ernst.

»Nein. Dafür bin ich dünner.«

»Niemand konnte es mit ihren Kochkünsten aufnehmen.«

»Genau das hat sie von dir auch behauptet.«

»Ehrlich?«

»Ehrlich.«

Henry trug das übliche Tweed-Jackett und eine kastanienbraune Fliege. Er sah Jack an, nicht wie ein Vater, aber vielleicht wie einer dieser weisen Collegeprofessoren, bei denen man dazu neigt, sie nach den Abschlussprüfungen romantisch zu verklären. »Wieso kochst du denn heute Abend nicht? Ich hatte schon auf eine Einladung spekuliert. Ehrlich gesagt habe ich diese hier nur aus dem Grund angenommen, damit ich dich treffen und fragen kann, ob du uns Weihnachten ein Rinderfilet zubereitest. Abgesehen davon, dass mir durch diese Party hier erspart bleibt, zu meiner Tochter zu fliegen und mich drei Tage lang wie ein altersschwacher Greis behandeln zu lassen.«

»Zurzeit koche ich nicht mehr so oft, Henry«, sagte Jack. »Ich glaube, ich koche sowieso nur aus dem Grund, warum andere Leute trinken – um zu vergessen.«

»Blödsinn«, sagte Henry. »Da redet dir irgendeine Frau totalen Schwachsinn ein.«

»Henry, du bist jetzt die zweite Person, die mir innerhalb von zwei Monaten unterstellt, ich sei unfähig, ohne den Einfluss einer Frau einen klaren Gedanken zu fassen.«

»Nicht unfähig, Jack, unwillig.«

Auf der anderen Seite des Raums kicherte Lisa. Unwillkürlich schauderte es Jack.

»Wie kommst du darauf? Ich halte mich eigentlich für so etwas wie einen echten Kerl.«

»Na klar, aber über fünfzig ist so was totaler Unsinn. Wenn Männer so Zeugs von sich geben, heißt das nichts anderes, als dass sie, wie alle anderen Arschlöcher auch, das tun, was irgendwelche Frauen ihnen vorquatschen. Und dann bringen sie die Frauen zum Weinen und lügen sich in die eigene Tasche, was für Mordshelden sie doch sind. Glücklicherweise verabschieden sich intelligente Männer, wenn sie heterosexuell sind – zwei Kategorien, unter die du meiner Ansicht nach ausdrücklich fällst – irgendwann von der Vorstellung, von Frauen unabhängig zu sein. Ich habe lange gebraucht, um zu kapieren, dass ich von Suzanna abhängig bin und dass ich sie nicht mehr zum Weinen bringen möchte.«

»Ich bin erstaunt, dass du Suzanna jemals zum Weinen gebracht hast. Ihr wart das glücklichste Paar, das mir je begegnet ist.«

»Vielleicht lag es am Kochen.«

»Vielleicht.«

»Hör nicht auf zu kochen, Jack, und schreib niemals den Gedanken ab, dass da draußen die richtige Frau für dich herumläuft. Zu viele Männer in deinem Alter ziehen nur aus Angst mit irgendeiner langweiligen Schnalle zusammen oder, noch schlimmer, mit einer Krankenschwester. Sie haben Angst, auf sich allein gestellt herumzugeistern und mit Eierflecken auf der Krawatte darauf zu warten, dass der Postbote sie tot vor der Tür findet, weil sie versucht haben, in einer frostigen Nacht im Freien zu pinkeln. Und solltest du die richtige Frau nicht finden, dann leb alleine und schreib und koch viel. Das kannst du gut, und am Ende ist es das, was man gut kann, was einem Freude macht und das Gefühl gibt, man selbst zu sein. Ich bin höllisch alt, Jack, ich weiß also, wovon ich rede. Jetzt lade mich endlich Weihnachten zu dir nach Hause ein und besorg mir einen neuen Drink. Und hüte dich vor der mit dem Riesengebiss und ihrer Lolita-Tochter im Schlepptau. Sie hat dich an die Kette gelegt, bevor du das Wort Unterhalt überhaupt ausgesprochen hast.«

Am nächsten Morgen stand Jack spät auf. Meer und Himmel verschmolzen stahlgrau ineinander, und draußen herrschte eine eisige Kälte. Er machte ein Kaminfeuer an und legte Musik auf. In seiner Küche, in der weder Angeberei noch Luxus einen Platz hatte, schnitt er sechs Zwiebeln in dünne Scheiben und dünstete sie in geschmolzener Butter in einer schweren Pfanne, auf kleiner Flamme. Er merkte, wie er zufrieden seufzte – Jack empfand die Prozedur, Zwiebeln zu rösten, so herzerwärmend wie ein heißes Bad –, und ließ Pfanne und Butter ihre Arbeit tun. Er ging zurück zum Kamin und machte es sich mit einem Buch bequem.

Bei seiner Lektüre handelte es sich um einen schmalen, angesagten zeitgenössischen Roman – ein Geschenk von Adrienne. Sie hatte es ihm per Boten schicken lassen und eine Nachricht dazugelegt. »Jack, das musst Du lesen. Adrienne.« *Du musst*. Falls Jack angesichts dieser Begeisterung eine Augenbraue hochgezogen hatte, so hatte er sie gleich wieder gesenkt. Also gut, er würde es lesen.

Er holte sich noch ein Glas Pernod und verfrachtete seine Füße auf die abgewetzte Gobelinstickerei seiner Lieblingsfußbank. Der Duft nach Zwiebeln zog zu ihm herüber, und er atmete das süße Aroma tief ein. Im Kamin knisterte das Feuer heimelig vor sich hin, und die Klänge eines vertrauten Pianisten schwebten, mal anschwellend, dann wieder leise, aus den Lautsprechern in der Ecke durch den Raum. Vorsichtig schlug er Adriennes Geschenk auf, als müsste er einen Felsbrocken wenden. Dann fuhr er sachte mit einem Finger über den Buchrücken und brach ihn leicht, damit er das Buch aufgeschlagen in einer Hand halten konnte.

Als Jack fünf Seiten gelesen hatte, fragte er sich, was er zu Adrienne sagen sollte. Sie hatte bereits angerufen, um sicherzugehen, dass das Buch angekommen war, und war ganz versessen darauf, den Inhalt mit ihm zu diskutieren. Er las die nächsten fünf Seiten. Dann stand er auf und ging in die Küche, um die Zwiebeln ein paarmal mit einem Holzspatel zu wenden, obwohl es gar nicht nötig gewesen wäre. Anschließend widmete er sich zum dritten Mal dem Roman, nahm ihn wieder in die Hand und betrachtete ihn versonnen wie ein alter Mann seine Armbanduhr. Er überflog noch ein paar Seiten. Mittlerweile war sein Desinteresse so gewaltig, dass er damit begann, sich ganz der Freude am Aroma der Zwiebeln hinzugeben.

Schließlich schlug er das Buch zu, starrte einen Moment lang auf den Umschlag – die geschmackvolle Abbildung eines Blattes mit schwarz umrandeten Konturen –, stand erneut auf und ging zurück in die Küche. Er trat auf das Pedal seines Mülleimers, um den Deckel zu öffnen, und schmiss das Buch hinein. Dann leerte er das Glas Pernod in einem Zug.

Den Blick auf den kontrastarmen Horizont und die vom Frost überzuckerten Ränder der Novemberlandschaft vor sich geheftet, wusste er tief in seinem Inneren, dass fehlende schlechte Angewohnheiten nicht ausreichten, um seine Beziehung zu Adrienne aufrechtzuerhalten. Und er wusste ebenfalls – und auch daraus gab es keinen Ausweg –, dass es so ziemlich genau darauf hinauslief. Sie hatte keine ersichtlichen Fehler, und er hatte ihr zuliebe seine besten Manieren mobilisiert. Aber irgendwann, und zwar bald, würde er ein richtiges gutes Steak essen und über Austern reden wollen oder es sich mit einem kleinen Schundroman gemütlich machen, während sie in der Nähe war. Und obwohl ihm bewusst war, dass Adrienne sich darüber nicht beschweren oder mit ihm streiten, sondern es ihm sogar zugestehen würde, reichte diese Gewissheit nicht. Die Stimmung zwischen ihnen würde immer gefährlich aufgeladen und durch Kompromisse ausgereizt sein. Die Verhandlungen mit ihr würden sie beide auslaugen. Das war es nicht wert. Er würde sich dem wahren Junggesellendasein stellen müssen. Nicht so ein geschauspielertes, künstlerisch inszeniertes Junggesellendasein. Sondern das richtige, echte. Er musste einfach allein sein und zusehen, wie er mit sich selbst klarkam.

Er mengte Thymian unter die Zwiebeln, schlug drei Eier in eine Schale und fügte Sahne, Salz und Pfeffer hinzu.

Eve machte ihr Bett mit derselben Hingabe wie alles andere auch. Die weiche glatte Oberfläche der Tagesdecke bereitete ihr dasselbe Gefühl von Freude wie der Anblick der aufgereihten und fein säuberlich datierten Einweggläser in ihrer Vorratskammer. Sie war unglaublich zufrieden – völlig ungewohnt; das Wochenende gehörte ihr allein. Ollie und Izzy hatten sie in letzter Zeit viel häufiger besucht, und es hatte ihr Spaß gemacht, aber ihre Energie hatte Eve immer schon aus der Stille gezogen. Der Gedanke an ein ganzes Wochenende allein in ihrem gut bestückten Haus, mit einem Buch und einem Kaminfeuer als Gesellschaft, beruhigte sie und schützte sie vor plötzlichen Turbulenzen. Trotz aller Fortschritte brauchte sie diese Zufluchtsorte immer noch.

Sie ging nach unten und setzte eine zweite Kanne Tee auf. Während der Tee zog, machte sie sich einen Toast, den sie mit Butter bestrich. Dann gab sie ein bisschen vom letztjährigen Brombeergelee dazu und schnitt die Toastscheibe diagonal durch. Sie legte die zwei Teile auf einen Porzellanteller, der zu Teekanne, Tasse und Untertasse passte. Ihr Lieblingsgeschirr, auf dem sich kleine exotische Vögel tummelten, das überschäumende Pink und Orange ihrer Federn gedämpft durch das Grün von Blätterwerk.

Ihr Frühstück fand Platz auf einem Tablett, das sie in die Bibliothek trug, wo sie das Kaminfeuer bereits angefacht hatte. Sie goss sich eine Tasse Tee ein, ließ sich nieder und schlug ihr Buch auf. Eins von Jack. Sie erachtete ihre morgendliche Lektüre immer noch als eine Art Luxus, aber Beth hatte ihr beigebracht, sich so etwas öfter einmal zu gestatten.

Der Tag vor ihren Fenstern war bleiern, es nieselte, und die Wolken hingen tief. Sie stand auf, machte eine zusätzliche Lampe an und legte Musik auf. Und so kam es, dass Eve Petworth, bekleidet mit einem knielangen Wollrock und einem beigen Kaschmirpullover, an einem regnerischen Samstagmorgen um 9 Uhr 38 einem imaginären Liebhaber ihre Arme entgegenstreckte. Und dann schloss sie die Augen und tanzte leichtfüßig, versunken und anmutig über ihren Perserteppich, als schwebte sie übers Parkett.

Jack wachte morgens um 4 Uhr 44 auf. Er stand auf, füllte ein Glas mit Leitungswasser und trank es aus. Dann legte er sich wieder ins Bett, aber an Schlaf war nicht zu denken. Eine Weile lag er einfach nur da und wartete, bis seine Augen sich an die Dunkelheit gewöhnt hatten. Sein Blick blieb an einem leeren Bilderhaken neben der Tür hängen, von dem Marnie eine Fotografie abgenommen hatte. Jack hatte diese Leerstelle nie aufgefüllt. Durchtränkt mit dem der nächtlichen Stunde geschuldeten Kummer, bekam dieser leere Haken eine derartig überhöhte Bedeutung, die ihn kurz überwältigte und sich dann im Inneren verdichtete. In seiner Brust breitete sich ein körperliches Unwohlsein aus. Er setzte sich hin, und das Unbehagen ließ ein bisschen nach, wurde aber aus Mangel an Tageslicht wieder stärker. Also verließ er sein Bett und tigerte eine Weile umher, eine Hand aufs Brustbein gepresst, weil er hoffte, den Schmerz so abzumildern. Er ging ins Badezimmer und nahm ein Alka-Seltzer. Um 5 Uhr 15 legte er sich wieder ins Bett.

Es hatte keinen Zweck.

Er setzte sich wieder hin, machte das Licht an und stand schließlich ganz auf. Dann zog er sich einen Bademantel über, ging nach unten und kochte sich einen Kaffee. Er blickte durch die dunklen Fenster und fühlte sich elend. Er war nicht krank, und er war nicht pleite. Aber wenn er die Sache mit Adrienne erst mal beendet hätte – was er felsenfest vorhatte –, konnte er niemandem mehr auch nur für eine einzige seiner Nullachtfünfzehn-Unzulänglichkeiten die Schuld geben. Wenn er Henrys Rat befolgte und sich kopfüber ins Alter stürzte oder irgendwie über diese Schwelle kam, allein, dann musste er für alles selbst die Verantwortung übernehmen. Für alles. Verdammt, dachte er. Jetzt ist es also so weit. Das verdammte Erwachsensein.

Manchmal wache ich nachts auf, und wenn das passiert, brauche ich unbedingt ein Glas Milch und Kekse. Ich weiß nicht, ob das in Deiner Gegend überhaupt üblich ist. Ich habe ein paar von diesen wirklich gut gespielten englischen Low-Budget-Filmen gesehen, und in denen steht nie jemand nachts auf, um sich ein Glas Milch und Kekse zu holen – wenn Du mich fragst, ein großer Fehler. Vielleicht liegt es ja am Geldmangel, oder gibt es andere zwingende britische Gründe? Ich jedenfalls bin heute Nacht aufge-

standen und hatte verdammt noch mal keinen einzigen Kekskrümel im Haus. Also habe ich welche gebacken. Erdnusskekse, nach einem Rezept meiner Großmutter. Ich schicke es Dir. Nicht weil ich Dir eine Großmutter schulde, sondern weil ich glaube, dass Deine Lavendel-Scones bei genau dieser Großmutter auf Zustimmung gestoßen wären. Was sage ich da – auf Zustimmung gestoßen? Sie wäre in Ohnmacht gefallen vor Begeisterung. Und dann noch die Konfitüre aus Rosenblättern. Sie hätte die Damen aus der Umgebung persönlich eingeladen, um sie ihnen unter die Nase zu reiben. Ein englisches Rezept. Ihrer Meinung nach roch alles Englische nach Vornehmheit. Ich fange langsam an zu glauben, dass sie recht hatte.
Jack
Übrigens salze ich die Erdnüsse nach dem Rösten ein bisschen.

Was machst du so?«

»Nicht viel, eigentlich.«

»Na ja, ich dachte, ich komme vorbei … Jack?«

»Hm?«

»Soll ich vorbeikommen?«

»Ich bin nicht … hm …«

»Es war nur so eine Idee.«

»Vielleicht komme ich stattdessen lieber bei dir vorbei.«

»Jack, versuchst du gerade, mit mir Schluss zu machen?«

Adrienne hatte diese Frage ohne einen Funken Hysterie in der Stimme gestellt. Warum sage ich nicht einfach Ja, dachte Jack. Weil er ein Feigling war. Weil er noch nicht bereit war für das Gefühl der Leere, das das Ende ihrer Beziehung bei ihm hinterlassen würde. Weil Adrienne einen klaren Schnitt vollziehen würde. Darüber war er sich voll und ganz im Klaren; sie war nicht wie andere Frauen. Keine Anrufe um zwei Uhr nachts voller Schuldzuweisungen, keine verräterischen Überbleibsel, verstreut im ganzen Haus. Sie würde einfach gehen.

»Ich habe nur viel zu tun, Adrienne. Niemand hat was von Schlussmachen gesagt. Ich habe noch nie verstanden, warum Frauen aus der kleinsten Planänderung ein Drama machen müssen.« Noch beim Sprechen wurde ihm bewusst, wie unfair er klang. Aber er war bereits vorgeprescht, also preschte er weiter. »Ich will arbeiten. Du bist doch diejenige, die mir die ganze Zeit erzählt, ich soll arbeiten.«

Einen Moment lang herrschte Stille, die an seinem Ende der Leitung vor uneingestandener Irreführung nur so strotzte. Adrienne drang trotzdem messerscharf zu ihm durch.

»Jack, wenn diese Beziehung nicht das ist, was du möchtest, wäre es mir lieber, du würdest es sagen. Ganz gewiss bin ich nicht an irgendeiner klischeebeladenen Trennungsszene in aller Öffentlichkeit interessiert. Denn genau das tun unreife Männer, um sich vor der Hysterie unreifer Frauen zu schützen. Ich hoffe, Jack, dass weder du noch ich unter eine dieser Kategorien fallen.«

Durch die Telefonleitung landete der Vorwurf laut und deutlich bei ihm, so gemäßigt er auch vorgetragen wurde. Das Schlussmachen mit einer intelligenten Frau verlief kühler, reflektierter als diese Nichts-wie-weg-Aktionen der vergangenen Jahre. Für diese neue Art der Trennung wurde Sorgfalt vorausgesetzt. Und als logische Konsequenz blieb er allein zurück und konnte sich nicht in trübem, schalem Versagen suhlen. Stattdessen würde er gnadenlos im Scheinwerferlicht seiner eigenen Verantwortung stehen.

»Liebes«, sagte er, »mir steht der Sinn nur gerade nicht nach Gesellschaft. Wir sehen uns am Donnerstag, und dann reden wir.«

»Sehr gut, Jack.«

»Also dann, bis Donnerstag.«

»Bis Donnerstag.«

Jack legte auf und wusste selbst am besten, in welche Zwickmühle er sich da gebracht hatte.

Italien war damals das Ziel der Hochzeitsreise. Ich rede von »der Hochzeitsreise«, denn in vielerlei Hinsicht hat diese ganze Reise nichts mehr mit mir zu tun. Obwohl ich jetzt zugeben kann, dass es die glücklichsten zwei Wochen meines Lebens waren. Ich vermute, ich habe mich zum ersten Mal wirklich lebendig gefühlt. Dazu beigetragen hat auch das italienische Essen. Ich hatte (ich hoffe, ich schockiere Dich jetzt nicht) ein Stadium in meiner Schwangerschaft erreicht, in dem man vom Hunger geradezu überwältigt wird. Wochenlange Übelkeit und Angst weichen urplötzlich freudig begrüßter Völlerei.

Und Liebe. Liebe war damals auch im Spiel.

Später, als es vorbei war – meine lebensfrohe Rundlichkeit

und Empfänglichkeit für Freude –, als diese Gefühle verschlissen waren, da versuchte ich alles zu vergessen: die Sonne auf meinem Arm, den Wind in den Weinbergen, die Musik auf der Terrasse dieses spektakulären Restaurants, wo ich zum ersten Mal herausgeschmeckt habe, was Salbei mit Butter anstellen kann. Alles zu vergessen ist mir viele Jahre lang in vielen Bereichen gelungen.
Bei der Lektüre Deines Buches – dem ersten, Empfänger unbekannt, *zu dem ich Dir über diese Pfirsich-Szene geschrieben habe – kam alles wieder hoch. Aber es trat aus einer anderen Quelle an die Oberfläche: einer sichereren, unterhaltsameren Quelle als meine eigene Erinnerung mit ihren Sticheleien. Und ich war so dankbar – für diesen Moment tief empfundener Freude, den ich ohne die Begleitung quälender Souvenirs erfahren durfte. Deshalb habe ich den Brief geschrieben. Allerdings, hätte ich einen Tag länger gewartet, gäbe es ihn nicht. Eile und Ungeduld – verhängnisvoll für jedes Risotto – haben mir einen guten Dienst erwiesen.*
Deine Freundin Eve

Ich lasse nicht zu, dass du das tust, Jack.«

»Was genau tue?« Jack lehnte sich gegen die Arbeitsplatte in Adriennes Küche. Eine Küche, die immer nur von Jack zum Kochen benutzt wurde, und selbst dann nur auf sehr minimalistische Art und Weise.

»Dich selbst zu sabotieren.«

»Mich selbst zu sabotieren.«

»Hör auf, alles zu wiederholen, was ich sage. Du weißt

genau, was ich meine.« Sie nippte unaufgeregt an ihrem Weinglas. Dieser Charakterzug gefiel Jack immer wieder besonders gut an ihr. Aber auf gar keinen Fall durfte er deshalb weich werden. Er hatte sich in der Stadt ein Hotelzimmer genommen und versucht, Adrienne zu einem Treffen auf neutralem Boden zu überreden, aber sie hatte darauf bestanden, dass er zu ihr nach Hause kam. Er trank ebenfalls einen Schluck Wein und fühlte sich besiegt.

»Du sabotierst dich selbst und suchst deine Umgebung nach einem Problem ab, das von außen kommt. Du versuchst, eine Quelle außerhalb von dir selbst für deine Schwierigkeiten zu finden, aber die gibt es nicht, Jack.«

Jack seufzte. »Vielleicht hast du ja recht, Adrienne. Eigentlich nehme ich sogar stark an, dass du damit richtigliegst, aber das ändert nichts an der Tatsache, dass ich …«

»Das ist doch das Problem, oder? Du weißt nicht, was du tun musst. Aber *ich* weiß es, Jack. Du musst schreiben. Du musst etwas Richtiges schreiben. Deine Proteste kannst du dir sparen. Ich weiß es einfach. Ich weiß, dass du etwas schreiben willst, auf das du wirklich stolz sein kannst. Mehr habe ich gar nicht versucht, Jack. Ich habe nur versucht, dich zum Schreiben zu bringen.«

Sie stellte sich vor ihn, legte eine ihrer perfekt geformten Hände auf seine Brust und sah ihm tief in die Augen. Diese Geste war liebevoller und stärker als alle anderen, die sie in ihrer Beziehung für ihn übrig gehabt hatte. Er spürte die Wärme ihrer Hand durch den Stoff seines Hemdes, und Begierde stieg in ihm auf wie eine Kobra zum Klang einer Melodie. Mit einem festen Griff umfasste er ihre Schulter und trat vorsichtig einen Schritt zurück, bevor er Gelegenheit hatte, darauf zu reagieren.

Sie begriff es sofort.

»Mach, was du willst, Jack.«

Es war spät, und er hatte Hunger. Zu Fuß in der Stadt unterwegs spürte er, wie die beißende Dezemberkälte unter seinen Mantel kroch. Die Weihnachtsvorbereitungen liefen auf Hochtouren, und die Straßen waren voll von Leuten in Feiertagslaune. In den Bäumen brannten weiße Lichterketten, die Schaufenster waren in Gold dekoriert, und kleine Grüppchen zogen gut gelaunt und schick für den Abend gekleidet durch die Stadt.

Jack beschloss, essen zu gehen und zu versuchen, nicht nachzudenken. Er ging ins Lucio's. Auf dem Weg dorthin gab er einem Typen in einer Einfahrt fünfzig Dollar. Misstrauisch beäugte der Mann erst den Schein und dann Jack, bevor er das Geld achselzuckend in seinen übergroßen grünen Militärmantel stopfte und Jack angrinste. Das Grinsen hatte etwas Verrücktes, Wahnsinniges, und als er dann noch einen imaginären Hut zog, war Jack dankbar für diesen einen skurrilen Augenblick in einem sonst so bleischweren Tag.

Was genau willst du, Jack?«

»Mehr Brot.«

»Nie um eine Antwort verlegen.«

»Du klingst genau wie Suzanna, Henry.«

»Ja, mag sein, das kommt vor.«

»Mir ist das noch nie mit einer Frau passiert.«

»Vielleicht weil du es nie gewollt hast.«

Henrys Haus besaß eine noch bessere Aussicht als das von Jack. Und es gab mehr Bücher und mehr Bilder. Es war das Haus eines alten Mannes, der in seinem Leben viel gelesen, viel Musik gehört und viele hübsche Bilder betrachtet und dabei auch noch ein bisschen was vom Leben gesehen hatte.

»Ich will es jetzt. Ich frage mich, warum ich nie nach dieser Art von Beziehung mit einer Frau gesucht habe. Ich habe immer nach Frauen Ausschau gehalten, mit denen ich niemals befreundet sein konnte.«

»Falls es dich tröstet, mir ist aufgefallen, dass sehr viele Frauen genau das Gleiche tun.«

»Ist das so?«

»Natürlich. Diejenigen, die genauso dämlich sind wie du.«

Jack griff sich nachdenklich mit einer Hand ans Kinn, legte sie dann aber wieder flach auf den Tisch und studierte ausgiebig seine Fingerspitzen. »Mir ist vollkommen klar, wie abgeschmackt es ist, um den Fünfzigsten herum in so eine Krise zu geraten«, sagte er. »Aber hier bin ich, ein wandelndes Klischee.«

Henry hatte ihn die ganze Zeit beobachtet. »Hör zu, Jack«, sagte er, »ich bin jetzt zweiundachtzig, und alles, was ich bisher kapiert habe, ist, dass es viele Dinge gibt, die ich nicht weiß. Aber diesen Rat hier gebe ich dir umsonst: Wenn du darauf wartest, dass das Leben zu dir kommt und dich morgens aus dem Bett holt, dann kannst du lange warten. Du musst irgendwie weitermachen. Schmiede Pläne, schreibe, koche, reise, mach irgendetwas, woran du Freude hast, denn jedes Was-bin-ich-für-ein-armer-Kerl-Lamento freut sich über eine Leerstelle.«

»Du bist ein guter Freund, Henry, und ich habe dich vernachlässigt.«

Henry zuckte mit den Achseln und lächelte. Das Hausmädchen kam und räumte die Suppenteller ab. »Du bist gesund und hast Freunde, Jack. Das ist oft mehr als genug.«

Schwitze lediglich eine klein geschnittene Kartoffel und ein paar Zwiebeln in ungesalzener Butter an und köchele das Ganze in Hühnerbrühe, bevor Du die zerkleinerten Salatblätter (Kopfsalat) dazutust und alles pürierst. Wenn du möchtest, kannst du ein paar Basilikumblätter untermischen oder es mit etwas Sahne oder gequirlter Butter andicken. Das mache ich manchmal, aber ich finde eigentlich, die Kartoffel sorgt schon dafür, dass es cremig wird. Den meisten fällt es schwer, die Zutaten zu identifizieren, aber es schmeckt köstlich und ist sehr einfach. Ich hasse es, armen welken Salat, der in Vergessenheit geraten ist, unten im Kühlschrank zu entdecken, und falls eiskaltes Wasser als Auffrischung nichts mehr bringt, ist diese Suppe eine gute Verwendungsmöglichkeit. Gerade fällt mir auf, beim Schreiben dieser Worte, dass ein Großteil meines Lebens lasch und einsam war, genau wie diese vergessenen Salatköpfe. Ich frage mich, ob ein Sprung ins eiskalte Wasser für mich als Auffrischung etwas taugen würde.
Eve

Jack hatte nur Romanasalat im Haus, also konnte er die Suppe nicht nachkochen, nahm sich aber fest vor, es so bald wie möglich zu tun.

Die Idee mit dem Sprung ins Wasser gefällt mir, schrieb er, *aber ich fürchte, eine Auffrischung bringt bei mir nichts mehr. Mein Lieblings-Reste-Essen ist übrigens Truthahn-Haschee. Eine derbe Angelegenheit mit unechtem Currypulver. Meine Mutter hat es früher immer gemacht. Vor ihrem Tod, über den ich nie hinweggekommen bin, habe ich es nie zubereitet. Jetzt mache ich es immer dann, wenn mich die Erinnerung an sie mal verzweifelt, mal froh zurücklässt. Es schmeckt nach Zuhause.*
Jack

Kapitel 11

»Ich rede ja nicht von aus und vorbei, Ollie. Ich sage nur verschoben …«

»Es klingt aber wie aus und vorbei.«

Izzy begann zu weinen. Sie saß auf dem kleinen Sofa, das sie sich extra für den Platz unterm Fenster im Alkoven ein paar Monate nach dem Einzug in ihre Wohnung gekauft hatte, und vergoss bittere Tränen. Sie konnte selbst kaum glauben, dass sie schon wieder weinen musste.

Genauso wenig wie Ollie. Er hasste es, er hasste die Wolken in ihren bis dahin funkelnden Augen. Ihm war es lieber, wenn Izzy wütend war. Viel lieber. Bei Izzys Wut wusste man immer genau, woran man war. Das gefiel ihm. Niemals hatte er sich in ihrer Gegenwart unsicher gefühlt, noch nicht mal im Angesicht einer ihrer übelsten Wutausbrüche. Aber diese neue Kluft, die sich zwischen ihnen auftat, war düster und abgründig. Sie machte ihn nervös. Er hob resigniert die Hände und hoffte, sie so zu einem neuen, klar umrissenen Wutausbruch reizen zu können. »Bitte keine Tränen mehr, Izzy«, sagte er. »Seit zwei Monaten heulst du Rotz und Wasser.«

»Und du bist seit zwei Monaten emotional distanziert.«

Ollie seufzte. Sie hatte ihn wieder aus dem Konzept gebracht, und er verlor weiter an Boden. Man sah ihm die Erschöpfung an. Sie stritten seit dem Frühstück, und mittlerweile war es elf Uhr. Auslöser waren die Toastbrote gewesen. Izzy hatte sich darüber beschwert, dass er niemals das Brot toastete. Als er nichts tat, um die Situation zu entschärfen oder den Vorwurf wenigstens zu parieren, hatte sie erst richtig losgelegt. »Wird das so weitergehen, wenn wir verheiratet sind?«, fragte sie ihn plötzlich in einem vorwurfvollen Ton, sodass Ollie völlig überrumpelt wurde. Es war Samstagmorgen, und er war leicht verkatert. Wegen Izzys Laune hatte er gewusst, dass er ein Risiko einging, aber er war trotzdem in seine schlechte Angewohnheit zurückgefallen: Er hatte sich den Toast geschnappt, den sie sich gerade gemacht hatte, ihn mit der köstlichen Stachelbeerkonfitüre ihrer Mutter bestrichen und mit einem einfältigen Grinsen im Gesicht hineingebissen.

»Wahrscheinlich«, erwiderte er.

Daraufhin hatte Izzy das Schneidebrett, auf dem immer noch ein halber Brotlaib lag, in die Hand genommen und – gegen neun Uhr morgens – quer durch die Küche geschleudert. Seitdem waren sie keinen Schritt vorangekommen.

»Iz«, sagte er, »warum duschst du nicht erst mal und ziehst dich an, und dann gehen wir irgendwo mittagessen.«

Aber Izzy sah ihn nur aus diesen undurchdringlichen Augen an, Augen, die ihm Angst machten, und schüttelte den Kopf.

»Du gehst«, sagte sie ausdruckslos. »Ruf Rob an oder sonst jemanden. Ich will einfach nur alleine sein.«

Schon seltsam, wie mächtig und gleichzeitig unlogisch der Begriff Identität ist. Autor zu sein ist Teil dessen, was ich bin, und obwohl ich nicht schreiben muss, fehlt etwas, wenn ich es nicht tue. Ich habe versucht, dieses fehlende Stück durch andere Dinge zu ersetzen, zum einen durch Kochen, zum anderen durch Frauen. Kochen hilft, Frauen nicht – zumindest nicht die, mit denen ich mich einlasse. Andererseits, welche Frau möchte schon mit jemandem zusammen sein, bei dem ein Stück fehlt? Eine entscheidende Komponente? Außerdem nehme ich ständig zu. Essen will in angenehmer und lustiger Umgebung und Gesellschaft gekocht und verspeist werden, ansonsten wird Hüftspeck daraus.
Zwei enge, kluge Freunde, die mit ihrem Leben ziemlich gut klarkommen, haben mir nahegelegt, mich endlich wieder zu fangen. Jetzt frage ich mich, ob Du nicht Nummer drei werden wirst.
Auf der Suche nach dem Haar in der Suppe,
Jack

Eve hatte Jacks Brief insgesamt sechsmal gelesen. Direkt nach dem Öffnen dreimal, später dann noch zweimal. Und in diesem Augenblick las sie ihn ein weiteres Mal. Sie konnte nicht glauben, dass irgendjemand, und schon gar nicht jemand, der Talent hatte und erfolgreich war und all das gut konnte, was ihr nicht gelang, sie um ihre Meinung bat. Sie war nicht dazu in der Lage, dieses Gefühl von Bestätigung, diese Zuversicht, die sein Brief in ihr auslöste, in Worte zu fassen. Sie ging in die Küche und bereitete sich ein von langer Hand geplantes und dazu noch kostspieliges Mittagessen zu: eine Suppe, deren Zutaten – Knollensellerie und ein einziger schwarzer Trüffel – sie bei einem Lieferanten in London bestellt hatte. Zu ihrer großen Freude war beides gestern angekommen.

Den klein geschnittenen Sellerie ließ sie in etwas Milch köcheln und dachte dabei weiter über Jack nach. Ein Schriftsteller. Ein richtiger Schriftsteller. Eine Spezies, die ihr bis dato unbekannt gewesen war. Sie hatte mal vage die Bekanntschaft einer Frau gemacht, vor Jahren, die einen Roman veröffentlicht hatte. Aber es handelte sich dabei eher um eine vielversprechende Eintagsfliege, wie sich gezeigt hatte, und nicht um den Start in eine solide Karriere. Eve hatte den Roman gelesen, konnte sich aber nicht mehr an den Inhalt erinnern. Jacks Bücher hinterließen sehr viel mehr Eindruck. Die Figuren waren echt, man fühlte mit ihnen. Las man nicht, dachte man über sie nach. Und wenn man das Buch ausgelesen hatte, wollte man eine Weile über niemand anderen etwas lesen. Sie konnte nicht verstehen, warum Jack damit aufhören wollte. Aber wahrscheinlich gab es eine Menge Dinge, die sie nicht verstand, wenn es um das Leben eines kreativen Menschen ging; schließlich war ihr eigenes so wohl durchdacht und fantasielos.

Sie deckte sich den Tisch mit der akribischen Sorgfalt einer viktorianischen Hausangestellten. Nach dem Essen hatte sich der Himmel aufgeklart, und sie beschloss, einen Spaziergang zu machen. Zum Pilzesammeln, ihrer Lieblingsbeschäftigung beim Spazierengehen, war es schon zu spät im Jahr und der Waldboden zu morastig, aber sie könnte auf dem Weg bleiben, den Berg bis zum höchsten Punkt hinaufgehen und von dort aus die Aussicht auf ihr Haus und den Wintergarten genießen. Und darüber nachdenken, was sie Jack antworten sollte. Es war ihr wichtig, sogar sehr wichtig, behutsam vorzugehen, wegen des Durchbruchs in ihrer Freundschaft. Einer wunderschönen Freundschaft. Einer Freundschaft, die sie – genau wie ihre Sellerie-Trüffel-Suppe – auf eine beinahe dekadente Art zum Schwelgen brachte und die nur ihr allein gehörte.

Eve hatte sich schon Mantel und Schal angezogen, als das Telefon klingelte. Fast wäre sie nicht mehr drangegangen. Als sie es dennoch tat, dachte sie zuerst, es hätte sich jemand verwählt oder es wäre einer dieser Scherzanrufe, aber einen Moment später konnte sie Izzys Stimme zwischen den Schluchzern heraushören.

»Izzy?«

»Sie ist geplatzt, Mummy. Ich habe die Hochzeit abgesagt.«

»Ach, Izzy«, sagte Eve.

»Mummy, kannst du bitte herkommen?«

»Nach London?«

»Ja, nach London. Jetzt gleich.« Ihr brach wieder die Stimme.

Eve zögerte und hasste sich dafür.

»Bitte, Mummy. Ich kann mir keine freien Tage nehmen, aber wenn du ein paar Tage bei mir wohnen könntest und mir hilfst …«

»Natürlich, natürlich komme ich«, sagte Eve. »Noch heute Nachmittag.«

Wenn sie mit dem Auto nach Westcastle fuhr, könnte sie den Zug um halb fünf noch erreichen. Sie wäre gegen sieben in London und würde vom Bahnhof ein Taxi zu Izzys Wohnung nehmen. Aber während sie ihren Koffer packte, schoss Eve der Gedanke durch den Kopf, ob die ganze Angelegenheit sich nicht bis zu ihrer Ankunft in London längst wieder erledigt hätte. Gwen zumindest hatte genau das gesagt, als sie ihr am Telefon Bescheid gab, dass sie verreisen würde.

»Unsere Carly hat genau das Gleiche gemacht«, versicherte sie Eve. »Sie hat ihre Verlobung mit Ben zweimal gelöst, bevor sie es in die Kirche geschafft haben. Ihren Vater hat sie damit fast in den Wahnsinn getrieben.«

»Ich hoffe, Sie haben recht«, sagte Eve.

»Ich habe das bei allen dreien durchgestanden. Am besten schenken Sie ihnen ein Flugticket, damit sie ausreißen und irgendwo heimlich heiraten können. Das vereinfacht die Sache für alle Beteiligten.«

Eve hatte überhaupt keinen Gedanken daran verschwendet, wie überfüllt der Zug sein könnte. Sie fuhr so selten am Sonntagabend – oder besser gesagt: Sie fuhr sowieso nur ganz selten mit dem Zug –, dass ihr solche Dinge gar nicht in den Sinn kamen. Ganz offensichtlich war es das letzte Wochenende irgendwelcher Schulferien, und auf dem Bahnsteig drängelten sich bereits Familien und Studenten. Im Zug gab es keine Sitzplätze, und am Ende steckte sie an einem wuchtigen schwarzen Hartschalenkoffer fest, den jemand seitlich auf ein überfülltes Gepäckregal neben der Tür verfrachtet hatte. Ihr war heiß, und sie fühlte sich in ihrem Wintermantel sehr unwohl. Sie zog ihre Handschuhe aus und stopfte sie in die Manteltaschen, aber selbst das gestaltete sich schwierig. Sie fand kaum Platz, um ihre Arme anzuwinkeln.

»Das liegt an den Wochenendtarifen«, hörte Eve die laute Beschwerde einer Frau. »In der ersten Klasse sollte es wirklich nicht so zugehen.«

Eine Frau mit einem kleinen Kind entdeckte schließlich Eve und nahm ihre Tochter auf den Schoß. »Chloé«, sagte sie, »nimm deine Sachen da weg.«

Das kleine Mädchen, ungefähr drei Jahre alt, nahm zögerlich ein Malbuch von dem Klapptisch vor ihrem Platz, als sich gerade ein Mann mit einem groben, feindseligen Gesicht durch die Menge drängelte und sich direkt vor Eve aufbaute. Seine massige Gestalt zwang sie, noch näher an die Gepäckberge hinter ihr zu rücken, sodass sich der starre Gurt eines ausladenden Tramper-Rucksacks gegen ihre Waden presste. Der in wattiertes Nylon eingepackte Brustkorb des Mannes blockierte Eves Sicht. Sie saß in der Falle, und augenblicklich drangen die körperliche Wärme des Gedränges um sie herum und der säuerliche Geruch nach etwas, das anscheinend gerade am Ende des Ganges gegessen wurde, in ihr Bewusstsein. Diese beiden Dinge waren ihre letzten klaren Wahrnehmungen.

Die Frau war schon älter. Eine couragierte alte Dame mit einem reservierten Sitzplatz und vier hübsch verpackten Käse-Schinken-Sandwiches in einer Tüte aus Altpapier. Eine Frau, die genau wusste, was zu tun war.

»Atmen Sie, meine Liebe«, sagte sie. »Einfach nur atmen.«

Eve ließ es zu, dass die Frau ihren Mund und die Nase mit der Papiertüte bedeckte, mittlerweile ohne Inhalt, obwohl sie für einen Moment furchtbare Angst hatte, die Frau würde versuchen, sie zu ersticken. Denn irgendetwas war gerade dabei, genau das zu tun. Sie fühlte sich, als würde sie träumen, auch wenn ihr die Symptome natürlich nur allzu bekannt vorkamen. Die Papiertüte leistete gute Dienste, und ihre Atmung wurde langsam ruhiger, aber sie fühlte sich immer noch entsetzlich. Wahrscheinlich sah sie auch entsetzlich aus, dem besorgten Gesichtsausdruck der armen jungen Mutter nach zu urteilen. Eve war neben sie gesetzt worden. »Was hat sie denn?«, fragte das kleine Mädchen. Aber die Mutter hielt die Kleine nur auf den Knien fest, sagte ihr, sie solle still sein, und lenkte ihre Aufmerksamkeit auf den Blick zum Fenster hinaus.

Für den Rest der Zugfahrt tat Eve so, als würde sie schlafen.

»Kommen Sie alleine klar?«, fragte die Frau, die ihr geholfen hatte, als der Zug endlich mit kreischenden Bremsen in London einfuhr und eine Durchsage am Gleis übertönte. Eve, die gar keine andere Wahl hatte, war trotzdem gerührt von dieser Hilfsbereitschaft.

»Ja«, entgegnete sie, obwohl sie wusste, wie wenig ihre Antwort der Wahrheit entsprach. Sie sammelte ihre Sachen ein. »Danke«, sagte sie, »vielen Dank. Ich weiß gar nicht, was mit mir los war. Vermutlich habe ich einfach nicht genug gegessen.«

Die Frau sah sie mit einem Blick an, als würde sie ihr nicht glauben, lächelte aber trotzdem. »Passen Sie auf sich auf.« Dann hob sie ihren kleinen, ordentlich gekennzeichneten Koffer vom Gepäckregal und machte sich auf den Weg zum Ausgang.

Eve wartete, bis alle ausgestiegen waren. Der Mutter mit dem kleinen Mädchen nickte sie schwach zum Abschied zu. Das Mädchen blieb kurz stehen und drehte sich noch einmal nach ihr um. Ihr Mantel hatte eine Kapuze mit einer kuscheligen Pelzumrandung, die ihr Kinn verdeckte. Die Mutter zog sie ungeduldig an der Hand hinter sich her.

Eve blieb noch einen Augenblick in dem leeren Waggon sitzen und ging dann zu der Gepäckablage, vor der ihre Tasche auf dem Boden lag. Ihre Beine schienen immer noch zu schwach, sie zu tragen, und sie fühlte sich furchtbar unwohl.

»Reiß dich zusammen«, sagte sie laut, obwohl sie von den Sitzungen mit Beth wusste, dass im Notfall pathetische Appelle wie dieser rein gar nichts brachten. Sie wünschte, sie könnte nach Hause gehen. Nach Hause gehen und die Türe schließen und mit sich allein sein. Aber genau das konnte sie nicht tun.

Bei der Ankunft ihrer Mutter sah Izzy immer noch völlig zerzaust aus. Sie wusste es, und sie wusste auch, dass ihre Mutter es nicht gutheißen würde. Besser gesagt, obwohl sie es wusste, war sie sich nicht mehr wirklich sicher, wie Eve sich verhalten würde, und diese Verunsicherung verstärkte noch ihren Wunsch nach Theatralik. Izzy spürte, dass sie eine Krise durchlebte. Was sie zu ihrer Linderung brauchte, waren ein paar übertriebene Gefühle, ein bisschen echte Besorgnis und ein dramatischer Auftritt in der Intensität, zu der sich ihre Großmutter jedes Mal mühelos und deutlich sichtbar aufgeschwungen hatte.

Eve war erschreckend blass, als sie bei Izzy ankam und mit zitternden Händen das Taxi bezahlte. Sie hatte immer noch in regelmäßigen Abständen leichte Anfälle von – nicht Übelkeit, aber einem Gefühl, als könnte sie jeden Moment in Ohnmacht fallen. Sie war sehr aufgewühlt und wäre am liebsten gleich in das Zimmer gegangen, in dem sie übernachten sollte und wo sie noch nie zuvor geschlafen hatte. Sie wollte sich nur auf dem elfenbeinfarbenen Bettüberwurf ausstrecken, auf dem noch flache Stapel von Izzys Sommerkleidung und ein ausgemustertes Jackett lagen, und den Kopf in den Kissen vergraben.

Izzy bot ihrer Mutter nichts zu trinken an, deshalb ging Eve, nachdem sie ihre Sachen verstaut hatte, in die Küche. Sie fand ein paar Beutel Kamillentee, und schließlich saßen sie sich, Mutter und Tochter, schweigend gegenüber und tranken ihren Tee. Izzy hatte das Sofa nur verlassen, um den Türöffner zu betätigen, nachdem ihre Mutter geklingelt hatte. Danach hatte sie sich wieder mürrisch darauf verkrochen. Mittlerweile hatte ihr Gewicht bereits eine Kuhle ins Polster gedrückt.

»Willst du mich nicht mal fragen, warum?«, sagte sie nach einer Weile. Sie klang beleidigt, und Eve erinnerte sich an diese Stimme aus Izzys Kindheit.

Eve stellte ihre Tasse vor sich auf einem Couchtisch ab,

der beladen war mit Büchern und Zeitschriften und einer kleinen Sammlung von Schmuckschachteln. »Willst du es mir denn erzählen?«, fragte sie. Ihrer eigenen Stimme mangelte es an Stärke.

»Ich habe einfach die Schnauze voll von allem«, sagte Izzy.

»Die Schnauze voll?«

»Ja, die Schnauze voll davon, alles alleine machen zu müssen. Mit dem Gefühl, als wäre ich Mutter und Vater gleichzeitig.«

»Fühlst du dich denn so? Das tut mir leid.«

»Natürlich fühle ich mich so.« Sie sprang förmlich von ihrem Sitzplatz auf und begann, hektisch im Zimmer auf und ab zu gehen. »Ich bin diejenige, die diese lauschigen Treffen zwischen dir und meinem Vater arrangieren musste. Ich bin diejenige, die neben seiner zweiten Frau und diesen Jungs sitzen muss, als wäre das meine Familie. Menschen, die ich noch nie in meinem Leben getroffen habe. Es ist meine Hochzeit, und sie wird von der Vergangenheit vereinnahmt. Deiner Vergangenheit.«

»Ja«, sagte Eve. Sie griff wieder nach ihrer Tasse und drehte sie vorsichtig auf der Untertasse. »Ich kann mir vorstellen, wie sich das für dich anfühlt.«

»So, kannst du das? Ich weiß nicht, ob du das kannst. Du bist genauso schlimm wie Ollie. Abgeschottet in deiner kleinen Welt, wie sonst auch immer. Ich wette, du hast schon alles organisiert, um wieder in deinen kleinen Laden zu gehen. Dieses ehrenamtliche Getue, das du verkaufst, als wäre es eine richtige Arbeit. Ich wette, du wolltest eigentlich überhaupt nicht herkommen.«

Der Wahrheitsgehalt dieses Vorwurfs traf Eve wie ein Schlag ins Gesicht.

»Ich *wünschte*, Gin-gin wäre hier!«

Eve war sich bewusst, dass Izzy mit Absicht verletzend sein wollte. Und sie war überrascht, dass es ihr nicht gelungen war, auch wenn ihr die Worte ihrer Tochter kurz einen Stich versetzt hatten. Zum ersten Mal seit dem schrecklichen Vorfall im Zug erinnerte sie sich wieder an ein paar Dinge, die sie in den Sitzungen mit Beth gelernt hatte. Sie setzte sich etwas aufrechter hin und reagierte nicht auf Izzys Köder.

»Ich nehme an, du hast mit Ollie über all das gesprochen.« Ihre Stimme klang ganz ruhig.

»Tja, da zeigt sich mal, wie gut du ihn kennst. Ollie ist ein hoffnungsloser Fall, absolut hoffnungslos. Er ruft noch nicht einmal seine Mutter an, um herauszufinden, ob sie zur Hochzeit kommt oder nicht.«

Das wunderte Eve überhaupt nicht. Diese beiden Nachkommen zweier verkorkster Familien hatten sich gesucht und gefunden.

»Izzy, glaubst du, es liegt tatsächlich an der Hochzeit und den Familiengeschichten, dass du dich so aufregst? Oder geht es darum, dass du gar nicht heiraten willst?«

Izzy blieb abrupt stehen und warf ihrer Mutter einen Blick zu, als hätte sie die Möglichkeit, diese beiden Dinge hätten nichts miteinander zu tun, noch nie in Betracht gezogen.

»Wenn wir noch nicht mal das Organisieren einer Hochzeit zusammen durchstehen, was bedeutet das denn für die nächsten Gott weiß wie vielen Jahre?«

»Ich glaube ja nur …«

»Was! Mutter, *was* glaubst du? Das interessiert mich wirklich. Um ehrlich zu sein, fasziniert es mich. Heißt das, du wirst dich gleich trauen, eine Meinung zum Besten zu geben? Ein bisschen Persönlichkeit an den Tag legen? Farbe bekennen? Dich wie ein Elternteil verhalten? *Was?*«

Eve starrte ihre Tochter an, die vor ihr tobte, und ihr war bewusst, dass sich dieser Augenblick schon lange angekündigt hatte. Er war längst überfällig. Und sie konnte sich ihm auf gar keinen Fall stellen. Sie stand auf und verließ das Zimmer. Sie ging in das Gästezimmer, in dem ihr Koffer immer noch neben einem kleinen Tisch und farblich passend gestrichenen Stühlen stand, und machte die Nachttischlampe an. Dann schloss sie die Tür und schob das Bett davor, sodass sie in Sicherheit war. Sie legte sich hin, schlang die Arme um ihren Oberkörper und zitterte. So blieb sie mehrere Stunden liegen. Es war eine sehr lange Nacht.

Am nächsten Morgen erwachte Eve mit einem Gefühl völliger Leblosigkeit und blickte auf die Uhr – 07:14 Uhr. Sie konnte hören, wie Izzy durch die Wohnung lief, dann ein Rauschen in der Wasserleitung, und dann, weiter entfernt, einen Kessel auf dem Herd. Sie wartete, reglos und zusammengekauert wie eine Seemuschel, auf das Zuschlagen der Eingangstür. Fünfunddreißig Minuten später war es so weit, aber sie verhielt sich noch ein paar Minuten länger mucksmäuschenstill. Danach, in der Stille, stellte sie beide Füße vorsichtig und zögerlich auf den Boden, als fragte sie sich, ob sie sie tragen würden. Schließlich erhob sie sich ganz und beugte sich vor, um das Bettende von der Tür wegzuschieben.

Eve goss sich eine Tasse Tee auf, trank aber nichts davon. Zwanzig Minuten später machte sie sich noch eine, die sie aber auch nicht trank. Sie duschte sich, ohne die Haare zu waschen, und zog sich an. Gegen zwölf Uhr mittags fiel ihr auf, dass sie ihre Strickjacke falsch zugeknöpft hatte. Sie korrigierte den Fehler nicht. Um ein Uhr kippte sie ein bisschen Müsli in eine Schüssel und pickte die Rosinen, die Nüsse und kleine Stückchen, möglicherweise getrocknete Aprikosen, mit den Fingern heraus. Zum Essen setzte sie sich an Izzys Küchentisch, auf dem ein kariertes Wachstuch lag. Von draußen drangen Kirchenglocken zu ihr durch, die Viertel nach schlugen, und ihr Blick folgte dem Klang. Ziegeldächer schwebten über winzigen, durchnässten Rasenflächen, gestapelten Gartenmöbeln und vernachlässigten Topfpflanzen im winterlichen London. Der Himmel hatte noch immer die gleiche Farbe wie um neun Uhr. Sie hörte auf, in ihrem Müsli herumzustochern, und starrte nur noch aus dem Fenster. Irgendwann wurde der Himmel vollkommen dunkel und mit ihm die Küche, aber Eve machte kein Licht an. Sie stand allerdings auf und kratzte die Überreste des Müslis, die pudrigen Haferflocken und die bröseligen Brocken von geröstetem Weizen in den eleganten Mülleimer in Izzys Küche. Dann ging sie in Izzys hübsches Wohnzimmer und saß im Alkoven, wo Izzy gestern fast den ganzen Tag verbracht hatte, und beobachtete, wie langsam in den anderen Häusern entlang der Straße die Lichter angingen. Es waren nicht viele, denn in dem

Viertel lebten hauptsächlich junge Leute, die viel arbeiteten. Erst weit nach sechs Uhr belebten junge Frauen in Winterstiefeln, junge Männer in wehenden Mänteln, Taxis und Menschen, die in ihren Taschen nach Schlüsseln suchten, die Bürgersteige.

Izzy kam um Viertel nach sieben nach Hause. Als sie das Licht anmachte und ihre Mutter so reglos wie eine Tote auf dem Sofa sitzen sah, stieß sie einen lauten Schrei aus.

»Entschuldige, Izzy.« Eve sprach tonlos, und ihre Stimme kam von weit her, von der anderen Seite des Abgrunds.

»Ich … ich dachte nicht, dass du noch da bist.«

Ihren Mantel und die Handtasche hatte Izzy im Flur gelassen, aber sie trug immer noch einen langen schwarzen Schal mit Fransen, dessen Enden sie jetzt vor der Brust fest umklammert hielt, obwohl es in der Wohnung nicht kalt war – Eve hatte mitbekommen, wie die Heizung mit einem Klicken automatisch angesprungen war.

»Wenn du möchtest, dass ich gehe, werde ich das tun«, sagte Eve.

Izzy antwortete nicht, sondern blieb einfach im Türrahmen stehen. Sie sah sehr müde aus. Der schwarze Schal entzog ihrem Gesicht das letzte bisschen Farbe, und die fahlen Halbmonde, die seit geraumer Zeit unter ihren Augen lagen, hatten sich als dunkle Halbkreise festgesetzt.

»Aber zuerst würde ich noch gerne etwas sagen, und ich wüsste es zu schätzen, wenn du mir die Gelegenheit dazu lässt.«

Izzy setzte sich – und es wirkte, als täte sie es gegen

ihren Willen – auf einen Stuhl in der Ecke gegenüber von ihrer Mutter und wartete ab.

»Danke«, sagte Eve. »Ich möchte nur sagen, dass ich dir keine gute Mutter war. Dass ich dir überhaupt keine Mutter war. Ich habe für dich gekocht und für deine Kleidung gesorgt, und das war dann auch schon alles, was ich zu deiner Kindheit beigetragen habe.«

Izzy sagte nichts, aber der Ausdruck in ihren Augen, die Eve unverwandt anblickten, bestätigte jedes einzelne Wort.

»Ich habe zugelassen, dass eine Nanny nach der anderen und eine Schule nach der anderen und … Gin-gin dich aufziehen, weil ich mich dazu nicht in der Lage fühlte. Seit dem Augenblick, als du auf die Welt kamst, hatte ich das Gefühl, du wärst zu … stark für mich. Außerdem war ich der Meinung, dass jemand mit meinen Defiziten unmöglich ein Kind großziehen konnte.«

Als Izzy darauf antwortete, wirkte sie verärgert, aber nur in dem Maße, wie es ihre Erschöpfung zuließ. »Was für Defizite, Mummy? Du hattest Geld genug. Du hast niemals richtig gearbeitet. Ich weiß, dass du auf dich allein gestellt warst, aber du hättest es schaffen können.«

»Ja, das stimmt alles.«

Jetzt gerieten Izzys Gefühle stärker in Wallung, und sie setzte sich aufrecht hin. »Du hast jede Preisverleihung verpasst«, sagte sie monoton. »Ich war Schulsprecherin, und du hast die Preisverleihung verpasst. Gin-gin war da. Gin-gin saß schick wie immer in der ersten Reihe und klatschte und freute sich wie eine Schneekönigin, aber du warst nicht da, genauso wenig wie mein verdammter

Vater. Und noch jetzt bringt ihr beide kein einziges gutes Wort über sie hervor. Ihr wollt auf meiner Hochzeit eine glückliche Familie vorgaukeln, aber das Einzige, was ich will, ist, dass Gin-gin dabei ist. Ohne sie will ich nicht heiraten. Ich will, dass sie mir dabei hilft, mein Kleid auszusuchen, dass sie mir sagt, welchen Lippenstift ich tragen soll, und dass sie darauf besteht, dass Ollie nicht gut genug für mich ist.«

Eve beugte sich nach vorne, sodass ihre Ellenbogen auf den Knien ruhten. »Genau das würde sie tun.«

»Ja, das würde sie.« Izzy fiel wieder in sich zusammen. »Genau das würde sie«, betonte sie mit einem letzten tiefen Ausatmen.

Lange blieb es still. Als Eve schließlich wieder etwas sagte, klang ihre Stimme ganz sanft. »Als ich sechzehn war, wollte ein Junge, er hieß David Pelham, mit mir ausgehen. Er war groß und sah ziemlich gut aus, und er war der Bruder eines Freundes von jemandem, den ich aus der Schule kannte. Wir gingen ins Kino. Alles war sehr züchtig, und er war mindestens so schüchtern wie ich, aber ich mochte ihn. Als ich ihn mit nach Hause brachte, beobachteten Gin-gin und ihre Freundin Dodo uns durchs Fenster, und ich sah sie. David beugte sich zu mir herab, um mir einen Gutenachtkuss zu geben. Ich hatte solche Angst, dass die beiden mich später damit aufziehen würden, dass ich ihn von mir wegstieß. Ich wich ihm aus, stolperte über den Bordstein und fiel auf die Knie. Und dann hörte ich, wie sie loslachten. Wenn ich so wie du gewesen wäre, so selbstsicher wie du, dann hätte ich diesen Jungen einfach geküsst. Anschließend wäre ich ins Haus geschlendert und hätte sie gefragt, warum sie so glotzen. Aber ich war nicht wie du, und deshalb rannte ich weg. Bis ich Simon in meinem Abschlussjahr in Cambridge kennenlernte, bin ich nie wieder mit jemandem ausgegangen. Ihm schien es nichts auszumachen, dass ich so schüchtern war. Zumindest am Anfang nicht. Und ich war so wild entschlossen, ihn zu behalten, dass ich gleich bei unserer ersten Verabredung mit ihm schlief. Als Nächstes warst du unterwegs, und Gin-gin befahl ihm, mich zu heiraten. Was er auch tat. Aber es ging nicht lange gut, wie du ja weißt. Danach warst du meine Ausrede, das Haus nicht zu verlassen, und meine Schüchternheit wurde immer schlimmer. Sie wurde zu etwas immer Mächtigerem und Monströserem, und bald konnte ich nirgendwo mehr hingehen, ohne dass ich diese ... grässliche Angst verspürte. Einfach nur Angst. Ich habe Panikattacken. Ich kann sie nicht vorhersehen, sie überfallen mich einfach. Sie tauchen aus dem Nichts auf und schlagen mich bewusstlos.«

»Wie neulich in dem Pub?«, fragte Izzy, als würde sie plötzlich etwas verstehen.

»Ja, wie neulich in dem Pub.«

»Und deshalb kamst du nicht zu den Preisverleihungen?«

»Ja, und wahrscheinlich noch zu vielen anderen Veranstaltungen nicht, die du vergessen hast, oder zu weniger außergewöhnlichen Sachen wie zum Beispiel Geburtstagspartys – als du kleiner warst.«

»Du hast diese, ja, was genau denn – Attacken?«

»Ja.«

»Du hast das seit Jahren, und du hast nie etwas dagegen unternommen.«

»Nein, zumindest nicht bis vor einiger Zeit. Und dafür möchte ich mich entschuldigen. Ich hätte etwas dagegen tun müssen – um deinetwillen.«

»Kannst du das nicht hinkriegen, durch einen Psychiater oder durch so was wie Medikamente?«

»Ja, es gibt viele Dinge, die hilfreich sind. Aber man kann sie nicht heilen, diese Sache, oder zumindest nicht auf die Art und Weise, wie man einen gebrochenen Arm wieder hinkriegt. Man muss lernen, damit umzugehen. Ich dachte, das wäre mir auf deiner Verlobungsparty gelungen.«

»Dir ging es gut. Dir schien es gut zu gehen.«

»Ja, deshalb dachte ich ja auch, ich hätte es überwunden, aber ich habe mich getäuscht. Gestern im Zug ist es wieder passiert.«

»Vielleicht brauchst du noch mehr Hilfe.«

»Ja, das könnte womöglich sein. Aber, Izzy, ich erzähle dir das nicht, um dich damit zu belasten. Ich möchte dir nur erklären, warum ich nicht für dich da war. Oder dir immerhin einen Teil der Gründe nennen, warum ich nicht für dich da war.« Eves Blick schweifte ins Leere, durch die immer noch geöffneten Vorhänge zu den gelben Lichtern in den anderen Häusern, in andere Zimmer, wo sich zweifellos in einigen davon, zwischen Erbsenkochen und dem Fernsehprogramm, ganz eigene Dramen, Szenen oder Notsituationen abspielten. Aber dann verbarrikadierte Eve jegliche Fluchtwege, die von ihrem Wunsch nach Aufrichtigkeit wegführten, und sah Izzy direkt an. »Die Angst ist nicht für alles verantwortlich«, gab sie offen zu. »Nach einer Weile wurde sie nur zu einer weiteren Ausrede. Ich weiß, dass ich in vielerlei

Hinsicht, aus den verschiedensten Gründen, als Elternteil versagt habe.«

Izzy hielt ihrem Blick stand, zeigte aber keine Reaktion auf Eves Worte.

»Aber ich fange an aufzuräumen, dort, wo es am dringendsten ist, und ich möchte dir versichern, dass ich es in den Griff bekommen werde, weil ich sehen kann, dass du mich brauchst. Ich bin nicht sicher, ob ich jemals gut darin sein werde, dir als Mutter zur Seite zu stehen, aber ich werde dich auf jede Art und Weise unterstützen, die mir möglich ist. Und wenn du dich entscheidest, Ollie zu heiraten oder auch nicht, ganz egal, werde ich dir beistehen. Du bist meine Tochter, und ich liebe dich von ganzem Herzen. Ich liebe dich so sehr, dass ich meiner Mutter zutiefst dankbar dafür bin, dass sie dir ein bisschen Freude bereitet hat.«

In der darauffolgenden Pause nahm Eve jeden ihrer eigenen Atemzüge bewusst wahr, und auch die von Izzy.

»Ich kann verstehen, dass sie anderen Leuten gegenüber vielleicht ein bisschen zu dominant war«, sagte Izzy und fixierte dabei den dunkeltürkisfarbenen Läufer unter ihren Füßen. Er hatte Virginia gehört und war eigentlich sehr hübsch.

Eve, die ebenfalls auf den kleinen Teppich gestarrt hatte, blickte auf. »Ja, das stimmt, aber nicht dir gegenüber, und du hast sie geliebt, und du hast alles Recht der Welt, sie jetzt zu vermissen. Und was den Rest angeht – deinen Vater, deine Stieffamilie oder wie immer das richtig heißen mag –, da musst du ganz allein entscheiden, wie du damit umgehen möchtest. Mir ist klar, dass die Situation unangenehm ist, aber in der heutigen Zeit auch nicht besonders ungewöhnlich. Ich glaube nicht, dass irgendjemand von uns dir deine Hochzeit verderben will.«

»Das weiß ich auch.«

»Tust du das?«

Izzy seufzte, und es war ein tiefer Seufzer, mit dem sie etwas loszulassen schien. »Ja.«

Einen Moment lang sahen sie sich wortlos an.

»Möchtest du etwas trinken?«, fragte Izzy schließlich.

»Ja, gerne.«

Izzy holte eine Flasche und eine Schale mit Oliven und Kartoffelchips und reichte ihrer Mutter ein Glas.

»Du bist so selbstsicher, Izzy.«

»Bin ich das?«

»Ja, ich weiß, dass es so wirkt, als würde ich nichts davon mitbekommen, aber ich beobachte dich ganz genau, und deine Selbstsicherheit ist eine Sache, die mir immer wieder auffällt.«

»Momentan fühle ich mich aber überhaupt nicht so«, sagte sie. Doch sie lächelte dabei und schob mit einer lässigen Geste ihre Haare aus dem Gesicht.

Eve blieb bis zum Ende der Woche bei Izzy, und am Freitag rief Izzy Ollie an und sagte ihm, er solle sich keine Sorgen machen – alles würde gut werden, sie verbringe nur ein paar Tage mit ihrer Mutter. Gemeinsam nahmen sie den Zug zurück, und Izzy behandelte Eve während der gesamten Fahrt, als wäre sie aus Porzellan. Eve war froh darüber, auch wenn der Zug nicht voll war und sie sich einigermaßen ruhig fühlte. Von London aus rief sie Beth an und vereinbarte einen Termin für Montag. Izzy wollte so lange bleiben und sie dann rechtzeitig zu Beth fahren.

Zu Hause aßen sie den Lammauflauf, den Gwen aufgetaut hatte.

»So richtig verstehe ich es irgendwie immer noch nicht«, sagte Izzy.

Sie hatten beschlossen, mit Tabletts vor dem Kamin zu essen. Izzy zog sich einen Beistelltisch vor ihren Sessel und stellte ihr Tablett darauf ab. »Also, ich kann mir schon vorstellen, dass es einen … lähmt, wenn man schüchtern ist, aber nicht, wie es einen in Ohnmacht fallen lässt.«

»Es liegt an der Angst«, sagte Eve langsam. »Der Angst davor, was passieren könnte. Ich weiß nicht, ich glaube, ich fange gerade selbst erst an, es zu verstehen.«

»Weiß sonst noch jemand davon? Von diesen … von deinen …«

»Gwen. Und ich nehme an, dass Geraldine einen Verdacht hat.«

»Im Laden.«

»Ja. Meistens ist ja nicht viel los, aber wenn doch, dann verschwinde ich durch den Hinterausgang. Und manchmal bin ich wochenlang zu nichts zu gebrauchen.«

Izzy nickte, während sie die Worte ihrer Mutter auf sich wirken ließ, griff nach einer Flasche Worcestershiresoße und würzte ihr Fleisch damit.

»Klick«, sagte sie leise.

»Klick?«

»Alle Teile wurden auseinandergebrochen, aber jetzt rutschen ein paar davon mit einem Klick an die richtige Stelle.«

»Wenn es fertig ist, wird ein anderes Bild entstanden sein.«

»Ja.«

Einige von Jacks alten Freunden hatten ein paar Tage bei ihm verbringen wollen, und er war damit einverstanden gewesen. Jetzt, nachdem zwei Drittel der Zwei-Tages-Invasion um waren – so fühlte es sich zumindest für Jack an –, stand Andy Berkow mit ihm in der Küche und sagte: »Ich habe gehört, du willst Harry Gordon abmurksen. Was planst du denn als Nächstes zu schreiben?«

Andy hatte großes Glück, dass Jack in diesem Augenblick kein Fleischerbeil in der Hand hielt.

So lief das eben bei solchen Treffen, ging ihm später durch den Kopf – alles nur bedeutungsloses Geplapper. Und dennoch fühlte sich das Haus nach der Abreise von Andy und seiner Frau Sue leer und still an. Trotz des innigen Wunsches, seine Gäste endlich von hinten zu sehen, hatte er sie dazu überredet, noch zum Kaffee zu bleiben. In der zurückgebliebenen Leere rief er Dex an.

»Ich werde mich wie ein richtiger Mann in den Wald zurückziehen und mich selbst finden.«

»Männer finden sich nicht selbst, Jack. Das tun nur Frauen.«

»Tja, vielleicht wissen sie mehr als wir.«

»Das ist durchaus möglich, Bruder. Aber hör mal, werde jetzt bitte nicht total exzentrisch. Sing nach deiner Rückkehr nicht irgendwelche komischen Lieder oder so 'n Kram.«

»Ich verspreche nichts, Dex. Aber sollte ich das dringende Bedürfnis verspüren, mich auszuziehen und eine Weile im Schneidersitz herumzusitzen, dann melde ich mich bei dir.«

»Da gibt es Bären, Jack. Bären und Typen, die reden können, ohne den Kiefer zu bewegen. In jenen fernen Bergen heiraten Männer ihre eigenen Großmütter.«

»Ich ruf dich an, wenn ich wieder da bin.«

Liebe Eve,
ich gehe für eine Weile fort und werde dort keinen Computer haben. Mein Ziel ist eine Hütte, die einem Freund gehört. Und dort werde ich versuchen, dieses Buch zu Ende zu schreiben. Nein, ich gehe dorthin, UM *dieses Buch zu Ende zu schreiben. Und um etwas Gutes daraus zu machen, ohne Ablenkung. Und danach werde ich zurückkommen und lernen, wie man stil- und würdevoll fünfzig Jahre alt ist. Der Freund, dem die Hütte gehört, Henry, besitzt von beidem – Stil und Würde – ziemlich viel. Ich hoffe, etwas davon wird auf mich abfärben. Am Dienstag geht's los. Ich frage Henry, ob die Hütte eine Postanschrift hat. Bislang kenne ich nur die Wegbeschreibung – und die lautet hauptsächlich: Immer weiter geradeaus fahren.*
J.

Lieber Jack,
mir ist in letzter Zeit schlagartig klar geworden, wie anstrengend geistige Arbeit ist. Ich meine, körperlich anstrengend. Es ist seltsam, dass der Körper von den Aktivitäten des

Gehirns überfordert ist. Ich nehme mal an, es gibt dafür eine wissenschaftliche Erklärung, in der Adrenalin eine Rolle spielt oder so etwas, aber auf jeden Fall glaube ich, Du solltest Dir dessen bewusst sein. Denn wenn Du diesen riesigen Schreib-Marathon-Kraftakt anpacken willst, brauchst Du unbedingt stärkende Nahrung.
Ich schicke Dir ein Rezept für eine Scotch-Brühe, sie heizt ein, macht satt und wird durch Aufwärmen immer besser. Die Zubereitung nimmt etwas Zeit in Anspruch, aber danach köchelt sie alleine vor sich hin. Vielleicht läuft es ja mit Deinem Buch genauso.
Viel Glück,
Eve

Ich werde mir diese Brühe kochen, und wenn ihr Geruch so deftig, scharf und geschmacksintensiv ist, dass eine Horde Bären sich durch den Wald zu mir durchkämpft und mich als Abendessen verspeist – Dein Gewissen sei auf ewig belastet.
J.

PS Falls sie einen Oberschenkelknochen übrig lassen, der nicht zu abgenagt ist, leg ihn zu Deinen Vorräten.

Gibt es dort wirklich Bären?

Ja.

Kapitel 12

»Ist es so was wie ein … Rückfall?«, fragte Eve.

»Das ist eine Möglichkeit der Beschreibung«, sagte Beth. »Hat es sich denn so angefühlt?«

»Ich bin mir nicht sicher. Zu dem Zeitpunkt ja, mit den gleichen feuchten Händen, der Schwierigkeit beim Atmen … der Angst.«

»Aha.«

»Aber danach war es anders.«

»Ja.«

»Danach, am nächsten Tag, war dieses Gefühl in mir unglaublich stark, es nie wieder so weit kommen zu lassen. Ich will mich der Angst ehrlich stellen und mir diesmal nicht einfach wieder einreden, dass ich sie besiegt habe, so wie vorher.«

»Ist das Gefühl immer noch so stark in Ihnen vorhanden?«

»Ja. Ja, das ist es.«

Liebe Eve,
als Kind hatte ich Angst vor Schlangen. Und damit meine ich nicht, dass sie mich nervös gemacht haben. Ich hatte Angst, richtige, tief sitzende, quälende Angst. Ich habe mich deshalb geweigert, mit meinem Vater zelten zu gehen. Obwohl es eigentlich für mich nichts Schöneres gab.
Also nahm er mich eines Abends beiseite und zog mir den Grund aus der Nase. Und nachdem ich es ihm gebeichtet hatte, erklärte er mir, dass viele Menschen sich vor etwas fürchten und dass es für Angst keine logische Erklärung gibt. Er sagte, es läge an irgendeinem uralten Teil des Gehirns, der Großstadtbewohner dazu bringt, beim Klang eines brechenden Astes zusammenzuzucken. Und aus diesem Grund, sagte er, sei es besser, sich manchmal einfach mit der Angst anzufreunden. Weil man vielleicht eine Weile mit ihr leben muss.
Jack
Noch kein Bär in Sicht.

Lieber Jack,
ich wusste, dass Du mich verstehen würdest, wenn ich es Dir erzähle. Woher bloß?
Eve
Hast Du immer noch Angst vor Schlangen?

Manchmal, und daneben noch vor ein paar anderen Dingen. Aber ich gehe bei jeder sich bietenden Gelegenheit zelten.*

**Fairerweise muss ich zugeben, dass sich diese Gelegenheiten seit 1987 sehr selten bis gar nicht mehr geboten haben.*

Ich beginne gerade zu verstehen, dass ich keine Angst vor Menschen oder vor dem Leben an sich habe. Angst macht mir nur meine Reaktion darauf. Ich habe Angst vor mir selbst.
Eve

Deshalb ist der Teil mit dem Sichanfreunden so wichtig. Übrigens, ich habe einen Schinken gebacken. Er erfüllt den gleichen Zweck wie die Brühe, er ruft mich zu sich, sobald meine Hände die Tastatur der Schreibmaschine verlassen. Aber ich glaube, dass es an diesem Punkt oft besser ist, etwas zu essen, als am Text herumzudoktern, also folge ich ihrem Ruf. (Es war eindeutig eine Sie – süß und speckig.)

Schlag ein einfaches Kuchenteigrezept nach. Wenn mein Gehirn mich nicht im Stich lässt, gelingt es mir manchmal, eine Attacke durch Aufsagen von Rezepten etwas abzumildern. Du könntest das auch mal versuchen, wenn Deine Hände die Tastatur verlassen.
Eve

Es funktioniert. Der Dämon ging um elf Uhr vormittags auf mich los: »Du wirst dieses Buch nie zu Ende schreiben. Du wirst dieses Buch nie zu Ende schreiben.« Aber ich habe zurückgeschlagen. »Zwei Eier«, habe ich gesagt, »und dazu 125 Gramm Butter und 250 Gramm Mehl, du Arschloch.« (Du wirst mir das Schimpfwort nachsehen müssen, aber ich will dem Originalton treu bleiben.) Dann habe ich meine Hände wieder auf die Tastatur gesenkt und bin eine ganze Stunde am Ball geblieben.
Du bist ein Phänomen, Eve. Deine Briefe, für die ich einen Kilometer laufen muss, um sie abzuholen, sind hier draußen ein noch größeres Highlight als sonst. Und Du scheinst glücklich zu sein. Das musst Du feiern. Back ein Blech dieser Parmesan-Kekse und hau Dir ein paar mit einem Glas Sherry rein. Wenn man die guten Zeiten nicht würdigt, liebe Freundin, ziehen sie auf der Überholspur an einem vorbei.

Du hast recht, dass man das Glück feiern muss. So habe ich das noch nie gesehen. Ich frage mich, warum die negativen Verhaltensmuster mir immer so viel einleuchtender vorkamen. Selbstmitleid zum Beispiel ließ sich immer leichter hervorrufen als Freude. Leichter schon, aber der Preis war auch höher.
Eve
Ich habe die Parmesan-Kekse gebacken. Sie waren göttlich.

Es gibt Traurigkeit, und es gibt Trübsal. Trübsal ist dieses bittere Zeug, in dem man schmort. Deine Bürde ist die Traurigkeit, eine erdrückende Traurigkeit. Ich bin froh zu hören, dass du daran kratzt. Trübsal passt nicht zu Dir. Du erinnerst mich gerade daran, mir den Schuh nicht selbst anzuziehen. Danke.
Jack

Izzy nahm das Buch von einem Stapel von Dingen, die Eve einpackte. Sie saß auf dem Fußboden, Papier und Tesafilm neben sich.

»Das ist doch der Typ, den Ollie so gerne liest.«

»Ja, es ist für ihn.«

»Ich glaube, er hat sie alle schon.«

»Dieses hier ist signiert.«

»Oh, das wird ihm gefallen«, sagte sie. Sie machte Anstalten, sich auf den Fußboden zu setzen, streckte ihre Beine aus und lehnte sich mit dem Rücken gegen einen Stuhl. Sie hatte wieder Farbe im Gesicht und sah gleichzeitig weicher aus, als fühlte sie sich wohler in ihrer Haut.

»Ich habe für Ed und Felix einen Schlitten gekauft«, sagte sie leise.

Eve sah sie an. »Das ist wirklich lieb von dir, Izzy. Sehr lieb.«

Izzy schüttelte den Kopf, als wollte sie das Lob abwehren, aber sie freute sich trotzdem. »Und das hier.« Sie griff in eine Tasche und reichte Eve eine Lederschachtel mit Manschettenknöpfen: Ollies Initialen, in Gold graviert. »Mein Hochzeitsgeschenk für ihn«, sagte sie.

»Also hast du dich entschieden?«
»Ja.«

Was gab es auf der Hochzeit zu essen? Ich hoffe, es war opulent und dass Du es mir in verschwenderischen Worten beschreiben wirst. Ich bin eingeschneit und überlebe mit Bohnen und Schinken.
J

Deine Honig-Nüsse (sehr beliebt), Cheddar-Chips (ebenso), Zwiebeldip, Pilze mit Ziegenkäse. Eingelegte Makrele. Gans mit Zwiebel- und Selleriefüllung, Bratkartoffeln und Pastinaken, gekochte Steckrüben und Karotten, Rotkohl, Sprossen, eingelegte Aprikosen, Schlagsahne, Weinbrandbutter und Plumpudding. Schokoladen- und Kokosnusseis. Über das Menü haben alle abgestimmt, weil wir Weihnachten nicht gemeinsam feiern können. Für die Kinder habe ich im Pudding Münzen versteckt. Wir haben mit einem fabelhaften Sauternes, den Simon mitgebracht hat, auf Izzy und Ollie angestoßen.
Jack, es war wundervoll.
Izzy sah so schön aus, dass mir die Worte fehlen. Und Ollies Mutter tauchte schließlich auch auf und war bei Weitem nicht so einschüchternd, wie ich befürchtet hatte. Außer ihr und Ollies Schwester und unserer kleinen zusammengewürfelten Truppe – Simon, Laura und die Jungs – waren nur noch Ollies und Izzys engste Freunde mit dabei. Auf dem Rückweg haben alle einen Stopp im Pub eingelegt, um

mir Zeit für die Vorbereitungen zu geben. Gwen hat natürlich mitgeholfen, und eine ihrer Töchter. Gwens Ehemann, George, war im Pub, als Izzy hereinkam, in einem langen Samtkleid mit Brautstrauß. Er sagte, alle wären aufgestanden und hätten applaudiert. So muss es ja auch sein.
Es war der glücklichste Tag meines Lebens, was er eigentlich nicht sein dürfte. Ihre Geburt hätte der glücklichste Tag sein sollen, aber vielleicht wird das, was lange währt, endlich gut.
Ich hoffe, bei Dir laufen die Dinge genauso gut wie hier.
Eve

Mummy,
danke für alles. Wir schreiben jeden Tag.
Küsschen von Izzy (und Ollie)

Meine liebe Eve,
die Hochzeit war perfekt. Wir haben sie von ganzem Herzen genossen. Die Jungs haben sich besonders über ihre Nachtische gefreut. Wie machst Du diese Buttertoffees? Sie schmecken göttlich. Danke für alles.
Von Herzen,
Deine Laura

Eve,
ich weiß, dass Laura Dir schon geschrieben hat, um sich zu bedanken, aber dieses Dankeschön kommt von mir. Nicht

nur für das perfekte Essen und Deine Gastfreundschaft, sondern vor allem für Deine Offenheit mir und meiner Familie gegenüber, zum Wohle unserer *Familie. Du dienst uns allen als Vorbild.*
Simon

Fertig, schrieb Jack an Eve. *Paris?*

Manchmal fühlt es sich so an, als könnte ich fahren. Dann glaube ich tatsächlich, dass ich die Frau bin, für die er mich hält. Aber es geht nicht.«

»Nein?«, hakte Beth nach.

»Ich weiß nicht, vielleicht …«

»Würden Sie denn gerne fahren?«

»Es gibt viele Dinge, die ich gerne tun würde, und nach Paris zu fahren, für ein Treffen mit Jack, gehört dazu. Aber wenn ich mir vorzustellen versuche, wie ich alleine an einem Flughafen sitze oder in einer fremden Stadt bin, dann fühle ich mich dazu einfach nicht in der Lage.«

»Nun ja, Sie haben große Fortschritte in anderen Bereichen gemacht, zu denen Sie sich vor einem Jahr nicht in der Lage sahen.«

»Ich weiß. Das weiß ich wirklich. Und vielleicht, eines Tages …«

Liebste Eve,
es ist wirklich fertig. Und weißt Du was? Harry Gordon ist nicht tot. Ich behalte ihn noch ein weiteres Jahr. Sein Leben verdankt er eindeutig Dir allein.
Alles fing damit an, dass ich einen zynischen Blick auf meine eigene Arbeit hatte, und, was noch schlimmer ist, auf meine Leser. Das war ein Fehler, der nur etwas über mich verrät, nicht über sie. Du hast mir so viele Dinge wieder nahegebracht.
Jack

Ich war wirklich froh, dass Harry nicht bei der Rothaarigen hängen geblieben ist, schrieb sie, *obwohl ich mir nicht sicher bin, ob ich das so sagen sollte. Die Sache ist doch die, dass er sich als unverheirateter Mann voll und ganz auf seine Arbeit konzentrieren kann. Ich weiß, dass diese Sicht der Dinge nicht sehr populär ist, aber ich glaube wirklich, dass da etwas dran ist. Nicht die Liebe lenkt die Menschen ab. Die Liebe kann meiner Meinung nach eine Energiequelle sein. Was so anstrengend ist, ist das langsame Dahinschwinden der Liebe, oder noch schlimmer, verlogene Liebe. Und ich finde, dass Harry sowieso eher ein Junggesellentyp ist, ganz im Gegensatz zu der Rothaarigen, deshalb wäre es garantiert eine verlogene Liebe geworden. Warum erzähle ich Dir das alles? Du hast das Buch doch geschrieben. Und ich tauche mit Haut und Haaren in die Geschichte ein und vergesse das völlig. Entschuldige.*
Jack, ich danke Dir von Herzen dafür, dass Du mich das Manuskript hast lesen lassen. Nicht nur, weil es mir so gut

gefallen hat (stimmt wirklich), sondern auch dafür, dass ich Deine erste Leserin war. So wusste ich die Lektüre noch mehr als sonst zu schätzen.
Eve

Diese Woche habe ich Lauch gedünstet, in Rotwein und Rinderbrühe, und ihn dann kalt gegessen. So gut wie Dein Roman.
Zu Paris sage ich jetzt noch nichts. Du weißt ja, warum.

Ich habe Deinen Brief gelesen und kann Deine Sorge nachvollziehen. Nach dem Vorfall im Zug hast Du zwangsläufig das Gefühl, ein Flughafen könnte Dir gefährlich zusetzen. Es hat auch keinen Sinn, wenn ich Dir noch mal sage, dass ich Dich dort treffen könnte oder dass Du wartest, bis Izzy aus den Flitterwochen zurück ist, und sie einfach mitnimmst, denn ich weiß, dass Du diese Überlegungen bereits selbst angestellt hast.
Ich weiß auch, dass Du ein Drehbuch im Kopf hast, wie es ablaufen sollte, unser Rendezvous. Ich weiß es, weil ich auch eins im Kopf habe, schon seit geraumer Zeit. Und deshalb werde ich Folgendes tun: Am 28. werde ich in ein Flugzeug steigen. Und am 29. gehe ich um 18 Uhr ins Le Pont du Sud und bestelle zwei Kirs. Wenn Du nicht kommst, trinke ich Deinen mit und stoße auf Dich an, meine liebe Freundin.

Eve sprang auf und raste quer durch das Zimmer wie ein Bär, der seine Deckung aufgegeben hatte. Sie umarmte ihre Tochter, die weinte, genau wie sie. Gwen lehnte in der Küchentür und grinste. Ollie stand verlegen neben ihr.

»Wie weit?«

»Zehnte Woche. Es ist noch zu früh, um es allen zu sagen, aber wir wollten es euch wissen lassen. Außerdem wird alles gut gehen, das weiß ich einfach.«

»Mit Carly ging es mir genauso«, sagte Gwen. »Ich wusste es einfach. Ich wusste übrigens auch, dass sie ein Junge werden würde, wohlgemerkt.«

Alle mussten lachen und setzten sich, wobei Eve nahe an Izzy heranrückte und ihr eine Hand aufs Knie legte. »Zehnte Woche?«

»Ja«, sagte Izzy und nahm den Blick ihrer Mutter auf, in dem eine Frage lag, die sie verstand und bejahte. »Ja, war ich. Ich wusste es nicht wirklich, oder zumindest habe ich so getan, als wüsste ich es nicht. Obwohl ich beim Jawort schon das Gefühl hatte, ich antworte auch im Namen meines Kindes. Es war wirklich seltsam.«

»Dann war es also … nicht geplant?«, fragte Eve liebevoll.

»Nein.«

»Nicht geplant«, wiederholte Eve, fast für sich selbst. »Das passt …«

»So gar nicht zu mir«, unterbrach Izzy ihre Mutter.

»Nein.«

»Ich weiß. Aber ich passe jetzt sowieso nicht mehr zu mir, oder?«

Eve entfernte ihre Hand vom Knie ihrer Tochter und

legte sie behutsam auf ihre Wange. Sie streichelte dieses geliebte Gesicht und ließ die Frage unbeantwortet.

Sie würde nicht hinfahren. Wenn sie es je vorgehabt hatte, dann jetzt nicht mehr. Jack war ein Freund gewesen, ein wunderbarer Freund für eine bestimmte Zeit, aber diese Freundschaft war eine Illusion. Sie musste sich die Beziehung nicht erst aus der Nähe ansehen, um zu spüren, wie sie sich in Luft auflöste. Um zu erkennen, dass sie keinen Bestand hatte. Nicht im Vergleich zu dem hier. Nicht im Vergleich zu einer Familie. Im Vergleich zu Liebe.

Er schickte ihr eine Ansichtskarte des Le Pont du Sud, auf der nichts stand. Sie schrieb nicht zurück.

Kapitel 13

Liebe Eve,
ich schreibe Dir, um Dir meine neue Adresse mitzuteilen. Nein, das stimmt nicht. Ich schreibe Dir, weil es sich richtig anfühlt. Du hättest mich ziemlich einfach ausfindig machen können, und außerdem bin ich schon vor sechs Monaten umgezogen. Doch wegen unserer gemeinsamen Zeit und den Monaten davor wollte ich Dir einfach von Paris erzählen, und ich wollte Dir danken, dass Du nicht gekommen bist. Das kommt Dir jetzt vielleicht komisch vor, aber dann vielleicht auch wieder nicht, denn zumindest in meinem Kopf bist und bleibst Du die Große Allesversteherin.
Du hast genau das Richtige getan. Zu diesem Zeitpunkt war ich immer noch auf der Suche nach etwas. Damals konnte ich das nicht so sehen, und ich hätte schwer dagegen angekämpft, diesen Eindruck zu erwecken, wenn man es mir gesagt hätte. Fakt ist, dass ich damals immer noch auf der Jagd nach etwas Körperlichem war, um mich mit meinem Leben als Trittbrettfahrer dranzuhängen. So habe ich das immer mit den Frauen gemacht, und ich war noch

nicht ganz von dieser schlechten Angewohnheit kuriert. Und Gott weiß, vielleicht hätte ich diesen alten Kram bei Dir auch wieder versucht. Wäre es dazu gekommen, dann würde ich jetzt nicht diesen Brief schreiben. Und Du würdest ihn ganz sicher nicht lesen.

An diesem Abend, als ich wusste, Du würdest nicht kommen, kaum dass mir der Concierge Deine Nachricht ausgehändigt hatte, bin ich zu unserem Treffpunkt gegangen und habe wie angekündigt Deinen Kir mitgetrunken. Und dann habe ich gegessen. Wie ein Tourist habe ich darum gebeten, die Speisekarte behalten zu dürfen, damit ich sie Dir schicken kann. Und jetzt tue ich das endlich auch. Vielleicht interessiert es Dich ja tatsächlich, was ich damals bestellt habe. Denn im Grunde genommen habe ich für uns beide gegessen.

Angefangen habe ich mit den Artischocken und anschließend das Thunfischtatar zugunsten des Hummers ausgelassen, auch wenn ich kurz in Versuchung war. Der Estragon hat schließlich den Ausschlag gegeben. Ich bin süchtig danach und habe erst kürzlich eine Estragon-Senfsoße kreiert, die ich Dir schicken kann, wenn sie Dich interessiert. Aber zurück zu meinem Abendessen: Nach dem Hummer bekam ich ein perfekte Portion Apfelsorbet, nur einen Happen, und da musste ich an Dich denken. So eine winzige Portion, die aber so vorzüglich aussah, und ich dachte, die würde Eve gefallen. Sie erinnerte mich an Deine Bemerkung über Partyhäppchen und Paradiesvögel. Der Apfel war übrigens ein Granny Smith, und mir fiel ein, dass Du diese Sorte für Deinen würzigen Rotkohl empfohlen hattest. »Sie werden nicht pappig«, waren Deine Worte. Du hattest recht. Danach aß ich das Côte de Veau, mit Spinat als Beilage. Wärst Du da gewesen, hätte ich Dich zu dem Kaninchen genötigt, damit ich die Soße hätte probieren können, aber Du warst ja nicht da. Du warst nicht da. Anschließend saß ich bis zum Käsegang ziemlich mürrisch allein am Tisch. Länger ging nicht, denn der Kellner stellte mir jeden einzelnen Käse mit einer Begeisterung vor, die ansteckend war. Ich will Dich nicht mit den Details langweilen, es waren alles französische Käsesorten, alle reif und alle köstlich. Genau wie die Weine selbstverständlich. Als Abschluss gab es frittierte Pflaumen – Dir zu Ehren natürlich. Und ein Obstwasser – Birne. Ich hoffe, Du bist damit einverstanden.

Ich würde gerne behaupten, danach zu Fuß ins Hotel zurückgekehrt zu sein, mit hochgestelltem Mantelkragen, und dass ich in dieser pechschwarzen Nacht stehen blieb, um auf die Seine zu schauen. Dass ich eine Art Erleuchtung hatte, was meine Zukunft betrifft (genau so würde ich es selbstverständlich aufschreiben, wenn der Held jemand anders wäre als ich), aber so war es nicht. Ich ging zu Fuß zurück und dachte noch ein bisschen mehr über Dich nach und viel mehr noch über mich, wie ich es mir schon länger angewöhnt hatte. Aber hauptsächlich hatte ich einfach nur das Gefühl, den Anfang von etwas gemacht zu haben. Und so war es auch.

Sechs Tage mit wunderbarem Essen und ziemlich vielen Spaziergängen später, nach meiner Rückkehr, stellte ich fest, dass Grove Shore Teil meines alten Ichs war. Sobald ich mein Spiegelbild in der Fensterfront sah, wurde ich an mein Scheitern erinnert. Ich benutze extra dieses melodra-

matisch klingende Wort, damit will ich zum Ausdruck bringen, dass ich mich an ein sich dahinschleppendes Leben gewöhnt hatte. Ich glaube, wenn man die mittleren Jahre erreicht hat, muss man sich entweder irgendwie aufraffen oder sich einer ziemlich schnellen Talfahrt unterwerfen. Also brachte ich meine Schultermuskeln zum Einsatz und zog gen Norden. Ich habe sechs Monate gebraucht, um den Umzug wirklich durchzuziehen, und ich hatte ein paar traurige Abschiede zu bewerkstelligen. Aber als das Schlimmste vorbei war, lief die Übersiedlung glatt. Ich habe hier oben ein ziemlich großes Haus mit Dachschindeln und zwei Morgen Land gekauft. Ich blicke immer noch aufs Meer, aber es erwidert meinen Blick mit etwas mehr Schwung. Die Spaziergänge sind besser, die Winter dafür kälter.

Es wird Dich vielleicht überraschen zu hören (nein, wird es nicht), dass ich mich jetzt fürs Gärtnern interessiere. In meiner Erinnerung hast Du Deinen eigenen Garten ein- oder zweimal erwähnt, aber ich habe das Thema nie aufgegriffen, also hast Du es fallengelassen – was für eine selbstlose Brieffreundin. Egal, jedenfalls werde ich Dich freudig mit meinem neuen Hobby langweilen, solltest Du noch einmal etwas darüber schreiben. Ich glaube, Gemüse anzubauen könnte zu einer meiner größten Leidenschaften werden. Allerdings habe ich einen Kater von den Vorbesitzern des Hauses geerbt (die nach Italien ausgewandert sind – man kann also sagen, dass das hier die richtige Art Haus ist), und er beansprucht einen großen Batzen meiner Zuneigung.

Wenn ich mich nicht mit meinen Tomaten beschäftige oder

festgesetzt bin, weil ein echtes Schwergewicht in Gestalt von Major Tom mir die seltene Ehre erteilt, auf meinem Schoß zu ruhen, dann schreibe ich oder gehe spazieren. Oder – jetzt kommt's – ich helfe zweimal in der Woche in der hiesigen Highschool aus. In dieser Gegend macht kaum ein Kind Bekanntschaft mit Hunger und Krankheiten, aber ein paar von ihnen haben Schwierigkeiten mit dem Lesen, was meines Erachtens fast genauso schlimm ist. Die Schule brauchte dringend Freiwillige, die herkommen und mit ihnen lesen. Ich bin einer davon. (Mrs. John Elliot-Carson macht auch mit. Aber das ist eine ganz andere Geschichte, die ich Dir irgendwann einmal erzählen werde, wenn Du sie hören möchtest.) Meistens übe ich mit einem Jungen namens Ethan, der fünfzehn ist und furchtbar zappelig. Wir mochten uns auf Anhieb, und ich freue mich, sagen zu können, dass sein Gezappel sich ein bisschen legt, wenn wir zusammen sind.

Da siehst Du also, was für ein aufrechter Kerl ich während Deiner Abwesenheit geworden bin.

Auf jeden Fall sind Major Tom und ich hier – ganz unverhofft – außerordentlich glücklich, und ich habe sogar Pläne für Ethan. Ich sage »unverhofft«, weil ich mich ständig wundere, warum ich nicht schon vor meinem einundfünfzigsten Geburtstag kapiert habe, was die wahren Zutaten des Glücks sind. Ich glaube, jeder muss sein eigenes Rezept finden, und ich habe meins entdeckt.

Ich hoffe, Du Deines auch.

Jack

Eve schlug ihr Exemplar von *Beschlossene Sache* auf der Seite mit der Widmung auf. »*Für Eve*«, stand da. »*Für Eve*«. Sie hatte es sich mehrmals angeschaut, aber nichtsdestotrotz spürte sie diese Erregung jedes Mal von Neuem. Dann legte sie das Buch, immer noch aufgeschlagen, vor ihn auf den Tisch.

Er blickte kurz auf, als er es in die Hand nahm, und lächelte. »Möchten Sie es jemand Besonderem widmen?«, fragte er sie genau wie die hundertfünfzig Menschen vor ihr in der Schlange. Lauter nette Leute, dachte Eve, ganz gleich, was man so allgemein über die New Yorker sagte.

»Würden Sie bitte ›Von Jack‹ gleich hier unter die Widmung schreiben?«, sagte sie.

Dieses Mal hielt er den Blick gesenkt, und es dauerte einen Augenblick, bis er etwas sagte.

»Nein«, erwiderte er. »Ich schreibe ›Von Jack, in Liebe‹.«

Granny Coopers Erdnusskekse

90 g Butter
200 g Zucker
1 Ei
160 g Mehl
1 TL Backpulver
2 TL ungesüßtes Kakaopulver
140 g Erdnüsse
(Sie röstete sie gerne vorher im Ofen, was ich beibehalten habe.)

Die Butter mit dem Zucker cremig rühren, dann das verquirlte Ei hinzufügen. Danach das gesiebte Mehl, Backpulver und Kakaopulver untermischen. Zum Schluss die abgekühlten Erdnüsse zugeben.

Den Teig löffelweise aufs Blech setzen und bei 180 °C 15–20 Minuten backen.

Mit Milch servieren.

Großmutters Weihnachtskuchen

225 g Sultaninen
450 g Korinthen
225 g Rosinen
115 g kandierte Kirschen
115 g Sukkade
(Zitronat und Orangeat)
115 g geschälte Mandeln
350 g Mehl
Abgeriebene Schale einer
unbehandelten Zitrone
4 Eier
4 EL Milch
230 g Butter
225 g brauner Rohrzucker
1 EL Golden Syrup
(heller Zuckerrohrsirup)
2–4 EL Sherry oder Weinbrand
1 TL Zimt
1 TL Mixed Spice
(oder Lebkuchengewürz)*
½ TL Salz

Die Trockenfrüchte mit den kandierten Kirschen, der Sukkade und den Mandeln vermischen. Mit etwas Mehl bestäuben, dann die Zitronenschale zugeben. Die Eier mit der Milch aufschlagen. Die Butter mit dem Zucker cremig rühren, dann den Zuckerrohrsirup hinzufügen. Das zuvor mit dem Salz und den Gewürzen vermengte Mehl abwechselnd mit der Trockenfrüchte-Mischung hinzufügen. Die Früchte unterheben. Den Sherry oder Weinbrand zugeben.

Eine 22 cm große runde (oder 20 cm große quadratische) Backform mit einer doppelten Lage Backpapier auskleiden (dabei einen bis zu 7,5 cm hohen Rand einrechnen).**

Den Teig in die Form füllen und bei 150 °C 1½ Stunden backen.

* Unsere britische Gewürzmischung »Mixed Spice« besteht hauptsächlich aus Zimt, Muskatnuss und Piment. Sonst nimm einfach die amerikanische Gewürzmischung, die Du für Deinen Kürbiskuchen verwendest, oder eben Lebkuchengewürzmischung.
** Diese Methode hat sich bei mir – wohl aus einer Art Aberglauben heraus – so eingebürgert, bei den heutigen antihaftbeschichteten Formen ist das wahrscheinlich gar nicht mehr nötig.